KB063249

우리가
추방된
세계

우리가 추방된 세계

OUR BANISHED WORLD

김창규 소설집

아작

차례

우리가 추방된 세계

"알아봤어? 네 짐작이 맞아?"

쉬는 시간이 되자마자 연희의 얼굴이 화면으로 훅하고 떠오르며 정신없는 목소리로 물었다. 재영은 입을 실룩거리며 잠시 대답을 망설였지만, 연희의 얼굴에 장난기가 하나도 없는 걸 보고는 제대로 대답해 주기로 마음을 먹었다.

"이젠 의심 단계는 넘어섰어. 아빠가 바람을 피우는 건 확실해. 엄마 쪽은 잘 모르겠지만."

"언제부터 두 분이 그러셨던 거야?"

"내가 눈치를 챈 건 8개월쯤 됐어. 처음에는 두 사람 다 나 같은 건 신경도 안 썼나 봐. 마주치기만 하면 한숨을 쉬면서 분위기가 싸늘해지더라고. 그러다가 언제부터인지 내 눈치를 슬슬 보더라. 요새는 내가 알아서 자리를 피해 주고 있어."

연희가 한쪽 입꼬리를 올리며 비웃었다.

"나도 그거 알아. 어른들은 우리가 있으면 억지로 웃고 별로 중요하지도 않은 얘기를 하잖아. 서로 손발도 못 맞추면서 무슨 거짓말이람. 우릴 바보인 줄 아는 거…."

연희의 말이 채 끝나기도 전에 재영이 고개를 가로저었다.

"그건 아니야. 우리를 정말 바보로 본다면 그런 연극도 안 하겠지. 그냥 어린애로 보는 거야. 세상 물정 잘 모르고 쉽게 속일 수 있는 아이로."

연희는 조금 생각해 보다가 콧소리를 내면서 재영의 말에 동의했다.

"그건 또 그러네. 어쨌든 어른들이 멍청하다는 건 변함이 없잖아. 좀…."

말끝에 습관적으로 욕을 붙이려는 순간 연희의 손목에서 유리 구슬이 단단한 바닥 위를 구르는 소리가 났다. 연희가 오른손 검지로 왼쪽 손등을 문지르자 피부가 하얗게 변하며 메시지창이 나타났다. 연희는 재영의 눈이 따라잡지 못할 만큼 빠르게 손가락을 놀려 답을 입력하기 시작했다.

재영은 메시지를 주고받느라 정신이 없는 연희를 멍하니 바라보며 생각에 잠겼다. 연희의 말이 맞았다. 엄마와 아빠는 멍청했다. 유행은 알지도 못하고, 자식이 이미 오래전에 어른이 됐음을 인정하지도 못했다. 엄마와 아빠는 나에 대해서는 정말 아무것도 모르지.

여섯 살 때부터 함께 살았던 개 '선댄스'가 아침에 일어나지 못하고 영원히 잠들었을 때, 재영은 당황하지 않았다. 어떤 생물이든 결국은 늙어서 죽는다는 걸 알고 있었기 때문이다. 재영은 그저 무척 슬펐다. 그리고 죽음의 이유를 안다고 해서 슬픔이 줄어들진 않는다는 것도 알게 되었다. 선댄스가 남기고 간 두 자식, '노키'와 '앤디'가 어미와 똑같이 생기지 않은 이유도 알고 있었다. 그 강아지들이 엄마인 선댄스와 동네 어느 수컷 개의 생식행위를 통해 태어났으며, 유전자 복제에는 항상 오류가 생기기 마련이었다. 그 오류 덕분에 진화가 이뤄진다는 것도 알았다. 진화는 모든 생물을 지배하는 원리였다. 그러니 당연하게도, 재영은 엄마와 아빠가 '학부모 잠금'을 걸어가며 못 보게 막은 성인용 영상이 뭘 뜻하는지도 아주 자세하게 알고 있었다.

하지만 어른들은 '크면 알게 된다'며 많은 질문을 회피했고 모순을 덮어 버렸다. 만약 어른과 아이의 차이가 지식의 양에 있다면 난 아이가 아니야. 재영은 그렇게 믿었다. 복잡한 공식을 술술 적어 내려갈 수는 없지만, 재영은 상대성 이론의 의미도 알고 있었다. 양자역학이 제시하는 모순도 마찬가지였다. 재영이 처음 양자역학에 흥미를 느낀 건 그게 아빠의 전공이기 때문이었다. 결국은 지독하게 따분하다는 걸 알고 관심을 끊긴 했지만. 인터넷과 검색을 이용하면 지식은 얼마든지 쌓을 수 있었고, 분야에 따라서는 재영이 엄마나 아빠보다 더 많이 아는 경우도 있었다.

그러니 내가 어른이 아니라는 근거는 없어. 섹스라면 언제든지 할 수 있지. 마음에 드는 상대가 없어서 안 할 뿐. 지금 당장 집에서 나간다 해도 합법적으로 아르바이트해서 독립할 수 있어. 그러니 나와 엄마와 아빠는 동등하단 말이야.

동등할 뿐 아니라, 설사 그렇지 않더라도 이제는 동등하게 대해 줘야 했다. 그런데 어른들은 아직도 상황을 제대로 파악하지 못하고 옛 관습에 묶여 살고 있었다. 어른들은 늘 그랬다. 하루 이틀도 아니고, 일이십 년도 아니고, 수백 년 동안 그랬다. 그래서 국사와 세계사 시간이 따분했다. 간혹 미화되는 경우도 있었지만 결국 역사란 힘을 먼저 쟁취한 자들이 그렇지 못한 자들을 착취하고 조종하는 슬픈 얘기의 무한 반복이었다. 똑같은 얘기가 현재에도, 모든 나라와 모든 가정에서 되풀이되고 있었다. 재영의 엄마와 아빠도 마찬가지였다. 한 사람은 이론물리학자이고 또 한 사람은 분자생물학자였지만, 그들의 직업은 부모라는 역할에 아무 차이를 주지 못했다.

아마 앞으로도 그럴 것이다. 재영이 독립을 한 다음에도 엄마와 아빠는 단순히 물리적으로 좁힐 수 없는 나이 차이와 얼마 안 되는 경험의 차이를 내세워 자신들의 모순을 정당화할 것이다.

연희는 이미 재영의 가정사에 대한 흥미를 잃은 듯 손등의 메시지창에 타이핑 하느라 여념이 없었다. 연희는 본래 한 가지 일에 오래 집중하지 못했다. 연희의 엄마는 딸에게 '주의력 결핍 과다 행동장애', 줄여서 ADHD가 있다고 믿었다. 병원

검사 결과는 지극히 정상이었지만 연희의 엄마는 의사가 엉터리라고 우겼다. 연희에게는 말하지 않았지만, 재영은 어쩌면 그래야 자식의 단점에 대한 책임을 조금쯤 회피할 수 있다고 연희 엄마가 믿고 있을지도 모르겠다고 생각했다.

같은 반의 다른 아이들은 그 산만함 때문에 연희를 외면했지만, 그래도 재영은 연희와 친구가 되었다. 한 가지 화제를 오래 이어 가기는 힘들었지만, 어차피 다른 아이들도 어떤 주제를 끄집어내든 결국 자신의 얘기로 돌아가게 마련이었다.

재영은 그런 것까지 염두에 둘 수 있는 자신이 대견했다. 그리고 큰언니라도 된 양 여유로운 마음으로 연희를 지켜보았다.

연희가 눈길을 들어 재영을 보며 말했다.

"내가 전에 얘기했던가? 옆 학교에 재미있는 애가 있다고. 지금 걔하고 채팅하는 중이야."

재영은 기억을 더듬어 보았다. 연희는 최근 들어 강원종합학교에 있는 남자아이 이야기를 많이 했다.

"아, 남들하고 뭔가 조금 다르다던 아이…, 석현이라고 했던가?"

"응. 맞아. 석현이는 남들이 그냥 보고 지나치는 걸 이리저리 끼워 맞추기 좋아하거든. 그래서 재미있는 얘기를 많이 해 줘."

음모론을 좋아한다는 얘기군. 재영이 그렇게 생각하며 물었다.

"이번엔 무슨 얘기를 했는데?"

"올 수학여행이 수상하대."

"어떻게?"

"수학여행 예정 날짜가 네 번 바뀌었잖아?"

"그랬지."

"우리 학교만 그런 게 아니래. 강원종합학교도 마찬가지
라는데."

재영이 반신반의하면서 물었다.

"거기도 날짜가 네 번 바뀌었다고? 확정된 날짜도 우리랑
같고?"

"석현이는 그렇다고 했어."

재영은 잠시 고개를 갸우뚱거리다가 물었다.

"이유는 뭐래?"

연희는 입을 삐죽 내밀어 보였다.

"아직 그것까지는 짜 맞추지 못했나 봐. 지금 열심히 인터
넷을 뒤지는 중이래. 음모론을 만드는 게 취미이긴 하지만 그
래도 나름 조사는 하는 애거든. 게다가 그런 쪽에 조금 재능
이 있나 봐. 해킹이라고 하던가?"

재영이 웃었다.

"그런 애들 재미없잖아?"

"음…, 적어도 얘는 나랑 놀아 주니까. 걱정하지 마. 너무
이상한 애 같으면 차단할 테니까."

아, 그런 거였군. 재영은 연희의 한 마디에 많은 걸 납득
할 수 있었다. 그때 노트북 화면의 상단에 길고 파란 알림창

이 떴다.

'수업 시작 5분 전입니다. 모두 선생님 화면으로 전환해 주세요.'

알림창 높이만큼 아래로 밀려났던 연희의 얼굴이 혀를 내밀었다. 조금 이따 보자는 연희의 말에 재영은 노트북 키보드를 조작했다. 조금 전까지 연희가 앉아 있던 화면에 사십 대중반의 여자 사회 선생이 등장했다. 3교시 시작이었다.

재영이 수업 내용을 들으려는데 왼쪽 손등에서 신호음이 울렸다. 연희가 보낸 메시지가 깜빡이고 있었다.

'최연희 님이 단체 대화실로 초대했습니다. 현재 참가자는 최연희, 강석현 님 2인입니다. 초대를 수락하시겠습니까?'

재영은 살짝 망설이다가 '확인' 버튼을 건드리고 다시 노트북 화면 속 선생의 눈을 마주 보았다.

*

'어른의 문제'는 시간에 비례해서 심각해지고 있었다. 재영의 아버지는 논문 마무리 때문에 바쁘다는 핑계를 대고 사흘만에 집에 돌아왔다. 아버지의 얼굴에는 구겨진 옷만큼이나 주름이 늘어난 것 같았다. 남편을 맞이하는 어머니의 표정도 밝을 리가 없었다. 재영이 옆에 있었건만, 이제 두 사람은 분위기를 조금이라도 가볍게 만들려는 노력조차 하지 않았다.

재영은 답답함을 견디지 못해 저녁 식사가 끝나자마자 방으로 들어와 버렸다. 머리로는 이해하고 넘어가야 한다고 생각했다. 배우자를 두고 바람을 피우는 어른은 재영의 아버지만이 아니었다. 여러 해 전부터 남녀를 불문하고 바람을 피우는 기혼자들이 폭발적으로 늘어나기 시작했다. 처음에는 그런 어른들을 향한 비난이 사방에서 넘쳐났지만 결국은 범세계적인 합리화의 물결이 논란을 덮어 버리고 말았다. '바람'이라는 단어도 그 파도에 휩쓸려 점차 사라졌고, 이제는 아이들만 쓰는 말이 되었다. 대신 '용서'와 '실험'이라는 단어가 강제적으로 빈자리를 메꿨다.

재영은 선댄스의 죽음과 마찬가지로, 이해는 하면서도 감정의 요동을 막지 못했다. 다른 사람은 다 그래도 아빠는 안 그럴 줄 알았는데. 재영은 그런 현실을 거부하고 싶었다. 하지만 가슴의 통증은 너무나 생생해서 마치 손이라도 달린 것처럼 재영의 고개를 움켜쥐고 아버지의 바람을 외면하지 못하게 만들었다.

왼쪽 손목에 붙인 반투명 스마트 패치에서 신호음이 울렸다. 재영은 책상 의자에 앉아서 패치에 떠오른 창을 건드렸다. 며칠 전 연희가 초대한 3인 단체 대화실의 노란 네모가 떠올랐다.

연희: 안 들어오고 뭐 해?
재영: ?

연희: 새로 나온 '다크 스톤'이 오늘부터 열리잖아. 같이 시작하
    자고 해놓고는.

재영: 아, 미안. 그럴 기분이 아니라서. 석현이랑 해. 내 캐릭터는
    나중에 키워 줘.

석현: 그럴래, 그럼?

연희: 대기 대기. 부모님 때문?

재영: ….

연희: 일단 게임에 로그인하고 나서 얘기해도 되잖아.

재영: 그럴 기분이 아니라니까.

석현: 혹시 너희 부모님도 바람피워?

연희: 야, 그 얘기하지 마라니까!! 재영이 예민하다고!!

석현: 아, 미안 미안. 그런데 확실한 거야? 안 그런 집도 많다고
    하던데.

재영은 말을 할까 말까 망설였지만, 이미 연희가 대부분
얘기를 한 것 같다는 생각에 한숨을 길게 쉬었다. 그리고 다
시 입력을 시작했다.

재영: 지금 엄마 아빠가 그걸로 펑 터지기 직전이야. 참, 아빠가
    바람피우는 상대 이름도 알아냈어.

연희: 에이, 그럼 끝난 거네. 너희 엄마한테 달린 거야, 이제.

석현: 어떻게 알았는데?

재영: 어제 두 사람이 싸우는 소리를 엿들었거든. '설주'라는 사람

애길 자꾸 하더라고. 그래서 알았지.

석현: 아빠 전화는 뒤져 봤어?

재영: 사실 그게 마음에 걸려. 우리 아빠는 샤워할 때 스마트 패치를 떼어 놓고 들어가거든. 비번도 안 걸어 놓고. 그래서 연락처를 뒤져 봤어. 설주라는 이름은 없더라.

연희: 설마 이름을 그대로 썼겠니!

재영: 다른 이름으로 적어 놨으면 방법이 없겠지. 어쨌든 두 사람이 그 이름을 놓고 싸운 건 분명해.

연희: 너희 엄마는 뭐래? 죽여 버린대?

재영: 우리 엄마는 화가 크게 날수록 말을 안 하는 사람이야. 그래서 더 찜찜해. 요즘엔 둘이서 한참을 얘기하거든. 이미 선을 넘었다는 거잖아.

석현: 정확히 무슨 얘길 했는데?

재영: 자세히는 못 들었어. 설주라는 사람이 아빠한테 뭔가 중요한 걸 요구했나 봐. 아빠는 피할 방법이 없다고 했어. 엄마는 정말이냐고 여러 번 묻더니… 운 것 같아. 우는 걸 보진 못했지만, 눈이 퉁퉁 부었더라고. 우리 엄마 웬만해선 안 우는 사람인데.

석현: 직접 물어보면 어때?

재영: 그건 싫어! 어차피 얘기도 안 해 줄 테고.

석현: 그럼 어떡하고 싶어? 집 나올 거야?

재영: 미쳤어? 내가 왜 그런 여자 때문에 집을 나가? 차라리 그 여자를 찾아가서 머리채를 다 뽑아 버리면 몰라도.

석현: 음…, 내가 도와줄까?

재영: 응? 뭘?

석현: 설주라는 사람 정체를 알아내는 거.

연희: 아, 맞다. 너 그런 거 잘하지.

재영: 무슨 소리야?

연희: 쟤가 웹사이트 뒤지고 그런 거 잘한다니까. 수학여행 사건
　　　도 그런 식으로 알아낸 거야.

석현: 지금 이대로는 안 돼. 방금 그 이름으로 뒤져 봤는데 별로
　　　걸리는 게 없어. 검색어가 좀 더 있어야 하는데….

'강석현 님이 파일을 보내려 합니다. 수락하시겠습니까?'

석현: 우선 이거 다운받아 봐.

재영: 뭐야, 이게?

석현: 한 번 실행시키고 나서 너희 집 허브에 넣고 다시 실행시
　　　켜. 작동하기 시작하면 집 안에서 스피커나 마이크가 달린
　　　기계로 모은 소리가 전부 너한테 전송될 거야.

연희: 이야! 재영이네 엄마 아빠가 하는 얘기를 도청한다는 거네?

석현: 맞아. 그러면 검색해 볼 만한 단어가 나오겠지. 이걸 쓰고
　　　안 쓰고는 어디까지나 재영이 마음이지만.

재영: 해 볼래.

석현: 응. 잘 안 되면 언제든지 물어봐.

연희: 잘됐다. 아니, 이게 잘된 거 맞나? 참, 수학여행 얘기가 나
　　　와서 말인데, 또 바뀌었어!

재영: 날짜?

연희: 응. 그게 다가 아니야. 우리 학교랑 강원도만 그런 게 아니더라고. 석현이가 조사해 봤는데 경기도, 경상도, 전라도, 충청도, 제주도 그러니까 전국의 종합학교들 모두 수학여행 날짜가 다섯 번 바뀌었어. 심지어 날짜와 시간도 똑같아.

재영: 작년에도 그랬나?

석현: 아니야. 안 그래도 예전 기록까지 찾아봤거든. 작년까지는 학교마다 날짜가 달랐어. 이번만 그런 거야.

재영: 그냥 정책이 바뀐 거 아니야? 교육 쪽은 툭 하면 그러잖아.

석현: 그럴 수도 있는데 뉴스에선 못 찾겠더라고. 그래서 교육청 계정을 하나 뚫어 볼 참이야. 이게 성공하면….

연희: 혹시 선생님들이 어디에 사는지도 알 수 있는 거야?

석현: 가능할 거야.

연희: 꺄악! 나 좋아하는 선생님 있는데! 성공하면 부탁해!

석현: 왜. 스토킹이라도 하려고?

연희: 으악. '다크 스톤' 로그인 대기 시간이 네 시간이야. 이거 어떡해!

재영: 저기, 미안한데 나 아무래도 석현이가 준 거 지금 설치해 봐야겠어. 이걸 안 하면 아무것도 못 할 것 같아.

석현: 그래. 파일 안에 설명서도 넣어 놨으니까, 해 보고 문제 있으면 얘기해.

재영: 응.

재영은 노트북을 켜고 집 안 전자기기를 전부 관리하는 허브로 접속했다. 석현이 첨부해 준 설명서는 어렵지 않았고, 허브 비밀번호가 자신의 생년월일이란 사실은 전부터 알고 있었다. 재영은 플러그인 폴더 안에 석현이 준 프로그램을 넣은 다음 허브를 재부팅했다. 부팅이 끝나자 석현의 프로그램이 보내는 정보들이 노트북 화면에 떠오르기 시작했다. 잘 알지 못하는 용어가 한 화면 가량 쌓이고는 '음성 파일 수신 시작'이라는 말과 'OK'가 보였다.

재영은 마음 한구석에서 뜨겁게 달궈진 자갈처럼 불편하게 굴러다니는 죄책감을 깊은 곳에 묻어 두었다. 엄마와 아빠가 어쩌지 못하는 문제, 어른이랍시고 무턱대고 숨기기만 하는 문제의 근원에 직접 접근하겠다는 두근거림이 그보다 훨씬 컸기 때문이다.

＊

재영은 노트북을 열고 '네트워크 서울'을 실행시켰다. 재영의 계정으로 들어갈 수 있는 메뉴는 몇 가지 되지 않았다. '서울종합학교'를 선택하고 스마트 패치에 지문을 찍자 학교 주 화면과 친구 화면이 순서대로 열렸다. 주 화면 상단에는 서울종합학교의 접속자 수와 전교생 수가 적혀 있었다. 7842/9364. 수업 시작 시간을 앞두고 접속자 수가 빠르게 증가하고 있었다. 재영은 전교생 수를 눈여겨보며 잠깐 생각했다. 어제는 9,365명 아니었나? 4월에 졸업을 했을 리도 없고…

서울 어디선가 또 한 명이 죽었구나. 자살일까? 교통사고? 저녁에 또 미래를 걱정하는 뉴스가 나오겠지. 그리고 어른들은 아무 대책도 못 세우겠지. 재영은 평상시와 똑같은 결론에 도달하고는 친구 화면에서 손을 흔드는 연희를 향해 웃음을 지었다.

가늘고 높은 연희의 목소리가 노트북 스피커에서 흘러나왔다.

"재영아, 나 이제 조금 무서워졌어."

재영은 왼쪽 손등에 붙어 있는 스마트 패치를 물끄러미 바라보다가 연희가 여러 차례 부르는 걸 깨닫고 기계적으로 되물었다.

"응? 뭐가?"

"석현이가 무서워지기 시작했다고."

재영은 머리에 떠오르는 대로 말을 던졌다.

"왜, 걔가 네 계정이라도 해킹했어?"

"그랬다가는 나한테 죽지. 그동안에 수학여행 문제를 계속 뒤졌던 모양이야. 수상한 게 한두 가지가 아니래. 무엇보다 섬뜩한 건 바로⋯."

연희가 말을 맺기도 전에 '선생님 화면'이 강제로 우선권을 가져가며 맨 위로 떠올랐다. 재영은 반사적으로 화면 구석의 시계를 보았다. 수업을 시작하려면 아직 5분도 더 남았는데, 왜?

낯익은 단발머리 여자 선생이 자못 진지한 얼굴로 입을 열었다.

"오늘은 몇 가지 공지 사항이 있습니다. 우선⋯ 눈썰미 있는 학생들은 알아챘을지 모르지만, 서울 학생 한 명이 스스로 목숨을 끊는 사건이 발생했습니다."

재영은 눈을 천천히 깜빡이며 지난번 전교생 숫자가 줄었을 때를 상기했다. 그때는 학교에서 별도로 언급하지 않았다. 그 이전에도 마찬가지였다. 자살이 처음도 아니었다. 재영은 이번 아이가 왜 특별한 취급을 받는지 알 수 없었다.

선생은 말을 이었다.

"여러분, 자살은 문제를 해결하지 못해요. 우리가 혼자 살지 않고, 혼자 살 수도 없다는 건 학생들도 느끼고 있을 거라 생각해요. 따라서 나와 타인은, 나와 부모님과 친구들은 서로 손을 내밀고는 맞잡고 사는 거예요. 자살이란 그 손을 일방적으로 내치는 행위입니다. 아무것도 해결하지 못한 상태로 얼어붙어서 영원히 떠나는 행위입니다. 그리고 남은 사람들 또한 깨어진 관계를 영원히 품은 채 살아가야 합니다."

재영의 의혹은 점점 커졌다. 예전과 다른 일들이 하나씩 늘어나고 있었다. 본래 전교생 숫자가 줄어들 때면 추가 수업이 생기고는 했다. 학생이 제 목숨을 끊었을 때는 자살 방지 특별 교육이 생겼고, 사고로 같은 결과가 벌어졌을 때는 안전 교육을 한 시간 받아야 했다. 늘 당연하고 뻔하고 틀에 박힌 내용이었다. 어른들은 그런 영상만 보여 주면 아이들이 다치지 않을 거라 생각하는 게 분명했다.

그런데 이번엔 달랐다. 자살하지 말라고 당부하는 선생은 감정이 북받쳤는지 눈매가 조금 젖어들고 말을 매끄럽게 잇지 못했다. 편집된 영상이 아니라는 뜻이었다. 혹시 이번에 죽은 아이가 저 선생님 아이였을까? 학교 측에서는 아이 엄마가 생방송으로 직접 호소하면 설득력이 클 거라 생각했을까?

만약 그렇다면 한심하기 짝이 없는 일이었다. 전 세계적으로 더 이상 신생아가 태어나지 못하는 현상은 11년 전부터 시작되었다. 재영이 열여덟 살이고, 현재 지구에서 가장 어린 아이는 열한 살이다. 원인과 해결책은 밝혀지지 않았다. 전 세계의 모든 생물학자와 유전공학자들이 온갖 실험을 했음에도 실패하자 각국은 충격과 공포, 그리고 혼란에 휩싸였다. 이제 사람들은 본의 아니게 인류의 멸종을 준비해야 했다. 많은 사람들이 바람을 피우는 유행이 시작되었다. 용서와 실험이라는 단어가 바람이라는 말을 대신한 것도 그때부터였다.

그런데 이제 갑자기 자살하는 아이를 줄이기 위해서 수업 시간에 엄마의 눈물을 보여 준다고? 재영은 아무리 생각해도 뒤바뀐 순서에 들어맞는 설명을 찾을 수 없었다.

"어떤 문제 때문에 세상이 끝났다고 생각할 수는 있어요. 선생님도 어릴 때 그런 생각을 수없이 했죠. 하지만 어쩌면 그 문제는 일주일만 참으면, 6개월이나 1년만 참으면 해결되거나 스쳐 지나갈 문제일 수도 있어요. 극단적인 선택을 하지 말고 조금만 더 기다리면 세상이 넓어질지도 몰라요. 그러면 꽉 막혔던 미로의 문이 보일 수도 있어요. 혹시 지금 자살을 생각하는 학생이 있다면 일주일만 참아 보세요. 그래도 견딜 수가 없으면 친구나 부모님께 도움을 청하세요. 그게 힘

들다면 서울종합학교 메뉴에서 '24시간 상담'을 클릭해주셔
도 되고, 지금 스마트 패치로 전송되는 번호를 바로 눌러 전
화를 걸어도 됩니다.

우리는 수업 서너 시간보다 여러분 한 사람의 생명을 살리
는 게 비교할 수 없을 만큼 중요하다고 생각합니다. 오늘은
간단한 일정 하나만 더 전하면 더 이상의 수업은 없습니다.
선생님이 한 얘기를 진지하게 생각해 주세요."

재영은 귀를 의심했다. 1년 전 세 아이가 동반자살을 했을
때도 예정된 수업을 생략하는 일은 없었다. 재영이 입을 반쯤
벌리고 있는 동안 수학여행 확정 일시와 관련 정보가 '중요'라
는 붉은 글자와 함께 화면을 가득 채웠다.

재영은 의자 등받이를 한껏 누르며 깊숙이 앉았다. 딱히
앞으로 나아갈 이유는 없지만, 시야를 완전히 가리는 안개에
둘러싸여 오도 가도 못 하는 기분이 들었다. 재영이 알 수 없
는 불안감으로 아랫입술을 잘근잘근 깨물고 있을 때 스마트
패치가 가볍게 진동했다.

연희: 와! 왜들 저래? 웬 유난이야?
재영: 글쎄. 죽은 애가 특별했던 거 아니야?
연희: 와! 그런 거라면 진짜 재수 없다. 사람 목숨에 특별하고 아
       닌 게 어딨어?
석현: 그건 아닌가 봐. 방금 사고 뉴스를 검색해 봤는데 그냥 평
       범한 아이야. 나이는 열일곱. 부모는 그냥 회사 직원들. 할

아버지와 할머니까지 거슬러 올라가 봐도 저럴 만한 이유
는 없어. 재벌가나 정치인 손자도 아니고.

재영: 저 선생님 아이인 줄 알았는데.

석현: 그것도 아니야. 따라서 왜 저러는지 알 수 없다는 게 결론.

연희: 헐! 그것도 찾아봤어? 교사용 계정 해킹에 성공한 거야?

석현: 정답.

연희: 그럼 어제 해 줬던 무서운 얘기도?

석현: 그래서 알아낸 거야.

재영: 아까 얘기하다가 만 게 그거지? 뭐야, 무섭다는 게?

연희: 석현이 셧! 내가 얘기할래! 수학여행 날짜가 전부 똑같다는
건 알고 있지? 그런데 우리나라만 그런 게 아니래!!

재영: 음?

연희: 우리 출발 시각이 16일 낮 2시잖아. 다른 나라 학교들도 전
부 똑같대. 나 소름 돋았어.

재영: 다른 나라도 예외 없이 16일 낮 2시? 세계 모든 아이들이 다?

석현: 그게 아니라 정말로 '동시'라는 거야. 예를 들어서 태국의
방콕종합학교는 정오에 공항으로 모여. 스위스는 새벽 6시.
행선지는 전부 달라. 후쿠오카로 가는 곳은 서울종합학
교뿐이고.

재영: 그게 뭘 의미하지?

석현: 모르겠어. 무슨 행사라도 준비하는 걸까? 교사용 계정에 1차
비밀번호로 알아볼 수 있는 건 이게 한계야. 다른 해와 차
이가 있는 건 분명하지만 어디까지나 수학여행이라고 돼

있거든.

연희: 행사? 그거 말 된다. 깜짝 쇼란 얘기지? 이제 더 이상은 새로 태어나지 않는 전 세계 마지막 아이들의 축제.

재영은 연희처럼 무작정 긍정적으로 해석할 수 없었다. 범상치 않은 선생의 설교와 살짝 비치던 눈물도 마음 한쪽에 남아 있었다. 하지만 달리 생각하려 해도 연희가 내린 결론 외에 적당한 것을 발견할 수가 없었다.

수학여행은 학년을 불문하고 참석해야 하는 유일한 야외 활동이었다. 살아 있는 아이들의 수가 더 늘어나지 않으면서 모든 교과 과정을 온라인으로 마치는 것은 당연한 일이 되었다. 사고 위험을 최대한 줄이기 위해서였다. 대신 수학여행을 매년 가는 새 전통이 생겼다. 온라인상에서 같은 반이라 한들 실제로는 같은 구에 살지 않는 경우도 허다했기 때문에, 1년에 한 번 수학여행 때에나 친구를 만나는 일도 적지 않았다. 재영과 연희는 비교적 가까이 살아서 가끔 만나는 편이었고, 이번 수학여행을 시작하는 16일에도 함께 갈 계획이었다.

재영은 머리를 좌우로 흔들고 눈을 비볐다. 축제가 준비되어 있든 말든 중요한 문제는 아니었다. 연희와 석현은 음모 캐기 놀이에 푹 빠진 것 같았지만 결국은 아이들 장난에 불과했다. 재영에게는 해결해야 할 어른의 문제가 있었다.

'음성 파일 001을 전송합니다.'

재영: 두 사람 다 이것 좀 들어 봐.

연희: 이게 뭐야?

석현: 부모님 음성이 어느 정도 모였나 보구나.

재영: 응.

연희: 너희 아빠 바람 상대의 정체는 알아냈어? 이름이 설주라고 했던가?

재영: 사실은… 아직 안 들어 봤어. 내가 상상하는 것보다 더 심각한 얘기가 들어 있으면 어떡해? 그러니까 같이 들어 줘.

석현: 알았어. 우선 듣고 얘기하자고.

재영은 두 사람에게 파일을 보내고 손등에서 재생 버튼을 눌렀다. 이제 엄마와 아빠의 얘기를 엿들으면 다시 그 이전으로 돌아갈 수는 없다. 설주가 누군지 알아내고 그 여자가 끼친 해악을 몰아내는 일에 동참한 셈이기 때문이다. 어른들이란 본래 어리석은 행위를 제힘으로 끝내지 못한다.

재영은 한 단어도 놓치지 않도록 온 정신을 한데 모았다.

(여성) 아직도 마무리가 안 됐다는 거야? 언제까지나 이런 상태로 살 순 없잖아.

(남성) 나도 최선을 다하고 있다고! 소리 질러서 미안해. 하지만 나 혼자 이리저리 뛴다고 앞당길 수 있는 일도 아니잖아. 애당초 우리가 감당할 수 있는 수준을 넘어서는 문제였어. 설주가 요구하는 바를 정확히 파악하는 데에 너무 많은

시간이 걸렸고.

(여성) 그거야 알지. 이제는 나도 연관된 일이니까. 그래도….

(남성) 재영이가 눈치 못 챈 건 확실하지? 절대로 알아선 안 돼.

(여성) 사실 조금 걱정이긴 해. 눈치가 보통은 넘는 애라서.

(남성) 어쨌든 최대한 티를 내지 마. 일 핑계를 대고 밤늦게 들
　　　어오는 것도 괜찮은 방법이야. 재영이를 조금이라도 더
　　　보고 싶은 마음이야 굴뚝같지만 그래도 우린 부모니까….

(여성) 알아, 안다고! 당신만 부모가 아니란 말이야! 내가 재영이
　　　를 더 사랑하면 했지 당신이 무슨…. 3년 전에 당신이 저질
　　　렀던 일을 벌써 잊은 건 아니겠지? 지금도 그 일만 생각
　　　하면 손이 바들바들 떨린단 말이야!

(남성) 한 번도 잘했다고 한 적은 없잖아. 잘못했다고! (침묵) 우
　　　리 이러지 말자. 지금은 설주와 재영이 문제보다 중요한 건
　　　아무것도 없어.

(여성) 알고 있어. 안다니까.

(여성) 정말 설주는 모든 걸 단숨에 부수는구나. (한숨)

(남성) 허탈하지. 과학자라면 이런 충격에서도 헤어날 수 있어야
　　　하는데. 당신도 알지? 플랑크 에너지와 양자역학의 문제
　　　를 단숨에 해결할 수 있다고 주장하던 사람들을 내가 얼
　　　마나 비웃었는지. 그자들은 과학자가 아니었다고. 과학
　　　이 뭔지도 모르는 사람들이었단 말이야.

(여성) 아, 그 얘기였어? 난 그런 건 진작에 털어 버렸어. 결국은 결과론일 뿐이잖아. 당신이 고수했던 과학적 태도에는 아무 문제가 없어. 그건 확실히 답해 줄 수 있어.

(남성) 그렇지? 난 잘못한 게 아니지?

(여성) 아까 내가 말하려던 건 조금 다른 허탈감이야. 연애 때 했던 얘기 기억나? 우린 과학자가 창조와 관련된 직업이라고 생각했잖아. 우주의 비밀과 진실을 알아내면 결국 인류가 앞으로 나아가는 데에 도움을 줄 거라고. 그런데 지금 뭘 하고 있냔 말이야. 결국은 그동안 쌓아 왔던 걸 전부 해체하고 부수는 거잖아.

(남성) 어느 쪽으로도 해석할 수 있는 일이야. 난 그렇게 생각하기로 했어.

(여성) 또 현실주의자랍시고 잘난 척하려는 거지? 조금 전까지 신념이 무너졌다고 울 것 같았던 게 누구더라? 당신은 그게 문제야. 남이 하면 불륜이고 내가 하면 로맨스고.

(남성) 아니야. 당면한 문제를 감당하기 어렵다고 해서 우리가 해 온 일의 가치까지 깎아내릴 필요는 없다는 거야. 끝없이 허탈하다고 해서 의미가 있는 일을 폄하하고 왜곡하는 거야말로 세상에서 가장 어리석은 일이야. 그 세상이 어떤 세상이든, 얼마나 작은 세상이든 상관없이.

(여성) 또 병이 도졌구나. 자신의 실수는 감추고 그럴듯한 말로 혼자 잘난 척하는 병…. (한숨) 그래도 눈곱만큼 위안이 되긴 했어.

(남성) 당신 쪽 데이터는 신뢰할 만해? 설주가 최종 시한을 못 박았어.

(여성) 능력을 최대한 쥐어짠 거야. 그 정도면 그 사람… 설주도 만족하겠지.

(남성) 만족이라… 설주에게 그런 말을 쓸 수 있는지 모르겠어. 과연 우리하고 같은 감정을 느끼긴 하는 걸까? 설주가 한 말을 믿을 수는 있는 걸까?

(여성) 이제 그런 생각은 아무 소용이 없어. 시간이 없으니까. 감정이 얼마나 다른지는 모르지만 적어도 한 가지 공통분모가 있다는 건 확실하잖아. 어린 세대를 걱정하는 건 분명하다면서?

(남성) 응. 그것만 믿고 모든 걸 걸기로 한 거야. 이제 계획대로 진행되길 바라는 것밖에 안 남았어.

(여성) 그때까지 비밀이 지켜질 수 있을까? 벌써 새어 나갔다는 소문이 도는데, 어디까지 사실일까?

(남성) 그랬다 해도 이젠 돌이킬 수 없어. 필요하다면 무력을 써서라도 막아야지.

재영이 마지막 말을 듣자마자 대화방 알림음이 울렸다. 재영은 부모의 대화 내용을 완전히 파악하지 못한 채 다른 아이들이 보내는 메시지를 읽기 시작했다.

연희: 세상에. 나 완전히 충격받았어. 너희 아빠 두 번이나 바람

을 피운 거야?

석현: 야, 그건 확실하지 않잖아.

연희: 뭐가? 재영이네 엄마가 3년 전 일을 벌써 잊었냐고 화를 냈잖아.

석현: 그건 나도 알아. 그게 바람이라고 쳐도 두 번 바람을 피운 건지는 모르겠단 얘기야.

재영: 석현이 네가 보기에도 이상한 거 맞지?

석현: 응.

연희: 엥? 이번 일은 바람이 아니라는 거야? 그럼 설주란 여자는 뭔데?

석현: 어디 보자…. 음성 파일을 텍스트로 변환시켰으니까 읽어 줄게. '그 정도면 설주도 만족하겠지'란 구절이 있어. 설주가 한 말을 믿을 수 없다는 부분도 있고.

연희: 지금 제일 중요한 게 설주와 재영이 문제라는 말도 있었어. 재영이 문제라는 게 뭘까? 양육권? 요즘엔 부모가 이혼 절차에 들어가면 우리를 보호한답시고 바로 종합학교 기숙사로 보내 버리지?

석현: 혹시…, 설주란 사람이 재영이를 빌미 삼아서 아버지를 협박하는 건 아닐까?

재영: 나도 그런 느낌이 들었어. 뒤로 가면 갈수록.

연희: 협박? 목적이 뭔데?

석현: 재영이네 아빠가 데이터는 신뢰할 수 있냐고 물었지? 능력을 최대한 쥐어짰다는 얘기도 나왔고. 두 분 모두 과학자

니까… 무슨 정보 아닐까? 설주라는 사람이 기밀을 넘기라고 하는 걸지도 몰라.

연희: 우와! 이거 완전 영화다!

석현: 넌 이 상황에서 그런 말이 나오냐?

연희: 재영아, 미안 미안.

재영: 아니, 괜찮아. 이제 앞뒤가 어느 정도 맞는 것 같아. 아빠가 또 바람을 피우려다가 함정에 빠졌는진 모르겠지만 어쨌든 값이 나가는 정보를 넘길 수밖에 없는 모양이야. 엄마까지 연루되어 버렸고.

연희: 재영이는 좋겠다.

석현: 무슨 소리야?

연희: 재영이네 부모님이 재영이를 끔찍하게 사랑한다는 건 확실하잖아.

석현: 그건… 그렇지.

연희: 우리 엄마보다 백배는 나아. 우리 엄마는 요새 날이면 날마다 술에 절어 산다고. 알코올 중독치료를 끝낸 지 1년도 안 됐는데.

석현: 그런 식으로 말하면 난… 에이, 관두자. 재영이 넌 이제 만족했어?

재영: 묘한 기분이야. 내가 상상하던 일은 아닌 것 같지만, 앞으로 아빠 엄마가 어떻게 달라질지…. 난 이제 어떡하면 되는지…. 생각 좀 해 봐야겠어. 두 사람 다 도와줘서 고마워.

연희: 별소리를 다 하네. 수학여행 가면 축제가 있다잖아. 가서

신나게 놀기나 하자고. 석현아, '다크 스톤' 접속하자.

석현: 난 검색을 좀 더 해 봐야겠어.

연희: 작작 좀 해. 이제 얘기 다 끝난 거 아니야?

석현: 난 아니야. 본론은 이제부터 시작이라고. 설주라는 사람의
정체를 못 밝혔잖아. 협박을 일삼는 산업 스파이인데. 플
랑크 에너지와 양자역학이라는 키워드를 얻었으니까 연계
해서 뒤질 거야. 뭐든 더 알아내면 얘기할게.

재영: 응. 고마워.

재영은 두 친구가 놓친 점을 깨닫기 전에 얼른 인사를 했다.
아빠와 엄마 사이의 불화가 우려한 바와 다르다는 사실은 다행
이었다. 이번 일로 엄마가 이혼을 선언하고 자신이 기숙사로
끌려갈 수도 있었지만 그러기까지는 아직 시간 여유가 있었다.
하지만 자신과 설주가 함께 언급된다는 게 문제였다. 정말
설주가 나를 볼모로 삼아서 협박하는 걸까? 도대체 어떻게?
유괴? 납치? 근래에 나를 미행하거나 감시하는 사람이 있었
나? 재영은 몇 안 되는 외출 때를 돌이켜 봤지만 그런 기억
은 없었다.
재영은 답답하고 제멋대로인 어른들이 싫었지만 그런 어
른에게 짐이 되기도 싫었다. 자신이 중요한 위치에 있는 일
인데도 아무 얘기를 듣지 못했을뿐더러 철저하게 차단당하고
있다고 생각하니 화도 났다. 그런데 마음 한구석에 이상하고
작은 감정이 하나 자리를 잡았다. 자신 때문에 업무상 중요

한 일을 망쳐 버릴 수밖에 없는 아빠와 엄마가 조금 측은하게 느껴졌던 것이다.

재영은 두 사람이 왜 그렇게 행동할 수밖에 없는지 이해할수도 있을 것 같았다. 하지만 머리로 이해한다고 해서 답답함과 분노가 응어리지는 것까지 막을 수는 없었다.

✳

수학여행 날 아침이 되었다. 아빠가 운전하는 차에 엄마와함께 타고, 연희 엄마에게 인사를 하고, 뒷좌석에 연희와 나란히 앉아 인천 여객터미널 진입로에 들어섰지만, 재영의 마음속 매듭은 점점 더 엉켰다. 재영은 옆에서 쉴 새 없이 꼼지락거리는 연희를 바라보았다. 평상시라면 어른이 곁에 있든말든 맥락이 뚝뚝 끊어지는 얘기를 줄줄 늘어놓았을 연희였지만, 오늘은 웬일인지 스마트 패치 화면을 크게 늘려서 게임에만 열중하고 있었다. 재영은 눈을 돌려 좌석 위로 솟은 아빠와 엄마의 뒷모습을 쳐다보았다.

재영의 심장 한가운데를 꽉 조이는 매듭이 추가된 건 어제였다. 어제 엄마와 아빠는 휴가를 받게 되었다며 재영을 데리고 시내에 나갔다. 두 사람은 재영이 평소 갖고 싶었던 신발과 신형 스마트 패치를 사 주고, 평소에는 엄두도 못 내던 고가의 식당으로 딸을 이끌었다. 재영은 마냥 기뻐하는 고2 학생 역할을 하며 뇌에서 입술까지 기어 내려온 질문을 억누르느라 있는 힘을 다했다. 초등학생 때 이후 처음으로 온 가족이 나들이를 하면서, 재영은 커다란 고비 하나가 눈앞에 닥쳤다고 확신했다.

하지만 그 이상은 아무 일도 일어나지 않았고 오늘이 되었다. 재영은 주차장에 차가 멈추고 아빠가 자동 운전을 절전 모드로 바꾸자 더 이상 참을 수가 없었다. 이제 일주일 동안 두 사람을 볼 수 없다고 생각하니, 그 사이에 모든 일이 정리되고 혼자만 사정을 모른 채 지나갈 것 같은 불안감이 목을 옥죄기 시작했다. 재영은 스스로 어른이라 자처하면서도 얼마나 어린아이처럼 굴었는지 깨달았다. 처음에는 당당하게 뛰어들었지만 정작 사건의 핵심에 접근하자 재영은 눈을 단단히 감고 외면하고 싶은 욕망에 굴복하고 있었다.

거기까지 생각이 미치자 재영의 입이 저도 모르게 갑자기 열렸다.

"아빠, 설주가 누구야?"

재영의 아빠와 엄마는 시간이 멈춘 것처럼 꼼짝도 하지 않았다. 연희는 화들짝 놀라면서 게임 캐릭터를 조작하던 손을 멈췄다.

먼저 고개를 반쯤 돌려 뒤를 본 쪽은 엄마였다.

"너…, 그 이름 어디서 들었니?"

재영이 눈에 힘을 주며 되물었다.

"그건 몰라도 돼. 설주가 누구야? 대답해 줘."

아빠는 아무것도 없는 주차장 벽에서 눈을 떼지 않고 말했다.

"넌 몰라도 된다."

재영의 예상에서 한 치도 벗어나지 않은 어른들의 대답이었다.

"흥. 우리 가족하고 관련된 사람인데 왜 몰라도 된다는 거야? 난 가족 아니야? 그 사람이 엄마하고 아빠한테서 뭘 뜯어내려고 하는 거야? 나를 해치겠다고 협박해서 그러는 거야? 왜 그렇게 순순히 시키는 대로 따르는데?"

재영의 부모는 재빨리 마주 보며 눈빛을 교환했다. 아빠는 운전대를 놓은 손으로 왼쪽 눈두덩을 한참 동안 문지르더니 마침내 입을 열었다.

"아빠가 약속할게. 수학여행을 다녀오면 전부 다 알게 될 거야. 그사이에 전부 잘 해결될 거야. 너한테도 아무 일 없을 거고. 정말이야."

"아빠는 툭 하면 약속을 어기잖아."

재영의 엄마가 얼른 끼어들었다.

"엄마도 약속할게. 그 대신 선생님들이 시키는 대로 따라야 해. 절대 별도로 행동하면 안 돼."

재영은 한동안 엄마를 노려보다가 크게 한숨을 쉬고는 고개를 끄덕였다. 엄마도 헛된 약속을 한 적이 없지는 않았다. 하지만 대가로 무언가를 요구한 경우에는 반드시 지켰다. 그것만은 예외가 없었다.

"알았어. 그럼 우린 가 볼게."

세 사람의 눈치를 살피던 연희는 얼른 가방을 집어 들고 차에서 먼저 내렸다. 재영도 뒤를 따랐다.

재영의 엄마는 차창을 반쯤 내리고 한 번 더 다짐을 받았다.

"제발 부탁이야. 꼭 선생님 말씀대로 행동해."

"아, 그런다고 했잖아. 잔소리 좀 그만해!"

재영과 연희는 빠른 걸음으로 주차장을 벗어났다. 차가 시야에서 사라질 때쯤 연희가 재영을 대신해 뒤를 돌아보곤 물었다.

"너희 엄마 우시는 거 아니야?"

"잘못 봤을 거야. 잔소리를 해 놓고 울긴 왜 울겠어."

"흐음! 그런가. 우리 엄마는 오늘 나오면서 울던데."

재영은 주차장 계단을 완전히 내려온 다음에야 뒤늦게 말뜻을 알았다. 재영이 갑자기 걸음을 멈추는 바람에 연희가 재영의 백팩에 부딪쳤다.

"너희 엄마도 그러셨다고?"

그때 재영과 연희의 패치가 동시에 신호를 울렸다. 석현이 다중 통화를 걸고 있었다. 재영과 연희는 이어셋을 귀에 꽂고 전화를 받았다.

가장 먼저 연희가 말했다.

"웬일로 전화를 다 걸었어? 우리 서로 목소리 듣는 건 처음이지?"

석현은 연희의 말을 무시하고 하고 싶은 말을 쏟아 냈다.

"알아냈어. 전부 다. 아니, 어쩌면 더 복잡해졌는지도 몰라. 어쨌든 메시지로 하려니 너무 길어서 전화한 거야. 너희 지금 어디야? 인천항에 도착했어?"

"응. 지금 재영이랑 소집 장소로 가고 있어. 주차장에서 멀지 않다고 했는데…. 오, 다른 애들도 도착했나 봐. 저기 보이네."

석현이 다급하게 소리를 높였다.

"잠깐 기다려! 아직 그리로 가지 마. 그 대신 내가 지도 보내는 곳으로 가 봐. 늦기 전에. 어서."

연희가 석현에게 질세라 목소리를 키웠다.

"설명도 안 하고 다짜고짜 어딜 가라는 거야?"

"지금부터 설명할 테니까 들으면서 계속 이동해. 너희도 눈으로 봐야 내 말을 믿을 거라고."

재영이 말했다.

"알았어. 지도도 받았고 그리로 가는 중이야. 선생님들 있는 곳하곤 반대쪽이네. 이제 얘기해 봐. 뭐가 복잡해졌다는 거야?"

"우선 수학여행 얘기부터 하자. 전 세계 학생들이 동시에 출발한다는 건 기억하지? 연희에게는 미안하지만 축제는 없을 것 같아. 그러기에는 너무 비정상적이라고. 말도 안 되는 일이란 말이야."

재영이 점점 빨라지는 석현의 말을 가로막았다.

"침착해. 숨 좀 돌려 가면서 차분히 얘기해도 돼. 다 들어 줄 테니까 안심하고."

"올해 수학여행은 출발 시각만 이상한 게 아니야. 인솔자 구성도 그래. 우선 인솔하는 선생님들 수가 예년보다 늘었어. 학생 수는 분명히 줄었는데 이상하지. 너희 학교 공지는 제대로 읽어 봤어? 서울종합학교는 작년보다 인솔교사 수가 40명이나 늘었어."

연희가 심드렁하게 대답했다.

"임시교사 자리가 많이 난 것 아니야?"

"임시교사를 하려면 교원 협회에 가입돼 있어야 해. 그런데 추가된 인원은 협회 회원이 아니었어. 이것도 전국 6개 종합학교가 똑같았어. 다시 말하면 선생도 아닌 사람들이 수학여행에 잔뜩 모여 있다는 거야."

재영이 말했다.

"네 말이 맞나 봐. 아까 멀리서 봤는데 작년에는 선생님이 저렇게 많지 않았어. 그리고 선생님이라면 맨 앞에서 애들을 조별로 나누고 있을 텐데 뒤쪽에도 일정한 간격으로서 있었어."

연희가 나름대로 설명을 덧붙였다.

"확실히 이상하긴 하지만, 그럴 수도 있지 않아? 요전에 수업 없던 날 기억해? 갑자기 자살하지 말라고 생방송을 했잖아. 어른들이 이제서야 우리가 중요하다고 깨달은 거 아니야? 엄청 늦긴 했지만 말이야."

석현이 말했다.

"처음부터 이번 수학여행이 수상했던 건 아니야. 그냥 습관처럼 장난삼아 조사한 거야. 그러다가 너희도 알고 있는 공통점을 찾아냈지. 그다음에 연희에게서 '축제'라는 말을 듣고 엉뚱한 생각이 떠올랐어. 이게 정말 수학여행이긴 할까? 한 번 그런 생각이 드니까 의심은 계속 늘어났어. 어느 나라 아이들은 밤 12시라는 수상한 시각을 잡아 놓고서는 왜 행선지가 전부 다르지? 그래서 타고 갈 교통수단도 알아봤어. 서울 종합학교는 인천항에서 2천 톤급 여객선에 나눠 탈 거야. 너희가 탈 배 이름은 '순양호' 맞지? 나는 동해항에서 '시원호'를 타기로 돼 있어."

재영과 연희는 석현이 지도에 표시한 지점에 가까워지고 있었다. 두 사람은 특별한 건물이나 시설이 있을 거라고 짐작했지만 단지 여객터미널을 벗어나 인적이 드문 곳으로 점점 더 나아갈 따름이었다.

"혹시 여객선에 단서가 있지 않을까 싶어서 찾아봤어. 그런데…."

연희가 석현의 말꼬리를 물었다.

"그런데…?"

"아무것도 없었어."

"여객선은 문제가 없었다고?"

"아니, 없어! 그런 배가 없었다고! 순양호도, 시원호도, 수학여행 때 타라고 했던 배가 하나도 없었다는 얘기야."

재영은 석현이 그토록 흥분하는 이유를 찾지 못하고 물었다.

"원래 큰 배는 일이 있을 때만 항구에 들어오는 거 아니야?"

"항구에 없는 게 아니라, 그런 배가 아예 존재하질 않아! 한두 척 정도 있긴 했지만 이름이 같은 원양 어선이나 유조선이었고."

연희가 말했다.

"네가 잘못 찾아봤겠지. 말이 안 되는 소리잖아? 애초에 없는 배를 어떻게 타고 가라고…."

연희는 갑자기 말을 끊고 아무것도 없는 바다를 향해 천천히 손가락을 뻗었다. 재영은 친구가 가리키는 곳을 무의식적으로 바라보다가 조금씩 입을 벌렸다. 그리고 눈을 질끈 감았다가 천천히 다시 떴다.

"지금쯤 보일 때가 됐을 텐데…."

재영과 연희는 석현의 말을 귀에 담지 못했다. 두 사람은 석현이 알려준 대로 바닷물이 찰싹거리며 둑을 때리는 곳에 서 있었다. 물가에서 약 100미터쯤 떨어진 곳에서 잔물결들이 평평하게 눌리기 시작했다. 매끄러워진 수면이 점점 넓어지더니 눈에 보이지 않는 거대한 다리미로 누르는 것처럼 바닷물이 사방으로 밀려났다. 재영과 연희가 눈앞에서 펼쳐지는 광경을 납득하지 못하는 동안, 밀려난 바닷물이 있던 위치에 아지랑이처럼 하늘거리는 직선과 곡선과 평면과 원기둥이 하나둘씩 생성되기 시작했다.

재영은 둑의 위쪽에 설치된 난간을 두 손으로 힘껏 움켜쥐고서, 연희는 다리가 풀려 주저앉은 채 아무것도 없던 수면 위에서, 자연법칙과 공정을 완전히 무시하며 2천 톤급 여객선이 3분 만에 만들어지는 광경을 보았다.

마침내 그 어느 배보다 현실적이고 물리적인 실체를 가진 여객선이 완성되더니 물살을 좌우로 나누며 천천히 전진하기 시작했다.

먼저 울먹거리며 말을 한 것은 연희였다.

"이… 이게 뭐야? 석현이 네가 장난친 거야? 입체 영상이나 그런 거지? 응?"

석현은 연희의 반응을 완전히 이해한다는 투로 대답했다.

"난 그런 걸 보여 줄 능력이 없어. 내가 한 일이라고는 배가 없는 게 수상해서 기숙사에서 항구에 일찍 나와 본 게 전부야. 그리고 그건 영상이 아니야. 하도 믿을 수가 없어서 시원호가 멈추는 순간에 돌까지 던져 봤어. 부딪치는 소리가 나더라. 그게 배인지 뭔지는 몰라도 영상은 아니야. 너희도 봤으니 내가 미친 것도 아니고."

재영은 비정상적으로 두근거리는 심장을 진정시키지 못하고 입을 열었다.

"강원종합학교가 탈 배도 이랬다는 거지? 그럼 전부, 전 세계 아이들이 탈 배나 비행기가 전부 이렇다는 거야?"

"적어도 나는 그렇게 생각해. 억지로 날짜를 맞춘 것도 그렇고, 전부 사전에 계획된 일이라고 생각해."

연희가 땅바닥에 앉은 채 재영을 올려다보며 물었다.

"이런 일이 가능은 한 거야? 내가 아무리 과학에 대해서 모른다 해도, 이건 아예 말이 안 되잖아!"

재영은 아주 자연스럽게 바다 위를 미끄러지며 학교 친구들이 기다리는 터미널로 전진하는 여객선의 뒷모습을 보았다.

"하지만 우리가 본 걸 부정할 수도 없어. 최소한 세 사람이 맨눈으로, 서로 다른 장소에서 뭔가를 봤다면 그건 실제라고 할 수밖에 없잖아."

"아, 난 이제 뭐가 뭔지 모르겠어. 소름 끼친단 말이야. 무슨 수학여행이 이래?"

재영은 손을 뻗어 연희를 일으켰다.

"일단 따라가자. 선생님과 애들이 있는 쪽으로 가 봐야겠어. 그래야 설명이라도 들을 수 있을 거야."

"정말 그래도 괜찮을까? 저걸 타라고 하면 어떡할 건데? 배 이름은 봤어? 저게 순양호란 말이야!"

재영은 더 이상 말을 하지 않고 억지로 연희를 잡아끌었다. 연희는 어쩔 수 없이 친구를 따랐다. 재영은 애써 바다를 보지 않고 이를 악문 채 걸었다. 하지만 연희는 연거푸 뒤를 돌아보며 움찔거렸다. 순양호를 이어 다른 배들이 계속 생성된다는 뜻이었다.

석현이 길게 한숨을 쉬더니 말을 이었다. 재영은 헐거워진 이어셋을 바짝 조이고 석현의 목소리에 귀를 기울였다.

"얘기할 게 한 가지 더 있는데…."

연희가 소리를 쳤다.

"아직도 남았어? 이것보다 더 이상한 얘기야? 그럼 하지 마. 나 무섭단 말이야. 농담하는 거 아니야."

재영은 연희의 팔을 끌어당겨 손을 꼭 쥐고 말했다.

"괜찮아. 사실을 알고 나면 괜찮을 거야. 그때까진 귀를 막으면 안 돼. 석현아, 얼른 얘기해 봐. 배 말고 또 이상한 게 있어?"

"설주 얘기야. 더 알아낸 게 있거든."

연희가 눈꼬리에서 가늘게 흘러내리는 눈물 한 가닥을 훔치며 말했다.

"설주가 누구인지 찾은 거야?"

석현은 잠시 머뭇거리다가 말했다.

"그렇게 말할 순 없지만…, 아무래도 순서대로 설명하는 게 낫겠다. 처음에는 설주란 이름으로 아무 수확도 없었어. 재영이 부모님들의 동료나 동창 중에도 그런 이름 없었고. 그래서 깔끔하게 포기했지. 탐정 놀이도 단서가 있어야 이어갈 수 있잖아. 그러다가 수학여행에 타고 갈 배들이 존재하지 않는다는 걸 알고 나서 다른 생각이 든 거야. 수학여행은 평범한 수학여행이 아니고, 배도 그렇다면… 설주는 평범한 사람일까?"

연희가 끼어들었다.

"아니지. 특별한 사람이잖아. 범죄자니까."

"그렇게 간단하면 재미없지. 너희들 '음모론'이 뭔지는 알지? 모르는 척하지 않아도 돼. 날 음모론자라고 생각하는 건 잘 아니까. 연희야, 음모론이 왜 재미있는지 알아?"

"생각지도 못한 방향으로 뻗어 나가니까?"

"아니야. 제일 큰 이유는 비밀이 드러난다는 데에 있어. 그래서 다른 방향을 파 보기로 한 거야."

"어떤 방향인데?"

"우선 몇 가지 조건을 세워 봤어. 설주는 실명이 아니다. 설주는 평범한 사람이 아니다. 여기까지는 공감할 수 있지?"

재영이 대답했다.

"응."

"너희 부모님의 대화 내용을 볼 때 설주는 아마도 과학과 관련이 있을 거야. 플랑크 에너지와 양자역학이라는 단어가 나왔잖아. 하지만 거기에 설주를 더해서 연관 검색을 했더니 아무것도 안 나왔어. 여기에 비밀이라는 요소를 추가하면… 혹시 검색을 일부러 막은 건 아닐까? 그런 생각이 든 거야."

재영이 물었다.

"그게 가능해?"

"어려운 일만은 아니야. 비공개 사이트를 만들고 검색 엔진을 거부하면 되니까. 우리는 언제든지 찾아볼 수 있는 검색과 링크에 익숙하지만 실제로는 연결을 극단적으로 제한해 놓은 사이트들도 있거든. 그런 생각이 드니까 투지가 생기더라고. 그래서 미친 듯이 뒤져 봤어. 일반적인 검색은 안 되니까 전부 수동으로 찾아야 했어. 그나마 과학과 연관된 곳들만 집중적으로 본 게 다행이었지만."

연희와 재영은 다시 소집 장소에 다다랐다. 다른 학생들은 비교적 질서 있게 줄을 서고 있었다. 여기저기서 선생들이 이름을 호출하며 인원을 점검하고 있었다.

그리고 학생 무리 뒤편에는 체형이 어딘지 모르게 다부지고 입을 굳게 다문 선생들이 비슷한 간격으로 늘어서 사방을 훑어보고 있었다. 그중 한 사람이 날카로운 시선으로 재영과 연희를 노려보더니 무리 속으로 들어가라고 고갯짓을 했다.

재영은 목소리를 한층 낮추고 물었다.

"뭔가 찾은 게 있어?"

"내가 찾은 것들도 너희 부모님의 대화와 비슷했어. 다들 에둘러서 표현하더라. 하지만 알아낸 게 조금 있어. 우선 설주는 사람 이름처럼 쓰이지만, 과학 프로젝트명이기도 해. 우리나라만이 아니라 외국 과학자들도 같은 걸 연구하나 봐. 명칭은 다르지만. 설주란 이름은 눈의 주인이란 뜻이야. 다른 외국어는 모르지만 영어로는 '눈을 만든 손'이라고 부르더라."

연희가 물었다.

"하늘에서 내리는 눈 말이야?"

"응. 아마 십몇 년 전에 눈 결정에서 이상한 현상이 발견됐고 그 연구에 '설주'란 이름이 붙었나 봐. 그런데 공개된 인터넷에서 설주 현상을 언급한 문서를 발견할 수가 없다는 게 이상해. 일부러 철저하게 지운 것처럼 완전히 깨끗해. 내가 간신히 찾아낸 용어도 그리 많지는 않아. 그걸 빈도별로 정리했으니 들어 봐. 우선 제일 자주 등장하는 단어는 '시뮬레이션 우주설'이었고, '시한'하고 '목적'이란 말이 그다음으로 많았어. '엔트로피'와 '정보용량'이란 말도 심심치 않게….'"

재영이 석현의 말을 가로막았다.

"지금 시뮬레이션 우주라고 했어?"

"응. 그 용어가 압도적으로 많았어."

석현은 그 대답을 끝으로 입을 다물었다. 재영도 입술을 움직였지만, 말을 꺼내지는 않았다. 연희가 재영의 표정에서 무언가를 읽어 내고 재촉했다.

"왜? 그게 뭔데?"

재영은 천천히 고개를 돌려 서울에 사는 모든 아이의 시선 앞에 당당하게 서 있는 여러 척의 여객선을 바라보았다.

"시뮬레이션 우주설이라는 건 우리가 사는 이 우주가 실은 지적으로 더 발달한 존재들이 만든 프로그램이라는 가설이야. 우리 아빠는 그 가설을 주장하는 사람들을 혐오했지. 증거가 없는 이론은 과학이 아니라는 게 아빠 입버릇이었어."

"프로그램이라면… 이 세상이…."

석현이 연희의 말을 마무리 지어 주었다.

"우리가 어제까지 접속하던 '다크 스톤'과 마찬가지란 얘기야. 우리가 보기에는 엄청나게 진짜 같지만."

그 순간 세 사람은 똑같은 광경을, 아무것도 없던 바다에서 육중한 선박이 순식간에 실체화하던 광경을 떠올렸다. 연희는 자신이 딛고 있는 땅과 입고 있는 옷과 자신의 육체가 단단하고 존재감 있는 실체라고 주장하고 싶었지만, 공기 중에서 갑자기 조립된 여객선의 기억에 짓눌리는 바람에 아무 말도 할 수가 없었다.

그때 서울종합학교 학생들 앞에서 확성기를 잡고 있던 책임 교사의 목소리가 들렸다.

"자, 1학년 1반부터 순서대로 배에 탑승할 거예요. 뛰지 말고 차례대로 승선하세요."

학년과 반에 따라 서 있던 학생 9,300여 명이 가장자리부터 출렁이기 시작했다. 재영과 연희는 첫머리에 서 있던 아이들이 승강대를 밟는 모습을 숨죽이며 지켜보았다. 승강대는 여느 때와 다름없이 단단해 보였다. 아이들이 승강대를 뚫고 바다로 떨어지는 사고는 일어나지 않았다.

"어떡할 거야? 너희도 배에 타기 시작했어?"

이어셋 속에서 석현의 목소리가 물었다. 재영은 아랫입술을 깨물었다. 다른 학생들은 통제에 비교적 잘 따르며 착실하게 배에 오르고 있었다.

재영은 통화를 끊고 아버지에게 전화를 걸었다. 신호가 스무 번 이상 울렸지만, 아버지는 받지 않았다. 재영은 왼쪽 손등을 훑은 다음 아버지에게 메시지를 보냈다.

재영: 아빠. 전화 받아. 얼른.
재영: 빨리 받아. 받으란 말이야!

그래도 전화는 연결되지 않았다. 재영은 아버지가 일부러 받지 않는다는 걸 깨달았다. 상대가 메시지를 수신했음을 알리는 녹색 동그라미가 생겼기 때문이다.

재영: 아빠, 제발. 그럼 메시지라도 보내 줘. 얼른. 부탁이야.

재영은 어쩔 수 없이 전화를 끊었다. 검고 두꺼운 커튼을 내리듯 모든 소리가 순식간에 사라진 것 같았다. 수많은 아이들이 웃고 떠들고 있었지만, 재영의 귀에는 아무것도 들리지 않았다. 시간이 멈추며 공기 중으로 전달되는 음파마저 멎은 것 같았다.

아빠: 배에는 탔니?

재영은 손끝에서 맥박이 제멋대로 솟구치는 걸 느끼며 글자를 입력했다.

재영: 설주가 뭐야?

재영이 메시지를 입력하자마자 녹색 동그라미가 떠올랐다.

아빠: 배에는 탔냐고.
재영: 아직 우리 차례가 아니야. 설주가 뭐야? 빨리 대답해. 우리가 시뮬레이션 우주에 살고 있는 거야? 그럼 설주는 뭐냐고!
아빠: 그건 어떻게 알았어? 누구한테 들은 거야? 다른 아이들도 알고 있어?
재영: 지금 그게 중요해?
아빠: 그게 제일 중요해. 이 세상 어떤 일보다 그게 중요해. 어떡해서든 배에 타야 해. 무슨 일이 있어도.
재영: 대답 안 해 주면 배에 안 탈 거야.

아빠: 그러면 안 돼!

아빠: 재영아. 그럼 이렇게 하자. 일단 배에 타면 알려 줄게. 얘
    길 들으면 너도 이해할 거야. 내 말을 듣기 싫으면 엄마 말
    이라고 생각하고 들으렴. 엄마도 똑같이 얘기할 거야. 우선
    배에 타!

재영은 아무것도 없던 공간에서 순양호가 출현했다고 말
하지 않았다. 아빠는 분명 모든 걸 알고 있다. 그런데도 무
조건 배에 타라고 말하고 있었다. 이제 문제는 믿음의 영역
으로 넘어가고 있었다. 부모가 자식에게 위험한 일을 권할
리는 없다고 순진하게 믿으면 될까? 단점이란 단점은 모두
갖춘 부모인데도, 아무 설명도 듣지 못한 채 지시에 따라야
할까?

재영은 생각을 거듭한 끝에 세 글자를 입력한 다음 네 글
자를 덧붙였다.

재영: 알았어.

재영: 약속 지켜.

재영은 메시지창을 닫고 친구들과 통화를 재개했다. 그동
안 서울종합학교에 등록된 1학년 학생들은 이미 승선을 마쳤
고 2학년도 절반 정도 배에 오른 뒤였다.

석현이 다시 물었다.

"마음은 정했어? 배에 탈 거야?"

재영과 연희가 마주 보았다. 연희의 눈동자는 두려움에 푹 잠겨 있었다. 재영의 갈등은 끝나지 않았다. 어른들이 아이를 위한다는 말에는 수많은 반례가 있었다. 그리 멀지 않은 옛날, 아이들이 마지막을 향해 배와 함께 끌려 들어갈 때도 구원의 손길을 내밀기보다 추한 진실을 덮고 자신의 목숨만 건진 어른들이 있었다. 제 자식을 끌어안고 아파트 옥상에서 뛰어내리는 부모들의 행동은 정신질환이라는 이름 아래 묻히곤 했다. 이 세상의 미담과 악행은 사람의 몸속에 새겨진 이중나선처럼 꼬이고 증가해 어느 쪽이 더 많은지 가늠하기 힘들었다. 하지만 재영은 두 가닥 밧줄 가운데 어느 쪽이든 선택을 해야만 했다. 중간이란 존재하지 않았다.

"응. 탈 거야."

재영이 대답했다.

"그럼, 나도 탈래."

연희의 대답이 곧바로 이어졌다. 석현은 아무 반응을 보이지 않았다. 재영과 연희는 아무것도 모르는 것처럼 앞에 서 있던 같은 반 아이들의 뒤를 따라 걸었다. 온라인으로 수업은 같이 들었지만 대부분 처음 보는 얼굴들이었다. 현실이 아니라고 의심할 여지가 전혀 없는, 생생하고 단단하고 조금씩 삐걱거리는 승강대를 건너면서 재영과 연희와 낯모르는 아이들은 육지와 바다의 경계를 함께 넘었다.

재영은 배정받은 객실을 찾아 들어가는 대신 아이들이 별로 없는 순양호의 뒤쪽으로 걸음을 옮겼다.

"석현아, 너도 탔지? 출발했어?"

재영은 전화가 끊어졌다는 사실을 뒤늦게 알아챘다. 통화 기록에 따르면 삼자 통화가 끝난 지 17분이 지나고 있었다. 연희가 손등을 두드리자마자 재영의 스마트 패치가 흔들렸다.

연희: 석현아, 출발했어?

재영: 혹시 안 탄 거야?

석현: 젠장, 저놈의 폭력 선생들. 내가 다리만 멀쩡했어도 전부 바다에 밀어 버릴 텐데.

연희: 뭐야, 너 맞았어?

석현: 그건 아니야. 실은 배에 안 타고 빠져나올 생각이었거든. 그런데 억지로 들어다가 태우지 뭐야. 휠체어 바퀴가 약간 틀어졌어. 이거 골치 아픈데.

재영: 너 다리가 불편했구나.

석현: 머리하고 손은 너희보다 훨씬 우수하니까 신경 쓰지 마.

재영: 아까 본 것 때문에 안 타려고 한 거야?

석현: 당연하지! 그걸 보고 어떻게 타? 이건 농담이고. 난 너희처럼 이래라저래라 할 엄마나 아빠가 없거든. 그래서 내 마음대로 결정을 내리고 싶었어. 뒤에 남아서 이번 여행의 숨은 면을 조사해보고 싶었어. 만약 여행 기간에 뭔가 벌어진다면 어느 한쪽은 다른 편이 볼 수 없는 걸 볼 테니까. 그런데 이젠 너희랑 똑같게 돼 버렸네.

재영: 잘된 일인지도 몰라. 일단 배에 타면 아빠가 설주에 대해서
　　　전부 알려 주기로 했거든. 객실에 가방부터 내려놓고 물어
　　　볼 생각이야. 바로 알려 줄게.
석현: 글쎄. 과연 전부 얘기해 주실지는 모르겠지만.

　그때 돌이킬 수 없는 선택에 붉고 거대한 도장을 내리찍
듯 순양호의 뱃고동이 울렸다. 재영은 늘 뱃고동이 굵은 저음
이라 생각했지만, 이번에 귀를 넘어 온몸을 진동시키는 소리
는 가늘고 높을 뿐 아니라 어딘가 불길한 기운마저 감돌았다.
그리고 그리 길지 않은 고동 소리가 잦아들자 곧 정체를 알 수
없는 소음이 따라붙었다.
　연희가 물었다.
　"저게 무슨 소리야?"
　소리는 여객선이 아니라 방금 떠나 온 부두 쪽에서 들렸
다. 선상에 있던 아이들이 무슨 일인가 싶어 배의 후미로 몰
려들고 있었다.
　재영은 일부 교사가 부두에 남아 있다는 사실을 알고 있었
다. 선생들 뒤로 육지 쪽에서 무언가가 떼를 지어 다가오고
있었다. 검고 광택이 나는 자동차 십여 대가 황급히 정지하더
니 사람들이 쏟아져 내렸다. 선생 한 사람이 뭐라고 고함을
지르는 모양이었다. 차에서 내린 남성이 마주 악다구니를 쳤
다. 두 사람은 말싸움을 시작했고 배에 오르기 전까지 학생들
이 모여 있던 장소는 순식간에 험악한 부둣가로 변해 버렸다.

내용은 알아들을 수 없었지만, 차에서 내린 쪽이 간발의 차로 여객선에 탑승하지 못한 것 같았다.

선미에 모여 있던 아이들은 키득거리고 야유를 보내며 떠들었다. 선생님들이 누구와 싸우는지 알고 싶어 상체를 난간 위로 내민 아이도 있었다.

그 순간 공기를 위아래로 잡아 흔들면서 날카로운 소리가 펴져 나갔다. 누군가 소리를 질렀다.

"저거 총소리잖아?"

그 말과 거의 동시에 말다툼을 벌이던 선생 한 사람이 쓰러졌다. 총으로 선생을 쏜 남자는 수학여행을 떠난 배를 향해 손을 내저으며 고함을 쳤다. 거리가 있어 무슨 말인지 식별할 순 없었지만 고운 말은 아닌 것 같았다.

"야, 저거 우리 배 따라오는 거 아니야?"

학생 한 명이 하늘을 향해 손가락을 뻗었다. 아이들의 눈이 거의 동시에 위로 향했다.

"뭐야, 저거?"

"헬리콥터잖아? 꽤 큰데?"

"저래도 되는 거야? 점점 내려오잖아. 위험한 거 아니야?"

"착륙할 건가 봐. 이 배에 헬기 착륙장이 있어?"

"누구 망원경 가진 사람 없냐?"

"영화라도 찍나? 어디… 야, 헬기에 탄 사람들이 총을 들고 있어. 저거 진짜야? 밀리터리 마니아 없어?"

언제 날아왔는지 모를 중형 헬리콥터 두 대가 여객선 상공을 선회하고 있었다. 그중 한 대가 배의 중앙을 향해 서서히 하강했다. 인솔교사 서넛이 황급하게 선실로 들어가더니 검고 기다란 가방을 메고 달려 나왔다.

"서울종합학교 학생 여러분, 각자 정해진 객실로 들어가세요! 들어가서 별도 지시가 있을 때까지 나오지 마세요."

선내 방송이 헬리콥터의 회전날개 소리를 비집으며 울리기 시작했다. 마이크를 잡은 사람은 다급한 목소리로 같은 지시를 반복했다. 하지만 선상에 나와 있던 학생들 가운데 방송에 따르는 아이는 얼마 되지 않았다. 그에 더해 이미 들어가 있던 아이들도 소란의 이유를 알려고 하나둘씩 나오고 있었다.

재영과 연희의 손등에 같은 내용의 메시지가 떴다.

석현: 야, 지금 여기 난리 났어. 군용 함정이 우리가 탄 배를 가로
      막고 섰다고. 군인 아닌 사람들도 타고 있는데?
석현: 혹시 그쪽도 그래?

재영은 답신을 보낼 겨를도 없이 헬리콥터가 내려앉고 있는 4층 갑판을 향해 이동했다. 연희는 재영의 등 뒤에 반쯤 숨어 따라붙었다. 재영과 연희를 포함해 학생 십여 명이 3층에서 모퉁이를 돌고 다음 계단에 다가가는 순간 성인 남성이 모습을 드러내고 학생들의 앞을 막았다.

"방송 못 들었니? 얼른 객실이 있는 1층으로 내려가라. 어서!"

체격으로는 그 어른에 뒤지지 않을 만한 학생도 있었지만, 누구도 남자의 말에 토를 달지 못했다. 남자가 오른쪽 어깨에 기대고 있는 검정 소총 때문이었다. 아이들은 조금씩 뒷걸음질을 쳤고, 재영은 남자가 가슴에 달고 있는 이름표와 왼쪽 팔에 두른 노란 띠를 보았다. 인솔교사임을 나타내는 표시였다.

바닷바람이 잠잠했던 탓인지 4층에서 큰 소리로 대화를 나누는 소리가 들려왔다. 아이들은 아무 소리도 내지 못하고 그 내용을 고스란히 들었다. 앞을 막고 있던 교사도 총을 치켜든 채 귀를 기울이고 있었다.

"누구신데 애들 여행길을 가로막는 겁니까?"

"우린 안전을 확보하기 위해 먼저 내렸다. 위쪽 헬기에는 VVIP가 타고 계시다. 총을 내리고 착륙장을 비워라."

"수학여행에는 학생만 참가할 수 있습니다."

"개소리하지 마! 이게 수학여행이 아니라는 걸 알고 왔으니까!"

"무슨 얘기인지 모르겠군요. 뭔가 크게 착각하신 거 아닙니까?"

"이미 다 파악하고 왔다. 카운트다운이 시작됐다는 것도 알고 왔어! VVIP를 포함해도 채 스무 명이 되지 않는다. 그 정도 여유는 있겠지?"

"없습니다."

"이렇게 큰 배에 자리가 없다니 말이 돼?"

"다 파악했다고 하셨죠? 그럼 알고 있을 것 아닙니까? 이

배가 뭔지.”

“어떡해서든 자리를 만들란 말이다!”

“불가능합니다. 이것도 설주에게 사정을 해서 만든 용량이란 말입니다. 설주는 조건을 어길 경우 안전을 보장할 수 없다고 했습니다. 용량에 한계가 있으니까요. 용량을 초과할 순 없습니다.”

“그럼 애들을 줄여!”

“고작 생각하는 게 그겁니까? 그게 인간이 할 소립니까?”

“말을 안 듣겠다면 무력을 행사할 수밖에 없다. 용량이 문제라면 머릿수를 줄이면 돼!”

“그렇게는 못 합니다. 자칭 VIP들 때문에 애들을 줄일 순 없습니다.”

“말을 못 듣겠다면 무력으로….”

아이들 수를 줄이라고 으름장을 놓던 남자의 목소리가 한 방의 총성에 끊겼다. 그와 동시에 여러 방향에서 총소리가 들리기 시작했다. 아이들의 앞을 가로막고 있던 선생은 무기를 겨누고 총격전이 시작된 위층으로 뛰었다. 계단참에 서 있던 아이들은 비명을 지르면서 아래층을 향해 달렸다. 재영과 연희도 그 물결에 휩쓸렸다. 탄환이 공기를 찢는 소리와 유탄이 튀는 소리가 사방에서 아이들을 위협했다. 재영은 다른 아이들을 헤치고 연희를 잡아끌다가 계단을 헛디뎌 아래로 굴렀다.

머리가 아팠지만 부러진 곳은 없는 것 같았다. 재영은 신음소리를 내며 팔로 바닥을 짚고 천천히 일어섰다. 어지러움이 조금씩 가라앉자 재영은 동행이 있다는 사실을 기억했고, 뒤에서 피를 흘리고 있는 연희를 발견했다.

재영은 구체적인 과정을 기억하지 못했다. 어떡해서든 연희를 끌고 객실이 있는 2층이나 1층으로 내려가야 한다는 생각만 들 뿐이었다. 거기라면 구급상자가 있을 것 같았다. 하지만 연희는 제힘으로 움직이지 못했다. 재영은 축 늘어진 연희의 겨드랑이에 손을 넣고 예닐곱 걸음쯤 잡아끌다가 기운이 다하고 말았다. 그러고는 수업시간에 배웠던 것이 생각나 연희의 눈꺼풀을 열어 보고 턱밑에 손가락을 대 보았다.

연희의 총상에서는 더 이상 피가 솟지 않았다. 재영은 두 사람이 이동한 길을 따라 흐르고 있는 엄청난 양의 피를 보며 그게 무슨 뜻인지 깨달았다.

재영의 손등이 가볍게 떨렸다. 아버지가 전화를 걸고 있었다. 재영은 떨리는 손으로 귀를 더듬었지만 이어셋이 없었다. 어디선가 떨어진 것 같았다.

재영: 아빠, 이걸로 말해.
아빠: 무슨 일이냐? 왜 전화를 못 받아?

재영은 배를 타기 전 아빠가 전화를 거부하던 것이 생각나 욕을 하고 싶었다.

재영: 연희가 죽었어. 총을 맞고 죽었어.

아빠: 뭐?

재영: 어떤 미친놈들이 헬리콥터를 타고 내리더니 총을 쐈어. 애들이 있는데도 총을 갈겼단 말이야!

아빠: 넌 괜찮아? 안 다쳤어?

재영: 괜찮으니까 이러고 있지!

재영: 이젠 정말 모르겠어. 이게 뭐야?

재영: 왜 애들을 죽이는 거야? VVIP가 다 뭐야?

아빠: 결국은 이렇게 됐구나. 그토록 노력했는데…. 재영아, 일단은 안전한 곳으로 피해. 어서!

재영: 총소리는 멎은 것 같아. 아빠, 나 무서워. 죽을지도 몰라. 죽으면 다 끝이잖아. 그렇지? 지금 당장 약속 지켜. 전부 다 얘기해 줘.

아빠: 지금 그게 문제냐! 네가 안 다치는 게 우선이야. 얘기는 나중에 들어도 돼.

재영: 나중에 언제? 아무것도 모르고 죽긴 싫어! 얼른 얘기해. 마지막 소원이라고 생각하란 말이야.

아빠: 이런 상황에서 설명 같은 걸 할 수 있겠니.

재영: 못 해도 해! 여기서도 설주란 이름을 또 들었어. 설주에게 사정을 해서 만든 용량이라고. 도대체 설주가 뭐야? 뭔데 연희가 죽어야 하는 거야?

재영은 지금 아빠가 어떤 감정일지, 무슨 생각을 하는지 알 수가 없었다. 목소리를 들으면 짐작이라도 할 수 있었지만 지금 재영이 얻을 수 있는 것은 감정을 싣지 못하고 날아오는 글자들뿐이었다.

아버지가 입력한 문장들이 잠시 시간을 두었다가 재영의 손등에 떠오르기 시작했다.

아빠: 눈 결정이 뭔지는 알지? 겨울에 내리는 눈.

재영: 응. 육각형이잖아.

아빠: 눈 결정을 연구하는 사람들이 있었어. 프랙털과 카오스 쪽을 전공하는 친구들인데, 어느 날 그 사람들이 눈 결정에서 이상한 규칙성을 발견한 거야. 자연적으로 발생할 수 없는 규칙을 말이야. 말이 안 되는 일이었지. 물리현상이란 늘 똑같아야 하잖아. 그런데 없던 일이 생긴 거야.

아빠: 그래서 인공적인 현상이라고 생각하고 기호학자들을 불렀어. 그리고 누군가가 눈 결정에 메시지를 넣고 있다는 걸 알았어. 처음엔 당연히 어느 나라 과학자가 장난친 일인 줄 알았고, 농담처럼 눈의 주인이란 뜻으로 '설주'라는 이름을 붙였어.

아빠: 그런데 설주는 사람이 아니었어. 우리 같은 지구인이 아니란 뜻이야. 설주는 정체를 밝히기 전에 예언을 했어. 넌 기억을 못 하겠지만 십여 년 전에 오로라가 지구 전역에 발생한 일이 있었어. 설주는 정확한 발생 시각까지 예언했어. 그리고 우리가 사는 이 세상이 컴퓨터 시뮬레이션이고, 자신이 관리자라고 밝혔어. 아까 나한테 여기가 시뮬레이션

우주냐고 물은 걸 보니 그게 뭔지 알고 있을 거야. 긴 설명
은 안 해도 되겠지?

재영은 순양호가 순식간에 만들어지던 모습을 떠올리고
대답을 입력했다.

재영: 계속 얘기해 봐.
아빠: 우리가 사는 이 우주, 이 시뮬레이션은 실험용이라고 했어.
　　　구성원들이 스스로 시뮬레이션 우주에 살고 있다는 가설
　　　을 세우기까지 얼마나 시간이 걸리는지. 어떤 단계를 거치
　　　는지. 그걸 실험한다고 했어. 네가 기억할지 모르겠다. 아
　　　빠가 시뮬레이션 가설을 지지하는 사람들을 욕했던 거. 그
　　　때부터 우리 우주의 용도는 끝나기 시작했던 거라고 했어.
아빠: 그래서 이 우주를 구동하는 기계적인 용량을 더 이상 늘리
　　　지 않는다고 했어. 닫힌 우주처럼 보이기 위해서 필요한 정
　　　보량이…. 복잡한 얘기는 관두자. 어른들이 임신을 할 수 없
　　　고 더 이상 아이가 태어나지 못하잖니? 그것도 그 일환이었
　　　다는 거야. 우리는 거기까지 듣고 나서 무서운 상상을 했어.
　　　이 세상이 실험이라면, 우리가 실험이라면, 설주와 그 동
　　　료들이 과학자라면, 실험이 목적을 달성하면 어떻게 할까?
재영: 상상이 맞았구나.
아빠: 그래…. 설주는 실험 결과를 정리하고 나면 이 우주를 종료
　　　한다고 했어. 다른 시뮬레이션 우주를 만드는 자원으로

쓸 거라고.

재영: 우주를 종료한다니…. 세상을 꺼 버린다는 거야? 노트북을 끄듯 그렇게?

아빠: 그렇다고 했어. 우린 안 믿을 수가 없었어. 증거를 여러 가지 보여줬으니까.

재영: 아빠. 나 지금 탄 배가 허공에서 갑자기 출현하는 걸 봤어. 그럼 이 배는 뭐야?

아빠: 설주는 마지막으로 작은 실험을 한다고 했어. 우리가 사는 세계를 하위 세계라고 하면, 하위 세계 구성원을 상위 세계의 네트워크 속에 풀어 놨을 때 어떻게 되는지 알고 싶다고 했어. 그래서 너희들을, 아이들을 임의의 포트로 빼돌리겠다고 했어.

재영: 혹시… 우리를 실험용 쥐로 생각하고 불쌍하게 여긴 건 아니고?

아빠: 그건 모르겠어. 적어도 우리 어른들은 이제 알아낼 기회가 없어. 어쨌든 설주는 마지막 세대를 규정하고 구하라고 했어. 너희에게 필요한 정보를 모으라고 했고. 설주는 아주 정확하게 조건을 정했고, 우린 능력껏 조건을 맞췄어. 아이들 가운데 한 명이라도 죽으면 일정을 다시 조정하고, 또 하고….

재영: 그래서 수학여행 시간을 맞췄구나.

아빠: 응. 오차를 최대한 줄여야 했거든. 전 세계 아이들이 동시에 탑승한 교통수단은 사실… 설주가 만들어 놓은 포트로

가는 길이야. 우린 이 사실을 최대한 비밀로 했어. 세상의 끝을 막을 수 없다면 사람들이 무슨 짓을 할지 모르니까.

재영: 아이들을 죽여서라도 말이지.

아빠: 그래, 그 때문에 오차가… 아, 이젠 어쩔 수가 없어. 그냥 앞으로 나아갈 수밖에 없어. 가정했던 최악의 상황까지 고스란히 벌어지다니 인간이란….

재영: 최악?

아빠: 설주가 제시한 조건 중에 가장 중요한 게 너희에 관한 정보였어. 이 세계는 비동기 시뮬레이션이지만 자료를 옮길 때는 동기화가 필요하니까. 그런데 이젠 자료를 다시 보낼 시간이 없어. 죽은 아이들 수만큼 실패할 확률이 높아지겠지만 달리 방법이 없어. 끝까지 해 보는 수밖에.

재영의 시야 바깥에서 착륙하지 않았던 두 번째 헬리콥터가 등장했다. 아버지가 방금 말한 '무슨 짓'의 정체가 바로 그 헬리콥터였다. 헬리콥터는 잠시 한 자리에 머물다가 급히 방향을 돌렸고, 그 순간 순양호의 오른쪽에서 무언가가 불꽃을 뿜으며 날아갔다. 헬리콥터는 도망가려 했으나 뜻을 이루지 못하고 불꽃을 고스란히 맞더니 굉음을 내면서 산산조각이 났다. 시뮬레이션 우주의 VVIP는 파편의 일부가 되어 설주가 관리하던 코드의 바닷속에 영원히 가라앉았다.

재영: 선생님들도 다 선생은 아니지?

아빠: 응. 너희를 지키겠다고 나선 사람들이야.

재영: 방금 강제로 착륙하려던 두 번째 헬리콥터가 터졌어. 그 사람들이 그랬나 봐.

아빠: 그나마 다행이다. 정말 다행이야.

재영은 꼼짝도 하지 않고 누워 있는 연희를 보고, 헬리콥터의 잔해를 따라 바닷물 속으로 빨려 들어가는 회색 연기를 보고, 침입자를 모두 격퇴한 다음 다치거나 죽은 학생들의 인원을 확인하러 이리저리 뛰어다니는 가짜 선생님의 모습을 보았다. 그리고 연희의 피가 흠뻑 묻은 손을 쥐었다가 펴며 남은 시간 동안 아빠에게 해야 할 말을 생각했다.

이 세상의 비밀을 듣고 보았음에도 손에 남은 감각은 너무나 생생했다.

재영: 미리 얘기해 주지 그랬어. 들을 말도 많고, 할 말도 많은데.

아빠: 너희를 온전히 상위 세계로 보내려고 그런 거야. 비밀이 새면 그만큼 실패할 확률이 높아지잖아. 재영아. 아빠는 너한테 좋은 부모가 아니었을 거야. 사과해야 마땅한 일도 많이 했고. 하지만 한 가지는 확실히 알아.

아빠: 사람이라면, 어른이라면 누구든 이래야 해. 세상 그 어떤 것도 너희를 살리는 일보다 우선할 수 없어. 엄마와 아빠는 그렇게 생각했어.

재영은 가장 물어보기 싫고 두려웠던 질문을 입력했다.

재영: 아빠, 시간이 얼마나 남았어?
아빠: 이미 지났어.

이제 마지막 말을 남겨야 한다는 뜻이었다. 재영은 인사를 하고 싶지 않았다. 마음의 준비를 하고, 문을 닫고, 문고리에서 손을 놓고, 뒤로 돌아서는 순서를 밟고 싶지 않았다. 그렇다고 해서 하고 싶은 말을 모조리 적다가 도중에 끊겨 의도가 잘못 전달되는 것도 싫었다. 재영은 연신 침을 삼켜 가며 적을 말을 골랐다.

재영: 아빠, 엄마, 보고 싶어.

조금 전과는 달리 빨간 동그라미가 녹색으로 바뀌지 않았다. 아버지가 메시지를 읽지 못했다는 뜻이었다. 재영은 가슴이 철렁 내려앉았다. 그냥 통신 장애겠지? 그렇지? 아직안 돼. 이러는 게 어딨어. 조금만 더. 제발.

재영: 아빠, 엄마, 보고 싶어.
재영: 잊지 않을게.
재영: 진짜로. 영원히.
재영: 엄마도 아빠도 날 잊지 마.
재영: 한 번만 더 보고 싶어.

재영이 입력한 메시지 여섯 토막 앞에는 빨간 동그라미가 예외 없이 붙어 사라지지 않았다. 재영은 머릿속에 떠오르는 대로 문자를 입력하고 전송을 눌렀지만 빨간 동그라미의 행렬을 잡아 늘일 뿐이었다. 재영은 손이 떨려 더 이상 글을 입력하지 못했다. 손등 화면 위에는 희미한 연희의 핏자국이 어지럽게 묻어 있었다.

그리고 회선 연결 상태를 나타내는 아이콘 역시 붉게 바뀌고 말았다.

재연은 앞으로 벌어질 일을 상상할 수가 없었다. 세상이 정말로 끝날 거라고 생각한 적이 없었기 때문이다. 자연재해를 다룬 영화에서는 엄청난 격변이 반드시 등장했다. 땅이 뒤집히고, 해일이 모든 걸 집어삼키고, 하늘에는 불길한 구름이 가득하며 때로는 뜨겁고도 냉정해 보이는 벼락이 내리꽂혔다. 하지만 눈앞에 보이는 바다는 고요하기 이를 데가 없었다. 차츰 식어 가는 연희와 다른 아이들의 몸을 완전히 외면할 수만 있다면 평화롭다고 표현할 수도 있는 광경이었다.

그 평화 속에 실패 확률이 높아진 인류 최후의 노력이 둥실거리며 떠가고 있었다.

지워지는 걸까? 한 점에서 시작해 동심원을 그리면서? 그렇지 않으면 여기서 조금, 저기서 조금씩 세상이 지워지다가 결국은 아무것도 남지 않는 걸까? 그래서 통신이 끊긴 걸까? 인공위성이 지워지고, 통신탑이 지워졌기 때문에?

재영은 한 번 더 손등 화면을 보았다. 빨간 동그라미는 희망을 저버리고 기억에 붙박인 핏방울처럼 또렷하게 남아 있었다. 재영은 아무것도 달라지지 않은 대화창을 한없이 바라보다가 웅성거림이 조금씩 커지는 걸 알아채고 남은 힘을 쥐어짜서 일어섰다.

아이들이 모두 갑판으로 나와 선수로 움직이고 있었다.

재영은 뒤늦게 대열에 동참했기 때문에 아이들에 가려 여객선의 앞쪽을 제대로 볼 수 없었다. 하지만 그 물체는, 그 현상은 위용을 자랑하듯 천천히 위세를 확장하면서 몸집을 키웠다. 마침내 오른쪽 끄트머리에 서 있던 재영도 눈으로 확인할 수 있었다. 햇빛을 전혀 반사하지 않고 그렇다고 한없이 검지도 않은 2차원 소용돌이가 새파란 해수면을 잠식하며 빠르게 확대되고 있었다. 소용돌이는 지평선과 바다와 순양호를 향해 조용히, 춤을 추듯 팔을 뻗고 있었다.

재영은 엄마와 아빠가 있는 서울 하늘을 보려고 뒤로 돌았다. 그리고 가짜 선생님과 진짜 선생님들이 아이들의 주의를 끌지 않도록 조용히 배에서 내려 구명보트로 옮겨타는 모습을 지켜보았다. 그 보트들은 추진력이 없어서 작은 파도에 따라 위아래로 흔들리며 뒤로 멀어졌다. 구명보트에 탄 어른들은 간혹 일어서거나 앉은 채로, 온 세상에서 유일하게 살아남을 제자와 아이들이 소용돌이를 향해 나아가는 모습을 바라보고 있었다.

재영을 제외한 아이들은 소리 없이 바다를 들이마시며 다가오는 정체 모를 현상과 배에서 내린 어른들을 보며 잠시 혼란에 빠졌다. 재영은 자신이 알아낸 사실을 그 많은 아이들에게 설명할 자신이 없어 입을 열지 못했다. 하지만 고민은 오래가지 않았다. 여러 여객선의 하늘과 바다와 지평선이 조금씩, 차츰 더 많이 갈라지기 시작했다. 갈라짐은 어떤 소리나 진동도 없이 일정한 속도로 퍼지며 눈에 보이는 세상을 덮었다. 아이들은 불평과 걱정과 의심을 잠시 묻어 두고, 살아 움직이듯 변화하는 풍경의 인공미에 넋을 놓았다.

재영은 천지를 새로 포장하는 균열이 규칙적이고 그 균열이 그리는 도형이 정육각형이라는 점을 깨달았다.

순양호는 시뮬레이션 우주를 구성하던 육각형 결정이 덮치기 직전에 소용돌이에 도착했다. 그리고 더 이상 배는 이 세계에 존재하지 않았다. 재영은 두 손을 맞잡고 마지막까지 최대한 모든 것을 기억에 담아 두려 했다. 하지만 자신이 보고 있는 것이 정말로 빛인지, 그렇지 않으면 감각의 착각인지, 그것도 아니라면 관찰한다는 생각 자체가 착각인지 구분할 수 없었다. 재영에게 마지막으로 남은 생각의 흔적은 단 하나였다.

인류의 어리석음과, 죽은 아이들과, 낮아진 성공 확률에도 불구하고, 만약 새로운 세상에서 다시 깨어난다면 석현이나 다른 아이들에게 제대로 된 어른 역할을 해야겠다는 생각이었다.

순수한 배드민턴 클럽 ✦

맵(M-app)이 정상적으로 작동하고 있었던 까닭에, 거울 속에 들어 있는 나는 아름다웠다. 나는 몸을 조금 돌려 내 옆모습을 관찰했다. 머리와 어깨를 이어주는 부위는 이제 일자목이 아니었다. 나는 고개를 상하좌우로 돌리면서 곁눈질로 거울을 훔쳐보았다. 4주 전에 구매한 피부 수정 맵은 표준 규정을 따랐기 때문에 호환성이 완벽했다. 목과 머리, 목과 어깨의 이음새가 아주 매끄러웠다. 나는 이제 자세가 구부정하지 않았고, 그 덕분에 수십 개의 맵을 조합한 머리와 얼굴이 한층 돋보였다. 자연스럽게 흔들리는 머리카락이 목을 덮었지만 어색하거나 그래픽 화소가 깨지는 부분은 전혀 보이지 않았다.

드디어 모든 준비를 마친 셈이다. 정확한 수량은 기억나지 않았지만 약 2천여 개의 맵을 사서 호환성을 검사하고 그 가운데 214개를 골라서 한데 모은 끝에.

오늘이야말로 그녀에게 데이트를 청해볼 생각이다. 성공한다면 내 인생은 극적으로 바뀔 것이다. 만약 실패한다면, 아니 그런 생각은 하지 말자. 우리는 모두 무한히 이어진 순간을 선택하며 살아간다. 그 선택을 좌우하는 건 유전이 아니라 자유의지다. 그리고 맵은 곧 자유의지의 총합이다.

따라서 나는 맵이다.

이토록 완벽하게 맵을 조합했으니 실패하지 않을 것이다.

*

그래서 이 모임은 모순으로 가득했다.

바보 같은 단어지만 어쩔 수 없이 쓰자면, 이건 본래 '순수한' 배드민턴 클럽이었다. 배드민턴은 직접 몸을 쓰는 운동이고, 따라서 어리석다. 운동은 근력과 연관이 있고, 누구나 알고 있는 사실이지만 근력을 단련하려고 반복적이고 무의미한 고난의 행위에 시간을 들이는 건 바보짓이다. 근육량을 늘리려면 간단한 처방전과 함께 허가받은 스테로이드를 주사하면 된다. 약효가 있는 사람이나 쓸 수 있는 방법이지만.

하지만 '정말로' 근육량을 늘리느니 나와 타인에게 그렇게 보이도록 만들어주는 근육 관련 맵을 설치하는 게 옳은 선택이다.

지금 막 나와 경기를 마친 육지원이 바로 근육량 증가 맵

74

을 설치했다. 맵이 피부 텍스처와 탄성 시뮬레이션으로 그려낸 근육은 울퉁불퉁하고, 윤기가 흐르고, 신체 다른 부분과 일말의 부조화 없이 잘 어울렸다. 지원은 수건으로 그리 많이 흐르지 않은 땀을 닦으면서 내 옆에 앉았다. 아마 실제로는 땀을 상당히 많이 흘리고 있을 것이다. 당연히 셔츠도 흠뻑 젖었겠지만, 지원이 발산하는 맵 신호는 내 안구 속에 있는 수신기와 각막에 박힌 하드 렌즈를 거치면서 그의 모습을 완전히 바꿔놓았다. 지원은 그림으로 그린 것처럼 적절하고 우아한 동작으로 수건을 내려놓으며 말했다.

"오늘 사귀자고 말해보려고."

아, 씨발. 나는 그 말을 듣자마자 반사적으로 욕을 하고 말았다. 왜 하필 오늘! 내가 필요한 맵을 모두 갖추고 마음의 준비를 한 날 방해가 끼어드는 걸까. 나는 연이어 포유류 몇 종의 하반신과 신체 일부에 관한 묘사를 섞어서 내뱉었지만, 지원은 조금도 모욕을 느끼지 않았다. 내가 제일 먼저 몸에 설치한 맵은 폭력적인 언어를 치환하는 맵이었기 때문이다. 내가 목청 높여 쏴댔던 욕은 증발했고, 나와 지원의 귀에는 전혀 다른, 다음과 같은 말이 흘러들었다.

"경쟁이 심하지 않겠어? 너만 그런 생각을 한 게 아닐 텐데."

"승환이랑 완규는 이미 차였어."

지원이 자신만만한 표정으로 대답했다.

승환은 얼굴을 제외한 다른 부분이 전부 파랗게 보이도록 맵을 설치하고 다녔고, 완규는 두 주에 한 번씩 만날 때마다 피부의 텍스처가 바뀌어 있었다. 완규는 오늘도 머리부터 발끝까지 스누피와 우드스톡 문신을 그리고 와서 우리를 즐겁게 했다. 그리고 배드민턴 모임의 여섯 회원 중 남은 두 사람이 지금 막 배드민턴 경기장에 걸어 들어오고 있었다.

하은주와 성세현, 두 여성은 꽤 대조적인 조합이었다. 하은주는 평상시 엉덩이까지 드리웠던 긴 백발을 하나로 묶었고, 소매 긴 흰 셔츠와 무릎까지 내려오는 흰 바지를 입고 있었다. 머리와 양어깨에는 그녀의 트레이드 마크라고 할 수 있는 국화꽃 봉우리가 하나씩 매달려 있었다. 우리보다 앞서서 경기를 끝내고 나갔다가 들어왔건만 그녀의 옷에는 흙 자국하나, 땀 자국 한 점 묻어 있지 않았다. 물론 오물이 묻을 리가 없었다. 일부러 그렇게 맵을 조정하지 않았다면 말이다. 그녀가 설정해 놓은 맵의 그래픽과 음성과 어휘 역시 늘 하얗고 깨끗하고 티가 없었다.

한편 성세현은 평범하지 않았다. 아니, 다른 시대에 태어났다면 평범하다는 평을 들었을 것이다. 그녀에겐 스누피는 커녕 키티도 없었고, 국화꽃은커녕 흔한 리본조차 없었다. 성세현은 검고 짧은 단발과 회색 셔츠, 검정 바지와 스포츠 샌들을 우리에게 보여주었고 살짝 튀어나온 광대뼈와 그늘진 눈매도 굳이 감추지 않았다.

나와 지원이 마지막 경기를 끝냈기 때문에 우리는 헤어지든지 뒤풀이를 하러 가든지 선택해야 했다. 뒤풀이를 하지 않는 날이면 배드민턴 클럽 회원 여섯 명은 전부 뿔뿔이 흩어졌다. 당연히 오늘 뒤풀이는 없을 것이다. 내가 그녀에게 단둘이서 저녁을 먹자고 얘기할 테니까. 내가 마음에 둔 여성이 좋다고 하면 뒤풀이는 없다. 그녀가 거절하면 나는 겸연쩍고 가슴이 답답해 혼자 집으로 돌아갈 테니 역시 뒤풀이는 성립되지 않을 것이다.

나는 심호흡을 하고 나도 모르게 눈을 아래로 내려 맵이 제대로 작동하는지 확인을….

…하는 바람에 육지원에게 선수를 빼앗기고 말았다.

근육 멋쟁이 지원은 어쩌면 정말로 근력이 늘어났는지도 모르겠다. 나는 그럴 리가 없다는 걸 알면서도 그렇게 생각했다. 그는 놀라울 정도로 빠르게 일어나 탄력 있는 걸음걸이로 두 여성에게 다가갔다. 나는 반쯤 일어나 있다가 도로 앉으며 또 욕을 했다. 언어 순화 맵은 이번에도 제대로 작동했고, 내 욕은 휘파람으로 바뀌었다. 구슬프고 사람의 기운을 빼는 휘파람으로.

배드민턴 경기장에는 코트가 하나뿐이었다. 그래서 육지원과 하은주와 성세현은 5미터쯤 떨어진 곳에 서 있었고, 그들이 나누는 대화는 하나 남김없이 다른 사람들의 귀에 들어왔다.

"나랑 저녁 먹으러 갈래?" 육지원이 말했다.

나는 나지막이 휘파람을 계속 불면서 육지원의 시선을 좇았다. 그 시선의 끝에는 하은주가 있었다. 이럴 수가! 성세현이 아니었다니. 나는 도대체 어떻게 하은주를 좋아할 수 있는

지 의아했지만, 곧 이해할 수 있었다. 육지원과 나는 그저 두뇌가 달랐을 뿐이다. 지원의 두뇌는 희고 고결한 이미지를 선택해서 맵을 꾸리는 하은주에게 끌렸고, 내 두뇌는 한때 평범했던 모습과 어휘와 지성을 가진 성세현에게 끌렸을 뿐이다. 나는 환히 미소 지으며 고개를 끄덕이는 하은주와 육지원을 뒤로 하고, 가방을 가지러 의자로 다가오는 성세현을 보았다. 나는 세현에게 저녁을 먹으러 가자는 말 따위를 할 생각이 없었다. 나는 살짝 손을 들었고, 세현은 내 손짓을 보고 걸음을 멈췄다. 나는 오래전부터 준비해왔던 대로 입을 열어서….

그 순간 내 손가락이 총에 맞은 것처럼 산산이 부서지고 모래처럼 흩어졌다.

나는 화들짝 놀라 뒤로 물러섰다. 그리고 주변을 둘러보았다. 육지원의 탄력 있는 근육이 부풀더니 태양에 노출된 얼음처럼 흐물거리며 녹았다. 하은주의 머리와 어깨에 있던 국화꽃은 먹이를 낚아채려는 말미잘의 촉수처럼 하늘로 솟았다. 그녀는 변검술의 대가처럼 계속 얼굴을 벗어던지고 있었다. 내 다리는 각목처럼 깎여나가고 있었다. 갓 지은 것처럼 깨끗하고 반듯했던 배드민턴 경기장은 허물을 벗는 곤충처럼 꿈틀거리고 있었다.

나는 한없이 두려운 심정으로, 가장 살펴보고 싶지 않았던 사람을 향해 눈을 돌렸다.

내가 마음을 두고, 214개의 맵을 구입해 자신을 과시하고, 이제 막 구애를 하려던 대상인 성세현은 그 어느 곳에도 보이지 않았다.

배드민턴 경기장의 알맹이는 거대한 나방이 되어 날아가면서 철근과 콘크리트가 삭아가는 허물만을 남겨 놓았다.

우리 배드민턴 클럽 회원들은, 증발해버린 성세현을 제외한 다섯 명은 모든 맵이 작동을 멈춘 상황에서, 십여 년 동안한 번도 본 적이 없는 '진짜' 육체로 서 있었다.

*

나중에 안 일이지만, 맵이 그려놓았던 내 손가락이 산산조각 나던 그 순간 유례없는 태양풍이 북반구에 엄청나게 강력한 자기 폭풍을 일으켰다.

그래서 우리는 부모에게서 물려받은 몸을, 이제는 아무 의미도 없고 운동으로 근력을 키울 수도 없는 몸뚱이를 다시 보게 되었다.

중요한 건 몸이 아니었다. 체내 근섬유의 절반 정도가 녹아버린 육지원의 몸, 귓바퀴와 콧등이 녹아내린 승환의 얼굴, 밖으로 드러난 대장 일부에 굳은살이 덕지덕지 앉은 완규의 배, 귀밑으로 피부가 하나도 남아 있지 않아 이와 잇몸이 전부 드러난 하은주의 얼굴, 그리고 옆구리에 들러붙어서 전혀 움직일 수 없는 내 왼팔은 전혀 중요하지 않았다. 처음으로 직립 보행을 하고 도구를 사용했던 인류의 선조 때부터 생식의 대부분을 결정했던 인간의 표현형은 이제 아무 의미가 없었다. 우리 부모의 부모들이 지금은 남아 있지 않은 '고리'라는 마을을 중심으로 세계 최대 핵발전소 단지를 텃밭의 채소처럼 가벼이 심었던 그때부터 모든 미래는 결정되었다. 무한히 뜯어 먹을 수 있는 상추 같았던 핵발전소들은 나태와 부실과 부패 때문에 독초로 변하고 말았다. 그 독초는 한반도를 넘어 세계 전역에 방사선을 흩뿌렸고, 그때 조부모가 살아남은 우리는 돌연변이가 마음껏 추상화를 그리는 캔버스가 되어버렸다.

이제 중요한 건 네트워크와 증강현실뿐이다. 유전자의 표현형이 모두 망가진 지금, 짝으로 적합한 사람을 판단하는 기준은 오로지 증강현실용 맵을 고르는 눈밖에 없었다. 인간은 아이러니하게도 육체를 잃고 그 대신 증강현실을 얻으며 완성되기에 이르렀다. 선천적으로 타고난 유전자 표현형 대신 이성과 감각으로 고르고 구현한 진짜 표현형, 즉 맵이 만든 모습으로 살아갈 수 있었기 때문이었다.

자기 폭풍이 사라지자 배드민턴 경기장과 의자와 가방과 우리 다섯 사람은 다시 진짜 모습을 찾았다. 우리가 설계하고 맵이 만들어준 진짜 모습 그대로.

성세현 역시 자기 폭풍에 휘날려 사라졌던 그 순간 그 모습대로 다시 나타났다.

멋지고, 탄력 있고, 새하얗고, 유머 감각이 풍부한 회원 넷은 공포로 얼굴을 굳힌 채 조금씩 성세현에게서 물러섰다.

*

물론 나는 휘파람을 멈추고 준비해뒀던 말로 데이트를 신청했다.

"내 표현형이 마음에 들면 네 것을 나눠줘."

성세현은 우리 부모의 부모 세대에나 평범했을 것 같은 미소를 지으며 물었다.

"내가 뭔지 알고 있어?"

나는 아주 솔직하게 대답했다. 네가 배드민턴 클럽에 들어오던 때부터 알았어. 하지만 맵은 그 대답을 각색해서 발성했다.

"네가 누구든 내 마음은 달라지지 않아."

세현은 쿡쿡거리며 웃었고, 나는 왠지 부끄러워서 언어 순화 맵을 끄고 다시 말했다.

"네가 인공지능이라는 건 처음부터 짐작했어."

근거를 대라면 할 말이 없었다. 맵 안쪽에 어떤 육체가 있느냐고 묻는 건 그야말로 끔찍한 범죄였으니까. 하지만 나는 세현의 맵 표현형을 관찰하고 그녀가 둘 중 하나라는 결론에 도달했다. 우리 돌연변이 인간들은 거의 예외 없이 열등감이나 지나친 자괴감에 젖어 있었다. 그래서 맵을 이용해 시선을 끄는 특징을 자신에게 부여했다. 근육이 그랬고 국화가 그랬고 스누피가 그랬다. 세현은 그런 요소가 전혀 없었다. 그녀는 변이가 일어나지 않은 인간이거나, 인간이 아니었다.

그리고 나는 어떤 인공지능이 사람들 속에 숨어들어서 맵 표현형을 관찰하고 선택한다는 희망찬 소문을 들은 바 있었다. 나는 말을 이었다.

"네가 이렇게 실존하고 활동한다는 건 소문의 나머지도 정말이라는 거야?"

세현이 늘 그렇듯 차분히 대답했다.

"사실이야. 과학자들은 비밀리에 인류 복원 계획을 시작했어. 인간이 두뇌로 만들어낸 표현형을 모으고 거기에 유전공학을 더할 거야. 분자 수준에서 새 인류를 만들겠지. 그게 언제가 될지는 모르겠지만."

"나도 그 계획에 참여하고 싶어. 그래서 두뇌를 총동원해서 맵을 골랐어. 난 합격이야? 내 두뇌가 새 인류를 만드는 데에 도움이 될까?"

세현은 한 번 더 미소를 지으며 말했다.

"너와 얘기하는 동안에 이미 허락을 받았어. 여기서 꽤 먼 곳인데 괜찮겠어?"

"네가 같이 가주는 거지?"

"너만 괜찮다면."

＊

나는 그렇게 성세현과 함께 돌아오지 않을 여행을 떠났다.

한쪽 팔이 없었기 때문에 큰 짐을 들 수는 없었지만, 2세를 만들 수 있다면 그쯤이 대수겠는가. 나는 변이로 생식선이 남아 있지 않았고 유전자를 물려줄 정자도 생산할 수 없는 몸이었지만, 어차피 우리의 참모습은 유전적 표현형이 아니라 두뇌가 만들어낸 표현형이니 하등 문제 될 게 없었다.

나는 정소와 난소 대신 두뇌로 만들어낸 2세를 낳기 위해, 살아 있는 동안에 완수할 수 없을지도 모르는 기나긴 생식행위에 첫발을 내딛기 시작했다.

엄데이트 ✦

"…이상, 의료 공단의 고지 의무에 따라 알려드렸습니다."

"잠깐, 잠깐만요."

인유는 다급하게 상대를 불렀다. 인유의 손등에 붙어 있는 터치 화면 속에 등장한 공단의 여성 직원은 눈을 깜빡이며 다음 말을 기다렸다. 인유가 '알았다'고 한마디만 하면 곧바로 접속을 끊을 기세였다.

"너무 간략해서 무슨 얘기인지 얼른 이해가 안 되는데요. 그러니까, 제가 받은 시술을 취소해야 한다고요?"

"예. 그에 따라서 적절한 후속 치료를 받으실 것을 권합니다."

"치료라니 어떤… 아니, 애초에 이게 그렇게 간단히 해결될 문제인가요?"

직원의 미간에 살짝 주름이 잡혔다.

"저는 어디까지나 업데이트에 따른 고지 의무만 다한 것이니 자세한 사항은 개인적으로 알아보시기 바랍니다."

직원이 전화를 끊자 화면의 색깔이 피부 빛으로 되돌아갔다. 인유는 심장 박동이 빨라지는 것을 견디다 못해 가까운 곳에 있는 건물의 벽에 어깨를 기댔다. 다리에도 힘이 빠졌지만, 다행히 주저앉지는 않았다. 의료 공단 직원의 말이 문자 그대로일 리는 없었기 때문이다. 그토록 심각한 일이 그리 금세 실현될 수는 없었다.

인유는 가슴에 손을 얹고 심호흡을 했다. 손가락을 높이 들어 올리면 자칫 찔려서 깨질 것처럼 파랗고 선명한 하늘 아래 행인들은 제 갈 길을 찾아 직소 퍼즐처럼 맞물리며 이동하고 있었다.

인유는 심호흡을 하며 일의 순서를 정리했다. 우선 자신이 받은 시술의 공식 명칭을 알아야 했다. 인유는 왼쪽 손등을 오른손으로 가볍게 조작했다. '개인 정보 관리'에서 '의료 기록'을 선택하자 '치료 기록'과 '수술 기록'이 나왔다. 후자를 건드리자 십여 개의 목록이 떠올랐다. 인유의 오른손 검지가 가늘게 떨렸다. 실수로 화면 우상단의 빨간 '지금 모두 업데이트' 버튼을 건드리지 않을까 겁을 먹으면서.

직원이 말했던 시술은 금세 찾을 수 있었다. '업데이트 전에 최신 소식을 검색하십시오'라는 경고 문구가 깜빡이고 있었기 때문이다. 시술의 이름은 '눈-704'였다. 인유의 가슴이 철렁 내려앉았다. 그 수술이야말로 4년 전에 인유의 인생을 완전히 뒤바꿔 놓았다. 그토록 중요한 수술명을 단번에 알아듣지 못한 것은, 사실 한 번 치료를 받고 나서 모든 문제가 해결되었다고 믿고픈 소망의 반영이었다.

그런데 의료 공단은 3분에도 못 미치는 간단한 통화로 '취소'와 '후속 치료'를 말했다.

인유는 침을 꿀꺽 삼키고 연계 검색을 시작했다. 검색 결과를 시간 순으로 정렬하자 첫머리에 의학/기술 뉴스가 올라왔다.

'눈-704 시술과 관련한 기술특허 분쟁 해결. 눈-704는 4년 전 미국의 다이네틱스 사가 시각과 관련한 전반적인 손상을 획기적으로 해결하기 위해 내놓은 시범 시술이다. 하지만 3년 전 중국의 이보공학이 눈-704 시술에 사용된 기술의 특허권을 주장하였고, 두 회사는 재판에 들어갔다. 이 재판은 장기 재판으로 분류되어 전문가들의 의견이 정리될 때까지 미루어졌으나, 최근 다이네틱스 사가 자사의 기술을 정리하면서 소유권을 포기함으로써···.'

인유는 보통 때라면 두 줄도 이해하기 힘든 기술 관련 기사의 의미를 곧바로 깨달았다. 인유는 기사를 다급하게 위로 넘겨 결론을 보았다.

'…이에 이보공학은 눈-704 소프트웨어의 즉각적인 삭제를 공표했다. 다행인 것은 현재 이 수술을 그대로 유지하는 피술자가 극히 적다는 점이다.'

이게 바로 의료 공단이 전하고자 했던 말이었다. 인유는 곧장 병원으로 전화를 걸었다. 지체할 시간이 없었다. 그녀는 긴급 사태라고는 모르는 병원의 자동 응답과 씨름을 하고 '통화가 많으니 기다려 달라'는 말을 열여덟 번 들은 다음 마침내 간호사와 육성으로 통화할 때까지, 파란 하늘과 꺼진 가로등과 가지 끝에서 새잎을 밀어내고 있는 가로수와 행인들의 다채로운 의상을 미친 듯이 눈 안으로 욱여넣었다.

*

문혼 종합병원 시각과의 김상인 과장은 환자를 대하는 의사라기보다 학생을 가르치는 교수 같았다. 인유는 그의 말을 기다리는 동안에도 하얀 의사용 가운과 팔각형 옷걸이와 자동으로 각도를 조정하는 베이지색 블라인드와 그 위에 쌓인 잿빛 먼지와 벽에 걸린 광고용 포스터와 길고 짧고 뭉툭하고 광택이 나는 간이 검사기구들의 생김새를 동공 안으로 마구 집어삼켰다.

김상인 과장은 인유의 진료 기록을 검색하고 간단한 사정 이야기를 듣더니 간호사에게 다음 환자들의 상담 시간을 20분씩 늦추라고 지시했다. 인유는 그의 이마에 자잘하게 퍼져 있는 주름과 눈동자의 색깔과 코끝에서 번들거리는 기름을 눈으로 빨아들였다.

"자, 최인유 씨. 정확히 무얼 알고 싶으신 거죠?"

인유는 병원에 오는 동안 최대한으로 압축해 놓은 질문을 꺼냈다.

"눈-704를 삭제하면 어떻게 되나요?"

과장은 헛기침하더니 말했다.

"환자분의 경우는… 선천성 시각 장애가 있었는데요, 사실 장애라기보다는 뇌의 광범위한 기능 상실에 가까웠어요. 사람의 시각 정보는 최종 장소에 도착하기까지 매우 복잡한 과정을 거치죠. 환자분은 유감스럽게도 출생 당시부터 그 과정의 대부분이 완성되지 못한 겁니다. 그걸 눈-704 시술을 통해서 복구시켰고요. 시범 시술임에도 꽤 완성도가 높았기 때문에 시각을 정상인 수준으로 회복할 수 있었어요. 그랬죠?"

인유는 회색 때가 묻은 의사 가운의 옷깃과 자신의 손과 손톱을 하나하나 살피면서 말했다.

"네."

"문제는 이 시술의 상당 부분이 소프트웨어적이었다는 겁니다. 그리고 종합시술이다 보니, 그 소프트웨어를 뇌에서 지우게 되면 단순히 시력을 잃는 거로 끝나지 않습니다."

손톱의 분홍, 파랑, 그 밑을 덮고 있는 굳은살, 그토록 좋아하는 금은 혼합 디자인의 팔찌, 그 팔찌를 선물한 현종의 모습…. 아니야, 지금은 최대한 많은 걸 보아두는 게 중요해.

현종 씨는 이미 기억하고 있잖아. 내 눈에 그토록 깊고 또렷하게 심어 둔 사람은 없잖아. 그러니까 하나라도 더, 더 많은 걸 봐야 해.

인유는 그렇게 생각하며 반사적으로 의사의 말을 되풀이했다.

"그걸로 끝나지 않는다니요?"

의사가 엄지손가락으로 콧등을 만지작거렸다.

"눈-704 시술의 정식 명칭은 '시각연합겉질 대체 및 장기기억 결합 이식'이에요. 시각연합겉질은 시각 정보가 뇌에 새겨지는 부위죠. 이 정보가 장기기억과 작용 기억…. 음, 더 쉬운 말로 하는 게 좋겠군요."

인유는 의사를 향해 귀를 활짝 열고, 눈은 그보다 더 활짝 열고서 눈동자를 바쁘게 굴리고 있었다. 하나라도 더 많이 보기 위해서.

"눈-704는 시각연합겉질을 새로 만드는 수술이 아니었어요. 뇌에 남아있는 장기기억 공간 일부를 시각 정보 기록용으로 끌어다 쓴 셈이죠. 소프트웨어적으로 걸러서요. 따라서 눈-704가 삭제되면… 4년 전 시술을 받은 다음부터 지운 시점까지 보고 기억했던 모든 시각 기억이 함께 사라지게 됩니다."

인유의 눈동자가 급속 냉동이라도 된 것처럼 단숨에 얼어붙었다가 천천히 과장의 얼굴 쪽으로 향했다.

"…네?"

"그러니까…, 지금 그렇게 바쁘게 하나라도 더 보아두려고 해봤자 전부 지워진다는 얘기예요."

인유는 순간적으로 진료실 안의 공기가 모조리 빠져나간 것처럼 숨이 막혔다.

"그, 그러면 전 어떡해야 하죠?"

과장은 기계적인 희망을 담아 말했다.

"물론 그 기억을 고스란히 보존할 수 있어요. 간단한 작업은 아니지만요. 우선 환자분의 기억 공간을 구성하는 시냅스와 화학물질 패턴을 분석하고, 그걸로 백업용 틀을 만들어야 해요. 그다음에 눈-704 소프트웨어의 가상머신을 만들어서 이식하고, 시각 기억을 옮겨 놓고, 환자분의 눈-704를 지우고, 기억을 뇌에 도로 옮기면 돼요. 문제는…."

문제는…, 인유는 마음속으로 과장의 말을 받아적고 있었다. 과장은 다시 한 번 인유의 의료 정보를 참조했다.

"최인유 환자가 기초지역보험 대상자라는 점이에요. 혹시 그 밖에 다른 보험을 드셨나요?"

"아니요."

"그렇군요."

이번에는 과장이 인유의 질문을 기다렸다. 인유가 물었다.

"기초보험 적용 비용을 빼면 비용이 얼마나 들까요?"

인유는 의사가 말꼬리를 얼버무리지 못하도록 덧붙였다.

"대략요."

"어디까지나 대략이고 실비용은 차이가 날 수 있다는 거 아시죠?"

"네."

"검사에 필요한 패턴 분석비는 기초보험 적용이 돼요. 따라서 절반인 1천만 원만 부담하면 될 테고요. 백업용 틀 제작, 가상머신 제작, 이건 소프트공학부의 일이라 수가가 높아요. 약 7천만 원 정도가 들 거예요. 어디까지나 대략이에요. 백업과 복원 공임이 약 3천만 원 정도, 기타 비용 1천만 원에 만약에 우리 병원에 입원한다면 입원 동안 병실료 등 부대 비용이 드니까 다 합치면…."

"대략 1억3천만 원쯤이겠네요."

"맞아요. 그쯤 되겠네요. 기초보험밖에 없으니 어쩔 수가 없군요."

과장은 나중에 환자가 말이 다르다고 소송을 걸지 않도록 현재 기술로 확인된 손실률을 냉큼 덧붙였다. 하지만 그럴 필요는 없었다. 인유는 1억 원이라는 숫자 다음부터 다른 얘기는 아무것도 들을 수가 없었다.

지금 형편에서 인유에게 1억 원이란 숫자는 불가능과 동의어였고, 불가능과 직면한 사람이라면 보통 그러게 마련이었다.

＊

애인인 현종에게 모든 것을 털어놓는다고 해서 불가능이 가능으로 바뀌지는 않았다. 인유도 그런 것은 기대하지 않았다. 현종은 한동안 아무 말을 하지 못했다. 두 사람은 한쪽 벽이 모조리 유리로 되어 있어 시야가 탁 트인 커피 전문점에 앉아있었다. 현종은 인유의 얘기가 끝났을 때 빨대로 아이스 커피를 마시던 중이었다. 현종이 반쯤 입을 벌리자 빨대를 따라 올라가던 커피가 재빨리 컵 속으로 돌아갔다. 컵의 표면에 맺혔던 물방울이 현종의 손가락을 따라 힘없이 흘러내렸다.

인유는 얼마 뒤에 모조리 지워진다는 것을 알면서도 눈을 깜박이지도 못하고 그 모습을 악착같이 지켜보았다.

"내가 여기저기서 끌어모은다고 해도 3천만 원이 채 안 될 텐데."

현종이 말했다. 인유가 머리를 저었다.

"그러자고 얘기하는 거 아니야. 게다가 정말로 비용이 1억 원만 들 리가 없어. 어차피 내가…, 우리가 감당할 수 있는 금액이 아니야."

현종이 어두운 표정으로 말했다.

"특수 질병에 해당하지는 않고? 그런 경우에는 사제 보험을 들지 않아도 혜택을 받을 수 있잖아?"

인유가 고개를 저었다. 가게 안의 세련된 인테리어를 이루고 있는 장식품과 의자와 탁자들이 눈에 들어왔다. 인유는 곧 증발할 기억이 싫어서 일부러 눈을 감았다가 뜨고 현종을 보았다.

"알아봤어. 해당 사항 없어."

"그럼, 어떡하려고? 시력을 잃으면 어떻게 돼? 나는 그게 어떤 건지 모르지만…, 그냥 삭제를 거부할 수는 없어?"

인유는 현종이 하려는 말을 모조리 짐작할 수 있었다. 네가 꿈꾸던 디자이너 일은 영영 끝이잖아. 우선 그 회사에서 하고 있는 임시직 보조일도 그만둬야 하고. 아니, 그런 것보다 삶이 완전히 달라질 텐데 그 절망을 견뎌야 하잖아.

현종이 인유의 손을 잡았다. 인유는 그 손에서 빠져나와야 한다는 걸 알고 있었다. 소프트웨어가 지워지면 현종이 떠날 수도 있었다. 그러면 인유의 곁에는 아무도 남지 않는다. 하지만 잡고 싶었다. 결정을 내리는 건 어디까지나 현종인데도, 만약 현종이 떠나겠다고 하면 이를 악물고 보내주려고 생각하고 있음에도 그 손을 놓고 싶지 않았다.

인유는 손가락 하나하나에 힘을 주어 현종의 손을 움켜쥐었다. 난 그 절망이 뭔지 알고 있어. 한 번 빠져나왔는데, 그리고 잊었는데, 밤에도 암흑이 싫어서 불을 전부 켜놓고 자는데.

4년 전이라는 이름의 검고 숨 막히는 기억 속으로 돌아가라고? 싫어.

"어차피….".

인유의 목이 점점 잠겼다.

"전역 업데이트가 있어."

전역 업데이트는 선택 사항이 아니었다. 예정된 업데이트를 앞당길 수는 있어도 미룰 수는 없었다. 하루에도 수십 개씩 쏟아져 나오는 신체 해킹용 악성 소프트에 대처하기 위해서. 치료와 시술 목적으로 몸 안에 설치된 소프트웨어들을 최대한 신속하게, 설사 사용자가 바쁜 생활 때문에 잊더라도 자동으로 설치하기 위해서. 누구나 일주일에 한 번씩, 일요일마다 강제로 업데이트가 이루어졌다. 모든 사람이 무선망에 연결되어 있었으니 예외는 없었다. 시간은 일요일 밤 11시 55분부터 다음 날 새벽 1시까지, 1시간 5분 동안이었다.

오늘은 화요일이다.

"눈-704가 이번 일요일에 지워진다는 거야? 시간이 닷새밖에 없다고?"

인유는 고개를 끄덕였다. 그녀는 현종의 얼굴이 창백해지고 입술이 바짝 마르는 것을 보았다.

현종은 탁자 모서리를 두 손으로 잡고 손톱이 하얗게 될 때까지 힘을 주었다.

"그럼 돈이 있더라도…."

"수술 순서를 당기는 데에 3천만 원이 또 든대."

인유가 맥없이 웃었다. 현종은 따라 웃을 수가 없었다. 인유는 현종이 너무 깊은 고민에 빠지지 않게 얼른 말을 이었다.

"그래서 사설 업체를 찾아가 보려고."

현종은 말뜻을 곧바로 이해하지 못했다. 그리고 뒤늦게 의미를 깨닫자 두 눈을 크게 떴다.

"그게 얼마나 위험한지 알잖아."

"알아. 그런데 다른 수가 있어?"

인유는 혼란한 마음을 최대한 스스로 다독거렸다. 지금 그녀가 사설 업체에 맡기려는 건 단순한 기계가 아니다. 두뇌와 그 속에 담긴 자신의 일부다. 사설 업체가 얼마나 위험하고 그 부작용이 어떤 결과를 낳는지 경고하는 텔레비전 프로그램이 하루가 멀다 하고 방송되고 있었다. 하지만 그토록 경고가 잦다는 건 그만큼 사설 업체가 많다는 뜻이기도 했다. 완전히 민영화된 의료 시스템은 발달한 의학기술을 제대로 뒷받침하지 못했고, 죽지 않아도 될 병에 걸린 사람들이 그만큼 더 많이 죽는다는 뜻이기도 했다.

"현종 씨, 난 4년 전이 어땠는지 또렷이 기억해. 불가능한 일이지만, 정말로 들어내고 싶은 기억은 바로 그거야. 남은 닷새 동안 아무것도 안 하고 울기만 하다가는 다시 그 지옥으로 돌아가야 해. 모두가 아는 대로 사설 업체의 결과는 불확실해. 긍정적인 결과가 나올 수도 있을 테고 더 나빠질 수도 있어. 그래도 난 뭐든지 해보고 싶어. 가만히 앉아서 새까만 악몽으로 끌려 들어가긴 싫어. 정말이야. 그리고…."

인유가 현종을 똑바로 바라보았다. 현종은 인유의 몸이 가볍게 떨리는 것을 알아챘다.

"지금 이건 나 자신한테도 하는 말이야. 거울을 보고 혼자 중얼거릴 순 없잖아. 아무것도 보이지 않는 검정 안개에 대고 말을 하는 건 싫어. 그러니까."

인유가 바짝 마른 혀를 억지로 움직였다.

"괜찮으면 나랑 같이 가줘. 그 결과가 끔찍해서 현종 씨가 날 떠난다고 해도 아무 말 하지 않을게. 내 앞에 뭐가 기다리고 있는지, 적어도 그건 같이 봐줘. 업데이트가 되면 난 그 순간에 지금까지 내가 간직한 시각 기억을 모두 잃게 돼. 하지만 현종 씨에게는 기억들이 남잖아. 그걸 같이 봐 줘."

인유는 눈을 감았다. 곧 기능을 상실할지도 모르는 눈이 뜨거워졌다. 인유는 그 열기가 식을 때까지 기다렸다가 말했다.

"나 너무 이기적이지?"

현종은 잠시 기다렸다가 그 말에 운을 맞추며 미소를 지었다.

"애인이란 건 원래 서로 악착같이 이기적으로 구는 거야."

＊

그 사설 업체는 생각보다 밝고 넓었다. 그러면서도 발품을 팔고 입소문을 더듬어보지 않고서는 찾기가 어려웠다. 인유와 현종은 일요일이 되어서야 간신히 의료 소프트웨어를 다루는 사설 업체를 찾을 수 있었다. 두 사람은 업체의 입구에서 잠시 주저하다가 결심을 하고 안으로 들어갔다.

40대 중반의 남자가 손등 화면과 두 개의 홀로그램 화면, 하나의 액정 화면을 번갈아서 들여다보고 있었다. 현종이 헛기침하자 남자가 고개를 돌렸다.

"어떻게 오셨죠?"

"의료용 시술 소프트웨어에 문제가 생겨서요."

남자가 인유와 현종을 위아래로 훑어보고는 고갯짓으로 가게 안쪽을 가리켰다.

"들어오시죠."

인유와 현종은 좁은 통로에 놓인 의자에 나란히 앉았다. 남자는 차가운 자양강장제를 두 병 꺼내더니 하나는 자신이 갖고 다른 하나를 내밀었다.

"시술 상담을 받을 분이 어느 쪽인가요?"

인유가 살짝 손을 들자 남자는 음료수를 현종에게만 건넸다.

"혹시라도 지금 당장 시술을 하게 되면 카페인이나 당 농도가 영향을 줄 수도 있어서요."

남자는 그렇게 말하면서 살짝 인유에게 미안한 표정을 지었다.

"자, 그럼 들어봅시다."

인유는 가능한 모든 것을 털어놓았다. 남자는 눈-704가 무엇인지 손등 화면에서 검색을 해보면서 눈빛이 달라졌다. 그 다음부터는 인유에게 질문도 던졌다. 이야기가 끝나자 두 사람을 기다리게 두고는 분주하게 조사를 하더니 말도 없이 어딘가로 사라졌다. 기다린 지 30분이 지나자 인유와 현종은 남자가 자신들의 존재를 잊은 건 아닌지 의심했고, 업체를 잘못 찾았나 후회하기 시작했다.

그때 남자가 팔자걸음으로 두 사람에게 돌아왔다.

"마지막으로, 두 사람의 의료 기록을 전부 나한테 보내봐요. 아, 물론 이건 불법행위예요. 낯선 사람에게 의료 기록을 공개하지 말라는 얘기 잘 알죠? 이게 바로 그런 경우예요. 기록을 보내기 싫으면 돌아가시면 되고, 우리는 한 번도 본 적이 없는 사이가 되는 거요."

인유는 우습게 보이지 않으려고 눈을 가늘게 뜨고 말했다.

"그런 각오는 당연히 하고 왔어요. 그런데 이 사람 기록은 왜요? 시술은 내가 받을 건데요?"

"그것도 나한테 맡겨줘야겠어요. 기록을 보고 확인할 게 있거든요. 물론 두 사람의 의료 기록은 일이 끝나고 지울 거예요. 남자분 기록은 시술이 끝나면 바로, 여자분 기록은 혹시 모를 일에 대비해서 3개월 뒤에. 이 말을 믿고 안 믿고도 어디까지나 자유요."

인유는 걱정스러운 눈빛으로 현종을 보았고 현종은 애인을 안심시키려고 웃으면서 마주 보았다.

"기록을 받을 계정 주소나 알려주세요."

남자는 두 사람의 의료 기록을 받자 이번에는 그 자리에서 손등 화면만으로 몇 가지를 검사했다. 그리고 한숨을 크게 내쉬더니 이야기를 시작했다.

"정말 옛날 영화에나 나올 법한 얘기인데, 좋은 소식과 나쁜 소식이 있어요. 어느 쪽부터 듣고 싶어요?"

인유는 얼른 답했다.

"나쁜 소식부터요."

남자는 조금도 시간을 지체하지 않았다.

"우선 병원에서 해준다던 시술을 여기서 하는 건 불가능해요."

인유와 현종은 누가 먼저랄 것도 없이 탄식을 내뱉었다. 두 사람의 몸에서 희망이 모두 새어 나갔다.

"기술적으로 불가능한 건 아니에요. 시간과 돈 때문이죠.

병원에서 1억3천을 불렀다고 했죠? 우리가 똑같은 시술을 하면 9천 정도가 나와요."

남자는 거기까지만 말을 해놓고 두 사람의 눈치를 살폈다. 현종이 고개를 저었다. 남자가 말을 이었다.

"게다가 시간적으로도 불가능해요. 나쁜 소식을 먼저 말해 달라고 해서 다행이었어요. 왜냐면 좋은 소식이 그리 좋지 않은 소식일 수도 있으니까요. 아마…. 병원에서는 절대로 해주지 않을 시술이기도 하고요. 업데이트가 오늘 밤이죠? 흐음, 거기 고객분은…."

남자가 음료수를 한 모금 마시고 물었다.

"4년 전부터 지금까지 보아왔던 것을 모조리 잃는 것과 그 가운데 몇 가지라도 건질 수 있는 길 중에서 어느 쪽을 택하겠어요?"

"몇 가지라도 건진다는 건 무슨 뜻이죠?"

"이를테면, 어디까지나 설명의 편의를 위해서 예를 드는 건데요. 고객께서 여기 있는 이 종이의 생김새는 잊고 싶지 않다고 하면 보존할 수 있다는 거예요. 물론 그 수에는 제약이 있고, 한계가 어느 정도일지는 시술에 들어가 봐야 알 수 있어요. 단, 아주 중요한 사실이 하나 있는데 말이죠."

"그 '중요하다'는 건 좋은 소식인가요, 나쁜 소식인가요?"

인유가 물었다.

"부작용이 있어요. 영구적인 건 아니지만요. 어쩌면 그 부작용 때문에 4년 전보다 더 먼 옛날로 돌아가야 할지도 몰라요. 그리고 그 영향은, 전적으로 고객분께서 어떤 시각 기억을 보존하는지에 달려있어요."

인유가 침으로 입술을 적시고 말했다.

"어떤 부작용인지 분명하게 말해주세요."

남자는 눈-704의 원리에 대해, 시각 기억에 대해, 부작용의 정체에 대해 말했다. 이해는 어렵지 않았다. 어려운 건 결심과 결정이었다. 그리고 도와줄 사람이 필요했다. 인유는 결정을 내렸고, 현종은 도와주겠다고 말했다. 두 사람은 손을 꼭 쥐고 시술을 해달라고 말했다.

남자는 보일 듯 말듯 미소를 지었다.

"준비에 30분 정도 걸려요. 치료가 끝나면 업데이트가 되고 눈-704가 삭제될 때까지 머릿속이 뒤죽박죽될 텐데, 그때까지라도 세상을 '보고' 싶으면 돌아다니다가 와요."

인유는 잠시 망설이다가 고개를 저었다. 그리고 물었다.

"병원에서는 왜 이런 걸 알려주지 않았을까요?"

남자는 등을 돌리고 각종 소프트웨어를 조작하면서 씁쓸하게 말했다.

"기억 편집은 불법이에요. 편집과 보존의 경계가 어디까지인지는 모르겠지만…. 그리고 이렇게 불확실한 임시방편에는 의료비를 할당할 수 없기 때문이에요."

남자는 그 이상은 얘기하지 않았다. 현종과 인유는 남자의 예전 직업이 무언지 짐작했지만 확인할 방법은 없었다.

전역 업데이트는 폭풍처럼 왔다가 황사처럼 지나갔다.

인유는 현종의 손을 잡고 나란히 누워서, 집 안의 모든 불을 켜놓은 채 업데이트를 받았다. 인유가 4년 동안 보아왔던 사물과 사건과 장면과 영상과 일상과 세계가 폭풍 속에서 찢어지고, 부서지고, 해체되고, 맞부딪히다가 노랗고 따갑고 불투명한 황사에 휩쓸려 사라졌다. 그 황사는 위나 아래나 옆으로 흐르지 않고 인유의 뇌에 있는 브로카 영역과 베르니케 영역을 세척하다가 지워졌다. 그리고 인공 망막과 시각연합 겉질을 연결해주는 소프트웨어가 남아있지 않았기 때문에 인유는 더 이상 아무것도 볼 수가 없었다. 그녀의 눈앞과 사방을 이루고 있는 것은 먹물처럼 진하고 무한히 튼튼한 어둠뿐이었다.

그래도 4년 전과는 달랐다. 인유에게는 시각 기억이 남아있었다. 그 기억들은 현종의 것이었기 때문에 두 사람의 것이었고 이제 인유의 것이기도 했다.

인유는 불법시술업체에서 남자가 해주었던 얘기를 한 번 더 떠올렸다.

"눈-704는 언어의 기억 공간을 빌려서 시각 기억을 저장하는 소프트웨어예요. 물론 이건 본래 언어와 시각의 기억이 완전히 분리되는 건 아니라서 가능한 일이죠. 하지만 완전히 같은 것도 아니어서 소프트웨어로 연결을 시켰던 거예요. 업데이트를 하면 그 연결이 끊어지고, 고객분이 본 건 하나도 남지 않아요. 하지만 다른 사람이 본 것을 가져와 심을 수는 있어요. 그것도 전역 업데이트를 받기 전에 해야 해요."

그래서 남자는 인유와 현종의 뇌를 연결한 다음 인유에게 원하는 시각 기억을 고르라고 했다. '바다.' 인유가 맨 처음 고른 것은 바다였다. 남자가 만든 시술 소프트웨어는 현종이 떠올린 바다의 모습을 골라 지워지지 않을 인유의 언어저장소에 덮어씌웠다. '태양.' 현종이 본 온갖 태양들이 인유가 알고 있는 태양 위에 내려앉았다.

숲, 지구, 밤하늘, 안개꽃, 용암, 다리, 산, 불꽃놀이, 촛불….

불꽃놀이가 한계였다. 그렇게 해서 인유는 바다가 어떻게 생겼는지 기억했지만, 바다라는 개념을 말로 설명할 수 없었다. 태양의 모양새를 떠올릴 수 있었지만 묘사할 수 없었다. 그게 바로 부작용이었다.

인유는 현종을 고르지 않았다. 현종의 모습보다는 현종이라는 사람이 소중했기 때문에. 인유는 인유를 고를 수 없었다. 자신을 잃고 싶지 않았기 때문에.

그렇게 인유의 시각 기억은 지워진 것과 현종의 시각 기억으로 나뉘었다. 그리고 지워진 공간에는 암흑이 가득히, 추호의 빈틈도 없이 들이찼다.

"새로 배우세요. 남자분이 도와주면 돼요. 여자분이 잃은 게 뭔지 알고 있으니까요. 언어와 개념을 익히면 언젠가는 시각 기억과 하나가 될 거예요."

남자는 그렇게 알려 주었다. 남자의 그 말은 조금의 손실
도 없이 인유와 현종의 뇌에 보존되었다.

두 사람은 업데이트가 완전히 지나간 뒤에 마주 잡은 손에
더욱 힘을 주었다. 그 손으로 전달되는 것은 눈으로 볼 수도
없고 언어로 심을 수도 없었으므로 그 뒤로 언제까지고 업데
이트의 영향을 받지 않았다.

백중
百中

「이게 살인이라는 걸 인정하지 않으시는 겁니까?」

저건 질문이 아니다. 살인이 분명한데 왜 그걸 모르느냐는 질책이다. 귀신 나부랭이 주제에 말이다. 나는 도저히 참지 못하고 닥치라고 대꾸했다. 그러자 사방이 조용해졌다. 하지만 정상 근무 시간이 끝날 때까지 저 녀석은 내 앞에서 사라지지 않을 것이다.

나는 잔뜩 흐린 하늘을 올려다보았다. 무전기라면 슬쩍 고장을 내거나 전파장애를 핑계 삼아 정비팀에 맡긴 다음 생각을 정리할 시간이라도 벌 수 있겠지만, 자기 머리를 고장 내거나 분리할 수는 없는 일 아닌가.

어쩌다가 일이 이 지경까지 왔을까. 시초까지 거슬러 올라가 보면 사실 내 책임이긴 하다. 하지만 아주 잠깐 솔직하게 굴었다가 이런 일을 당하다니. 이건 좀 너무하지 않은가.

나름대로 평온하던 직장 생활에 저놈이 끼어들기 시작한 건 2주일 전이었다.

＊

애당초 진급 시험에 큰 미련은 없었다. 형사 수는 점점 줄어가고 있고, 신입은 들어오지 않았다. 월급은 그럭저럭 되고 생명수당과 특별건강수당도 나오지만, 근무 여건이 너무나 열악했기 때문이다. 따라서 처음부터 최소한의 실무 경력을 남기기 위해 거쳐 가는 녀석들이 아닌 이상 사실상 진급은 불가능하다. 계장도 반장도 그 자리에서 정년을 맞이할, 아니 후임자가 없어서 정년을 초과할 가능성이 컸다.

그런데도 진급 시험을 본 이유는, 대단치는 않으나마 돈이 나오기 때문이다. 6개월 전 어느 방송국에서 경찰이 얼마나 한심한 직업인지 특집으로 방영한 적이 있었다. 위험할뿐더러 진급의 가능성이 없어 시험을 치는 사람마저 없다는 식이었다. 상부에서는 그러다가 지원자가 더욱 줄어들 거라는 걱정에, 시험을 치는 경찰들에게 '시험 수당'을 지급하며 시험을 보도록 독려하기 시작했다.

그렇다고 대외적인 인상이 딱히 바뀐 것 같지는 않았다.

어차피 나와는 별 상관없는 일이었다. 시험장에 나가고 수당을 받으면 그만이니까. 물론 내 진심과는 거리가 먼 행동이었다. 아는 후배가 경찰에 지원한다면 두 손 들고 말릴 것이다. 그게 내 진심이었다. 그런데도 나는 대민홍보를 위한 요식행위에 참여했다. 음악 방송 녹화장에서 방청객석 맨 앞에 줄지어 서서 보조 프로듀서의 지휘에 맞춰 손뼉을 치는 아르바이트생처럼.

기왕 무관심하게, 기계적으로 살아가기로 마음을 먹었으면 완벽하게 해내야 했다. 하지만 시험 시간은 그런 결심이 무색할 정도로 너무나 따분했다. 어느 고등학교의 교실을 빌린 시험장 바깥에는 지난번 그 기획방송을 제작했던 팀이 대기하고 있었다. 대강 백지를 내고 일찌감치 나갔다가는 인터뷰의 대상이 될 게 뻔했다. 하지만 넋을 놓고 있자니 눈을 둘 곳이 없었다. 자리가 교실의 한가운데라 창밖을 오래 보면 목이 아팠다. 결국 시간이나 때울 생각으로 작년과 다른 문제가 과연 있기는 한지 들여다보기 시작했다.

그런데 못 보던 과목이 있었다. 시험 시작에 앞서 감독관이 뭔가 길게 설명을 하던 게 기억났다. 새 과목에 대한 설명이었던 모양이다. 무관심이 무료함에 패배했다. 나는 펜을 집어 답을 적어가기 시작했다. 익숙한 것들은 모조리 건너뛰고 처음 보는 과목의 문제에만.

과목명은 '제5과 시험운영'이었다. '업무체계 이해'나 '대인 심문술'이나 '법률규정'이나 '장비의 이해' 같은 이름이 아니었다. 시험운영이란 건 아무래도 신설 과목이다 보니 시범적으로 시험을 본다는 뜻인 듯했다.

하지만 5라는 숫자만으로는 도대체 시험의 목적이 뭔지 알수가 없었다. 그래서 호기심이 눈곱만큼 더 늘어났다. 문제를 보면 알겠지. 나는 근거 없는 자만심으로 그렇게 생각했다.

첫 문제는 이랬다.

'7급 보안 네트워크 노드의 예를 들어보십시오.'

말이 나왔으니 하는 말이지만, 애당초 나는 '사이버범죄 전담반'에 들어갈 예정이었다. 대단한 학력은 아니지만, 굳이 말하자면 전공도 그쪽이었다. 따라서 기왕 공무원 노릇을 할 바에는 몸이라도 덜 다치는 쪽에서 근무할 생각이었다. 하지만 빈자리가 없었고, 이리저리 치이다가 정신을 차리고 보니나는 엉뚱하게도 강력계에 들어와 있었다. 여러 해를 투자했던 전공은 아무 쓸모가 없었고, 운동 삼아 따 놓았던 무술 유단자 자격증이 영향을 준 모양이었다.

설마 사이버범죄 분야에 신설부서라도 생기는 건가? 문제를 보며 그런 생각이 들자 정신이 번쩍 들었다. 7급 보안 네트워크라면 소매 수준의 자동화 입출금망을 뜻한다. 나는 얼른 답을 적어 넣었다.

'무인 편의점, 드라이브인 마트, 신용카드 충전기.'

그 이후의 다섯 문제도 크게 다르지 않았다. 하지만 일곱번째 문제는 다소 엉뚱했다.

'동료들과의 관계에 대해 자기평가 하십시오.'

그리고 다섯 개의 보기. '불화, 독립적, 보통, 우호, 친밀.' 이런 문항이 진급 시험에 있다니 금시초문이었다. 업무 평가는 어디까지나 반장의 권한이었다. 게다가 '독립적'이라고? 동료 간 협력 관계를 나타내는 데에 이런 말은 쓰지 않는다. 시험 출제관이 마감 전날 술을 먹고 딸내미의 윤리 과목 시험지를 그대로 베낀 게 아니라면 이 신설 과목은 뭔가 엉뚱한 목적에 쓴다는 얘기였다.

문제를 여섯 개나 풀었지만, 그 목적이 뭔지 전혀 알 수가 없었다.

오기와 장난기가 동시에 발동하기 시작했다. 나는 '독립적'을 골랐다.

그다음은 또 한동안 비슷한 문제들이었다. 적어도 내가 보기에는 그랬다. 사건 해결에 도움이 된다면 어떤 수단이든 마다치 않겠습니까? 예, 아니요. (위 문제에 대한 답이 아니요라면) 그 기준은 어디까지입니까. 가족 관계가 얼마나 화목한지 가장 적절하게 표현한 것을 다음 보기에서 고르십시오. 설명과 체험 가운데 하나만 택하라면 어느 쪽입니까. 만약 위 문제의 답이 체험이라면 설명하는 과정은 필요 없다고 생각하십니까?

이쯤 되면 이건 더 이상 평범한 진급 시험문제가 아니었다.

목적이 뭔지 더욱 궁금해졌다. 출제자가 원하는 답을 낸 형사는 어떻게 되는지 말이다. 그래서 최대한 솔직하게 답을 선택했다. 설마 자르지는 않겠지. 안 그래도 인원이 모자라는 판국인데. 하지만 내 마음속 어디에선가는 그 설마에 대한 기대감이 조금씩 피어오르는 것도 사실이었다. 그걸 깨닫자 나도 모르게 웃음이 나왔다. 이제 나에게 더 나은 앞날은 없다. 그저 하루하루 살아갈 수 있으면 그걸로 충분했다. 나는 그렇게 생각하고 있었다. 그런데 사실은 달랐던 모양이다. 누군가 나 대신 결정을 내려주기를 기다렸던 모양이다. 판단의 기준이 뭔지는 몰라도 일종의 시험을 거쳐 부적격 판정이 난다면 적어도 동전 던지기에 미래를 맡기는 것보다는 낫지 않겠는가.

마지막 주관식 문제를 접하고 나니 이건 일종의 심리검사라는 확신이 굳고 말았다. 문제는 이랬다.

'귀신이 있다고 믿습니까? 대답에 따라 그렇게 믿는 이유를 적어주십시오.'

이제는 귀신이 있든 없든 별로 중요하지 않다. 냉장고가 음성 명령에 대답하고, 음식 넣을 자리를 말로 권해주며, 정해놓은 일정에 맞춰 집이 스스로 난방을 준비하고, 차를 자동 운전에 맡기는 시대 아닌가. 운전자가 자는 동안 알아서 직장까지 모셔주는 차를 19세기 사람들이 봤으면 귀신 들린 물건이라고 했을 것이다.

나는 요즘 사람이라면 모두가 공감할 만한 상식에 맞춰 그렇게 대답했다.

답안을 제출하고 나오자 오른쪽 눈의 시야 아래에서 동그랗고 작은 초록색 불빛이 떠올랐다. 부정행위를 방지하기 위한 전파차단 지역에서 벗어났다는 뜻이었다. 이런 시험 때문에 커닝을 하는 녀석이 어디… 어쩌면 있을지도 모르겠다. 복도의 창문을 통해 슬쩍 운동장 쪽을 보니 나보다 먼저 시험장을 나간 경찰 몇 명이 방송국 리포터에게 붙잡혀 이런저런 질문을 받는 꼴이 보였다. 과연 저 친구들은 새로 나온 과목에 관해 얘길 할까? 그렇다면 제발 인터뷰를 오래 끌어주기를. 나는 그렇게 생각하며 안전하게 고등학교 운동장을 벗어났다.

비번이었기 때문에 나는 곧장 집으로 돌아왔다. 내 손으로 직접 운전해서 왔다. 자동운전으로 전환하라는 경고등이 계속 깜빡였지만 나는 아랑곳하지 않았다. 자동교통통제에 따르는 것은 적극 권장사항이지 아직 의무가 아니었다. 수동운전으로 달리는 차는 금세 차이가 났고, 그 때문에 옆 차선의 운전자들은 움찔하며 내 쪽을 쳐다보곤 했다. 나보다 너희들이 도로에서 죽을 확률이 더 높아. 나는 눈을 부라리며 진지하게, 마음속으로 그렇게 얘기해 주었다.

＊

다음 날, 서에 출근해 정문을 지나는데 시야 위쪽에서 노란 불빛이 부드럽게 깜빡거렸다. 전화였다. 일반인들은 형사들이 이런 장비를 머릿속에 집어넣고 있다고 하면 대개 두 가지로 반응한다. 수술할 때 아프지 않아? 그러면서 저도 모르게 얼굴을 찡그리며 몸을 가볍게 떤다. 또는 정말 편하겠다고 난리를 치며 개인이 그런 장비를 구입하려면 비용이 얼마나 들까 계산을 해본다. 굳이 비율을 나눠본다면 전자가 압도적으로 많다. 나도 그 심정은 충분히 이해한다. 하지만 정작 당사자인 내 입장에서 본다면 이건 그저 직업에 꼭 필요한 장비일 뿐이다. 용광로에서 일하는 사람들이 내열 안구를 이식하는 거나 마찬가지였다.

옛날 형사들과의 차이는 기껏해야 이게 전부였다. 범죄란건 예나 지금이나 별로 달라지지 않았기 때문이다.

나는 중지와 약지를 정해진 순서대로 엄지에 가져다 댔다. 머릿속에 들어 있는 장비가 근섬유의 전기신호를 감지하고 전화를 연결했다. 내가 대답도 하기 전에 반장이 먼저 말을 꺼냈다.

"출근하면 곧장 취조실로 와."

찰칵. 머릿속의 전화도 끊는 소리는 일반용과 크게 다르지 않다. 본래는 필요 없는 효과음이지만 사용자가 통화중 여부를 확인할 수 있도록 일부러 그렇게 만들었다고 들었다. 나는 반장이 시키는 대로 현관 계단을 다 오르자마자 오른쪽으로 꺾어 취조실로 들어갔다. 통제실은 권한 있는 직책의 사람이 차단 스위치만 켜면 완벽한 방음과 사생활이 보장되는 장소였다. 물론 반장은 그렇게 할 권한이 있었다.

반장은 미리 커피를 두 잔 뽑아놓고 나를 기다리고 있었다.

"어쩐 일로 이리로 부르셨습니까?"

반장은 오른쪽 눈두덩을 가볍게 꿈틀거렸다. 슬슬 속살이 드러나고 있는 머리 가죽이 함께 움찔거렸다. 직책에 어울리지 않게 속마음을 잘 숨기지 못하는 인물이었다. 특히 마음에 들지 않는 부하직원에게 뭔가를 지시하거나 부탁할 때면 자신도 모르게 그러곤 했다.

"승진 시험 결과가 나왔어."

나는 대수롭지 않다는 표정으로 앉았다. 그리고 다음 말이 나오기를 침착하게 기다렸다. 무성의하게 백지를 낸 놈들한테는 불이익을 주래. 뭐 그 비슷한 말을 예상하면서.

"솔직히 좀 의외였어."

반장은 시험문제가 좀 이상하지 않느냐는 둥 번거로운 얘기는 전혀 꺼내지 않았다.

"뭐가요?"

"네가 뽑혔다는 거."

뽑히다니? 나는 속으로 그렇게 되물었다. 하지만 정작 입으로는 다른 날보다 유난히 진해서 젤리처럼 굳을 것 같은 커피의 맛을 보고 있었다.

"신입이 들어오는데 네가 알아서 담당해."

내 얼굴은 여전히 포커판에 끼어든 것처럼 요지부동이었지만 마음속은 조금 혼란스러웠다. 그 엉터리 시험과 신입이 관계라도 있다는 말인가? 요즘 같은 때에 어떤 덜떨어진 녀석이 강력계로 들어오지? 아니 잠깐. 바로 그것 때문에 나한테 가르치라는 건가? 부족한 인력을 채우기 위해 이상한 애들을 데려오는 건가?

나는 그리 잘 돌아가지 않는 머리를 굴려서 최대한 맛이 간 후보의 유형을 골라보았다. 아무래도 군인 쪽일 것 같았다.

그중에서도 유별난 애들이라면 극화개량부대 출신이 있었다. 몸속에 이식하는 신기술로 감정까지 마음대로 통제한다는 군인들. 걔들이라면 시키는 대로 할지 모른다. 전역을 하라면 하고, 강력계에 들어가라면 갈지도 모른다. 소문이 사실이라면 전투 괴물들을 신입으로 맞을지도 모른다.

하지만 내가 그런 애들을 감당할 리가 없다. 고작 그 이상한 시험문제 40개로 그런 판단을 내렸다고?

"오늘부터 출근합니까? 그럼 사무실로 가야 하는 거 아닌가요?"

"이리 올 거야, 지금. 너만 준비되면."

또 눈이 꿈틀. 반장도 뭔가 단단히 불편한 모양이다. 그럼 빙글빙글 놀리지 말고 단도직입적으로 얘길 하라고, 이 양반아.

"얼마나 괴상한 애가 오는지 몰라도 전 달리 준비할 것도 없는데요?"

반장의 얼굴이 조금 환해졌다. 그리고 반장은 슬쩍 두 손을 벌렸다.

"하긴 내가 설명할 수도 없겠지. 차라리 바로 대면하는 게 낫겠어. 포트 좀 열어봐."

이력 자료라도 보내려는 건가? 검지, 검지, 중지. 내 손가락 동작에 따라 머릿속의 전자모듈이 수신 모드로 전환하고 자료를 받을 준비를 끝냈다.

…이빨이 전부 빠진 면도날로 척추뼈를 살살 긁는 느낌. 온

몸의 털이 뽑히는 것처럼 소름이 전신을 세 바퀴 훑었다. 목과 어깻죽지 중간 어딘가에 얼음덩이가 박혀 있는 것 같았다. 그 얼음이 녹아 금속성 액체가 되고 뇌로 거슬러 올라오기 시작했다. 춥다. 춥다. 얼어 죽을 것 같다. 반장. 수신 모듈이 고장 났나 본데요. 하지만 혀가 꼬여 말이 나오지 않았다. 긴급구조 신호는 왼손으로 오른손등을 세 번. 한 손을 못 쓸 경우에는 멀쩡한 손의 중지로 손바닥을 세 번. 하지만 그조차 맘대로 되지 않았다. 그리고….

취조실 안에 누군가, 아니 뭔가가 있었다. 반투명하고 음울하고 검은 그림자. 나는 그게 누군지 보기 위해 시선을 보내려 했지만, 목이 제대로 돌아가지 않았다. 빌어먹을. 모듈 점검받은 지 얼마나 됐다고 고장이 나는 거야. 운동신경 쪽은 건드리지 않는다고 했잖아. 이것 덕분에 특별건강수당을 받는 거지만, 그렇다고 장애인이 되는 건 얘기가 좀 다르잖아.

용의자도 아닌데 취조실 의자로 갑자기 머리를 맞은 것 같은 충격이 왔다. 반장과 커피잔과 벽이 분신술을 썼다가 하나로 합쳐졌다. 그리고 다시 사지가 정상적으로 움직이고 혀가 내 것으로 돌아왔다. 나는 옷걸이를 빼버린 옷처럼 헐떡거리면서 축 늘어졌다.

취조실의 그림자는 사라지지 않았다. 갑자기 그 바보 같은 시험문제가 생각났다. '귀신이 있다고 믿습니까?' 반장에게는 보이지 않는 것 같았다. 신입인지 뭔지 소개를 받기 전에 우선 정비과부터 가 보는 게 순서였다.

「괜찮으십니까?」

반장 목소리는 아니었다. 반장이 존댓말을 쓸 리도 없지만. 초장부터 새로 온 녀석에게 한심한 꼴이나 보이다니. 그런데 이 녀석 어디 있는 거지? 내 시각에 손상이 왔나?

「어느 정도는 예상한 부작용입니다만, 이 정도일 줄은 몰랐습니다.」

나는 손가락 열 개를 무작위로 움직여 보았다. 운동신경에 이상이 없다는 걸 확인하자 빠른 속도로 정신이 돌아왔다. 예상한 부작용? 신입? 나는 거무스름하게 건너편 벽의 무늬를 가리고 있는 그림자를 보고 다시 반장을 보았다.

확실한 건 아무것도 없었지만 묘하게 상황을 알 것 같았다. 나는 반장을 노려보았다. 불쾌한 일이 있는 게 아니라 어찌할 바를 몰랐던 거구먼.

반장이 말했다.

"내가 그랬잖아. 설명하기 힘들다고. 어, 음. 나도 처음 겪는 경우라 뭐라고 해야 할지 모르겠지만, 지금쯤이면 신입하고 연결이 됐을 거야.

「안녕하십니까.」

안녕은 얼어 죽을. 나는 제3의 목소리를 못 들은 척하고 반장에게 물었다.

"이거 불법 아닙니까. 보아하니 원격지 공동수사인가 본데, 신기술을 적용했나 보죠? 청각신경하고도 연결했나 본데."

"하난 맞고 하난 틀려. 신기술은 맞아. 그리고 자네 파트너는, 음, 사람이 아니야."

귀신이 있든 없든 이젠 중요하지 않다. 냉장고가 말을 하고, 차가 제힘으로 움직이는 시대 아닌가. 그게 상식이었고 내 답안이었다.

"기술진들이 새 경찰력을 만들었대. 인원 부족을 해결할 수 있다나 뭐라나. 실제 업무에 투입하기 전에 시험 운용을 한다더라고."

그래서 그게 인공지능이란 말이지. 그리고 나보고 저 귀신 딱지랑 함께 일하란 말이지. 그것도 머리와 귀를 연결하고서.

"못 합니다."

"명령이야."

"명….."

령은 염병할. 이참에 그만두면 된다. 사표를 내고 정비과에 가서 머릿속에 든 생체기판을 뽑으면 끝이다. 정신적인 피해보상이라기엔 뭣하지만 그렇다고 퇴직금까지 없애진 않을 것이다.

"두 달 아니면 두 건. 어느 쪽이든 충족하면 시험 운용은 끝이래. 특별건강수당도 두 배로 나갈 거고. 퇴직수당도 1년 분을 더 계산해 주라고 해놨어. 그게 최선이야."

"그래도 이건 아닙니다."

반장이 잠깐 침묵하다가 목소리를 높였다.

"어차피 조건을 만족하기 전엔 연결을 안 끊어준다잖아!"

반장은 일어서더니 취조실 벽을 따라 걷기 시작했다. 초조

한 모양이다. 자신이 문제의 검둥 귀신의 몸 한가운데를 통과했다는 사실도 모르는 것 같았다.

더 정확히 얘기하자면 저 귀신, 그러니까 인공지능은 나한테만 보이겠지만.

"나더러 한 사람을 뽑으라고 했어. 내 대답도 너랑 같았다고. 못한다고 했지. 그랬더니 시험으로 뽑겠으니 설득은 하라더라고. 이제 알겠어?"

직장 생활이란 늘 그렇다. 기계적이고 단순해 보이지만 방심하면 어느 순간 칼이 날아온다. 동전 던지기보다는 시험에 맡기는 게 낫지. 내 입으로 꺼낸 말이 저주가 되어 돌아온 모양이다.

나는 아무 대답도 하지 않았다. 그걸로 충분한 수긍이었다.

"너 나올 때까지 취조실 쓰지 말라고 해둘 테니까, 연습 좀 해봐."

반장이 꼬리를 감추고 도망치려고 했다. 그러면 나는 이 갑갑한 공간에 검둥 귀신과 단둘이 있어야 한다. 그렇게는 못 한다.

"그럴 필요 없습니다. 차라리 빨리 적응하는 게 낫겠죠."

나는 반장이 뭐라고 대답하기도 전에 얼른 복도로 나갔다. 그림자는 내 뒤쪽에서 따라오는 것 같았다. 아니 실제로 따라오는 건 아니겠지만, 아니…. 더 신경을 쓰다가는 정말로 머리가 망가질 것 같았다.

두 달을 버틸 자신은 별로 없었다. 두 건을 해결하는 쪽이 훨씬 빠르겠지. 그게 내 계산이었다. 쉬운 사건 두 가지를 얼른 해치우면 해방이다.

그 전에 미치지 않는다면 말이지만. 하지만 나는 그렇게 약한 놈이 아니었다. 절대로 빼앗기고 싶지 않았던 생활을 송두리째 잃고도 지금까지 3년 동안 잘 버티지 않았는가. 그러니 두 건쯤이야 어떻게든 될 거라는 생각이 들었다.

*

인공지능이 물었다.

「특별히 원하는 모습이 있으십니까? 자료만 있으면 그 모습으로 보일 수 있습니다.」

내가 되물었다.

"무슨 소리야?"

「말 그대로입니다. 제가 교육받은 사항에 따르면, 동료의 추억 속에 있는 인물 모습을 추천하라고 합니다만.」

추억이라는 말이 나오자 기계적으로 인유와 지석의 이름이 떠올랐다. 하여튼 과학자와 기술자란 것들은 이론밖에 모르는 한심한 족속들이다. 어느 누가 실존하거나 실존했던 사람의 모습을 인공지능에 덮어씌우고 싶을까. 시대 유행에 전혀 어울리지 않는 긴 생머리의 여성이나 호기심을 주체 못 해 이것저것 일단 손을 대고 보는 사내아이를 동반하고 수사 현장에 나갈 형사가 어디 있단 말인가.

"기본 모델이 있을 거 아니야. 그 귀신같은 그림자 형상 말고 기본형이 더 있겠지?"

「예. 남성과 여성 각 3종이 있습니다. 음성 포함입니다.」

"남성 1번으로 해. 그게 뭔진 모르겠지만."

「알겠습니다.」

그러자 환한 대낮의 시민 공원 한복판에서 내 뒤를 따라오던 검둥 그림자가 평균적인 20대 중반의 사내 모습으로 변했다. 이거야말로 귀신놀음 아닌가. 물론 나한테만 보이지만. 적당한 캐주얼 복장에 길지도 짧지도 않은 머리. 이목구비는 조금 고전적으로 몽골계 혈통의 특징이 뚜렷한 한국 남성의 얼굴. 피부가 지나치게 하얗긴 했지만, 그거야 어찌 되든 좋았다. 사실 그림자나 괴물딱지 같은 모습만 아니면 뭐라도 좋았다. 어릴 적부터 애니메이션 없인 못 살았다던, 형사 3과 막내 지훈이라면야 이런 기회가 오자마자 입을 쩍 벌리며 좋아했을 것이다. 그리고 앳된 얼굴에 몸매는 한창 물오른 여성의 모습으로 변신을 시켰을 것이다. 나는 그런 취미가 없다. 만약 내가 그랬다면 지훈처럼 복장도착자 살인사건을 전문으로 할당받았겠지.

「이제 이름을 정해주십시오.」

당연한 얘기겠지만 나는 인간 동료가 인공지능보다 훨씬 편하다는 점을 새삼 깨달았다. 평범한 신참 형사라면 일일이 생김새나 이름까지 지어줄 필요가 없잖은가.

두 건. 사건 둘만 해결하면 된다. 그렇게 다짐하며 나는 최대한 작은 소리로 물었다.

"그것도 기본이 있겠지?"

대답은 그 즉시 돌아왔다.

「있긴 합니다만.」

"그걸로 해. 뭔데?"

「서낭입니다.」

"뭐야 그게."

「아시겠지만 서낭당이란 말이 있지요.」

인공지능을 만들어내는 녀석들도 보통 사람들과 다르지 않은 모양이었다. 이제 인공지능은 세상 곳곳에 널려있다. 물론 정말로 '지능'이라고 부를 만한 것들은 거의 없었지만 지능형 냉장고의 프로그램에도 '인공지능'이란 말을 붙이던 사람들은 70년쯤 전에 어느 학자가 내세웠던 '중국어 방' 이론을 다시 끄집어냈다. 인공지능은 실제로 말의 의미를 이해할 필요가 없다. 규칙에 따라 그에 적절한 반응을 한다면 인간의 지능과 구별할 방법이 없다. 이게 중국어 방 이론의 요지였다. 지금의 학자들은 그걸 거꾸로 이용했다. 식당 종업원과 손님이 좋은 예였다. 둘의 관계는 제한적이고, 필요한 소통도 정해져 있다. 지능형 프로그램이 종업원의 기능과 대화만 자연스럽게 해낸다면 인간 종업원과 구별되지 않고, 구별할 필요도 없다. 이 주장을 놓고 유명한 대중소설 작가 하나가 이렇게 비꼬았다.

'그렇다면 인공지능은 사람보다는 민담에 나오는 귀신에 더 가깝지 않은가. 귀신은 단 한 가지, 원한과 복수에만 집착한

다. 육체는 물론 없다. 하지만 대화는 사람처럼 한다.'

나로서는 이해할 수 없는 유머 감각이지만 그 얘기가 네트워크상에서 크게 유행을 했고, 사어(死語)에 가깝던 '귀신'이 일상용어로 자리를 잡았다. 이 인공지능 형사라는 물건을 만든 녀석들도 거기에 공감하는 모양이었다.

나는 이름도 기본형을 사용하기로 했다. 이름을 지어 준다는 건 의미를 부여하는 행위라고 누군가 말했다지만, 그걸 떠나서 귀찮았기 때문이다.

"그걸로 해."

서낭은 내 허락이 떨어지기 무섭게 화제를 바꿨다.

「질문입니다. 답해주시면 학습에 도움이 됩니다. 저희는 왜 이 시간에 공원에 있는 겁니까?」

왜냐고? 걸어 다니면서 혼자 중얼거렸다가는 미친놈 취급을 받게 마련이니까. 그새 소문이 퍼지자 3과 동료들은 기묘한 표정을 지으면서 나를 봤다. 일하는 도중에 곁눈질로 내 눈치를 살피는 녀석도 있었다. 진술하러 온 사람들도 마찬가지였다. 보이지 않는 무언가와 대화를 나누는 사람을 보면 나라도 그랬을 것이다.

나는 서낭에게 그렇게 설명했다. 하지만 그것만이 이유는 아니었다. 서낭과 내가 맡을 첫 사건의 현장이 여기서 그리 멀지 않았다.

인창동 시민 공원, 인창 공원은 설계 자체가 이상했다. 인창동은 비교적 최근에 서울로 편입된 외곽이었다. 인창 공원은 산림과 연결한답시고 일부러 동쪽에만 울타리를 두지 않았다. 어떤 덜떨어진 녀석이 만들었는지 모르지만, 그 덕분에 가로등의 빛이 닿지 않는 곳은 밤이 되면 으슥하기 짝이 없었다. 다른 말로 하면 사람이 하나 죽어도 모를 정도로 음침했다. 게다가 나무들이 웬만한 소리를 잡아먹으니 그야말로 범죄를 일으키기 딱 좋은 지점이었다. 주민들이 수시로 건의를 했건만 예산이 확보되기 전까지는 순찰로 때우는 모양이었다.

그런 행정 지연의 결과가 내 눈앞에 고스란히 펼쳐져 있었다.

감식반은 연락을 받고 내가 오기를 기다리고 있었다. 나는 눈과 연결된 녹화 모듈을 켜고 사체를 살폈다. 피해자는 대략 이십 대 중반으로 보이는 여인이었다. 범인이 시체 은닉에 크게 신경 쓰지 않았는지, 시신은 썩어가는 낙엽으로 적당히 덮여 있었다. 검시 쪽 의견을 들어야 확실해지겠지만, 사망 원인은 내 눈에도 분명해 보였다. 피해자의 왼쪽 두개골이 움푹 들어가서 이제는 바짝 말라버린 내용물이 훤히 보였다. 그리고 뇌액과 피가 흐르다 멎은 흔적이 역력했다.

나는 필요한 모습들을 녹화하고 검시관에게 자리를 내주었다. 서낭의 영상은 내 동작을 그대로 따라 했다. 심지어 걷거나 장애물을 피하는 모습까지도 사람처럼 자연스러웠다. 내 눈을 통해서 본 주변 지형을 파악하고 움직이는 것 같았다.

내가 속삭이듯 물었다.

"그럴 필요까진 없잖아?"

「사건 정황을 파악하려면 인간의 동작을 시뮬레이션할 필요가 있습니다.」

일리가 있었기 때문에 나는 아무 말도 하지 않았다. 검시관은 그 소리를 듣고 내가 재촉한다고 여겼는지 입을 실룩거렸다. 그래도 내가 가만있자 아직 밤이슬 때문에 축축하게 젖어 있는 가죽 지갑을 건넸다.

"피해자 소지품입니다."

나는 그 안에 든 신분증과 신용카드를 보며 솔직하게 반색했다. 신용카드가 남아 있다는 것은 카드 복제를 노린 사건이 아니라는 얘기였다. 그렇다면 아마도 피해자와 뭔가 연관이 있는 사람의 범행일 확률이 높았다. 죽은 여성의 이름은 신혜경. 32세. 죽은 지 여러 시간이 지나도 다른 시체들과 달리 제 나이보다 훨씬 젊어 보이니 본래 동안이거나 성형 처치를 과도하게 많이 받았거나 둘 중 하나일 것이다.

나는 신분증 사진에 묻은 먼지를 닦아보았다. 하지만 그것만으로는 둘 중 어디에 해당하는지 분간할 수 없었다.

「신분증과 지갑을 천천히 회전시켜 주시겠습니까?」

서낭이 요구했다. 나는 뭐라고 천천히 쏘아붙여 주려다가 꾹 참고, 시키는 대로 해주었다. 다른 사람들이 있는 곳에서는 최대한 서낭과 대화하지 않는 게 여러모로 좋았다.

「됐습니다. 기록 완료했습니다.」

물론 그 '기록'은 내 머릿속 모듈의 메모리와는 다른 곳에 저장된다. 서낭은 내 속에 있는 게 아니라 나와 연결되어 있을 뿐이다. 아주 긴밀한 연결이라는 데에 차이가 있긴 하지만. 아마도 서낭이 수집한 자료는 어딘가의 서버에 저장되고 있을 것이다. 그게 내가 인공지능에 대해 알고 있는 얄팍한 지식으로 내린 결론이었다. 그렇지 않다는 걸 안 것은 훨씬 나중에, 또 다른 사건을 해결하던 때였다.

최초 발견자는 범인에 대해 아무 실마리도 주지 못했다. 그 이외의 목격자는 찾을 수가 없었다. 당연했다. 밝고 건강한 태양 아래에서 살아가는 보통 시민들이라면 이처럼 외진 곳을 일부러 피할 것이 뻔했다. 그 반대라면? 낮 시간에 이곳에 올 리가 없었다. 게다가 경찰이 이처럼 소란을 부리고 있으니 오죽할까. 설사 야음을 틈타 밀회를 즐기는 연인들이 있었다 해도 자진해서 목격한 바가 있노라고 나서지는 않겠지.

나는 그래도 여유 만만했다. 일단 신원이 쉽게 밝혀진 이상, 그리고 범인이 그리 지능적으로 보이지 않는 이상 사건 대부분은 피해자 주변 수사에서 꼬리가 드러나게 마련이었다. 운이 좋다면 감식반에서 범인의 몸통을 통째로 제공하기도 했다. 지금이 어떤 시대인가. 유전자 추적이 범행 발견 다음 날이면 끝났고, 스마트폰 소지자라면 사건 앞뒤 몇 개월간의 동선이 모조리 추적 가능했다. 경험상으로 이런 사건은 길어야 일주일 안에 해결되게 마련이었다. 그러면 또 하나의 살인범이 사회에서 격리되고, 나는 실적을 올리고, 귀신 같은 이름의 인공지능과 헤어질 날이 성큼 다가오게 되는 것이다.

"이번 건은 쉽겠네. 축하해. 첫 사건이 이렇게 편하다니."

「그렇게 생각하시는 이유를 알려주시겠습니까? 학습에 도움이 됩니다.」

나는 구구절절이 설명할 필요를 느끼지 못했다. 명색이 인공지능이고 학습능력이 있다면 정석대로 사건을 수사하는 과정에서 배울 수 있을 테니까. 그래서 나는 짧은 대답으로 대신했다.

"예감이 그래."

예감이 뭐지요? 이해할 수 없습니다. 예전 어느 유명 SF 작품에서 인간 형사와 함께 일했던 로봇이라면 그렇게 말했을 것이다. 하지만 서낭은 아무 반응도 보이지 않았고, 그래서 나는 조금 당황했다. 대신 서낭은 한쪽 무릎을 꿇고 앉아서 진지한 얼굴로 피해자의 부서진 두개골을 뚫어져라 쳐다보고 있었다.

'진지한 얼굴'이라는 건 아마도 나의 착각이었을 것이다.

＊

솔직히 말하자면, 내 예감은 제대로 맞은 적이 없다. 금방 해결될 것처럼 보이던 이번 사건조차도 며칠 되지 않아 사방 한 걸음도 더 나아갈 수 없는 벽에 부딪혔다. 탐문 가능한 한에서 목격자는 없었다. 흉기도 발견되지 않았다. 범인이 가져간 것 같았다. 거기까지는 그리 보기 드문 사건이 아니었다. 하지만 철석같이 믿고 있던 피해자의 주변 인물 조사가 가장 큰 결정타였다. 다른 말로 하자면 피해자 신혜경은 아무것도 없는 사막 한복판에서 갑자기 탄생한 모래여인과도 같왔다. 물론 거주지도 있고 이웃도 있었다. 하지만 부모를 비롯해 혈연관계의 가족이 아무도 없었다. 수사 가능한 한에서 애인도 없었다.

사방이 꽉 막힌 수사현황에 그나마 숨 쉴 창문조차 막아버린 것은 감식반 애들의 보고서였다. '성폭행 흔적 없음. 피해자 주변에 다수의 DNA가 발견되었으나 범인의 것이라 확정지을 것은 없음.'

그래서 서낭과 나는 서 지하 주차장으로 내려가 할당받은 차 안에 나란히 앉아 있었다. 비록 서낭의 모습은 내 시신경에만 떠다니는 영상에 불과했기 때문에 조수석 의자가 움푹 들어가지는 않았지만, 그 점만 제외한다면 서낭이 팔짱을 끼고 앉은 모습은 자연스러웠다.

「더 조사해 볼 것이 남아 있습니까? 제 학습에 도움이 됩니다.」

서낭은 경찰 업무로 리포트라도 쓰는 학생처럼 여전히 고지식하게 물었다. 나는 반사적으로 고개를 저으려고 했지만, 왠지 자존심이 상했다. 그래서 마지막 보루로 남겨두었던 몇 가지를 얘기했다.

"우선 사망 시각 즈음한 그 지역의 통신 내역을 모조리 살펴봐야겠어. 혹시라도 범행을 암시하는 통화가 있을지도 모르니까. 그리고…."

사실 내가 간과한 점이 하나 있긴 했다. 반장도 그 정도를 가지고 뭐라고 하진 않을 테지만. 신혜경의 사망 시각은 밤

11시경이었다. 그렇다면 목격자도 그 시각에 있었을 것이다. 탐문도 그 시간에 해야 했다. 만에 하나 근처 불량배의 소행이라면 그 일대를 근간으로 하는 놈일 수도 있었다. 그러고 보니 신혜경의 신원도 이상하다면 이상했다. 은행 계좌의 잔고는 꽤 넉넉했지만, 직업은 없었다. 거래 은행은 하필이면 삼주은행. 중국계 은행으로 수수료만 주면 그나마 명목만 유지되어 오던 실명제를 완전히 무시하는 곳이었다. 가족이 없는 거야 요즘 같은 시대에 특별하진 않았지만, 어느 돈 많은 녀석의 정부였을까? 그래도….

미로는 분명한데 출구로 나갈 길이 보이지 않았다.

「짐작 가는 바가 있다면 제게도 말씀해주십시오. 학습에 도움이….」

"학습에 도움된다는 말 좀 안 할 수 없어?"

나는 버럭 화를 냈다.

「반영하겠습니다.」

내 분노는 금세 가라앉았다. 사건이 풀리지 않는 것은 서낭의 탓이 아니었다. 서낭은 인간이 아니었으므로 미안할 이유는 전혀 없었지만, 나는 녀석의 '학습'에 도움이 되기 위해서 내 생각을 두서없이 설명했다.

"여하튼 금세 끝날 조사는 아니야. 통신 기록만 해도 영장을 받아야 하고…."

「인창 공원에 지금 가도 괜찮으시겠습니까?」

시계를 보니 9시 20분이었다. 차를 몰고 간다면 대략 11시경에 인창 공원에 도착할 수 있었다. 얘기가 나온 김에 가 보는 것도 좋을 듯싶었다.

"기다려 봐. 혼자서는 아무래도 그러니까 사무실에 남은 동료를 하나….."

「저희 둘만으로 충분하다고 생각합니다. 저는 충분한 안전 교육을 받았습니다.」

"넌 허깨비잖아. 맞으면 다치는 건 나라고."

서낭은 무슨 생각을 했는지 주장을 굽히지 않았다.

「이 기회에 제 능력을 알려드리는 것도 좋을 것 같습니다. 같이 사건을 해결하려면 당연한 일 아닐까요?」

그럼 넌 내 능력을 다 안단 말이야? 나는 서낭이 뭘 믿고 그리 당당한지 알 수가 없었다. 하지만 차 안에 앉아서 유령 같은 놈과 말씨름이나 하는 것보다는 바람이라도 쐬는 게 나을 것 같기도 했다. 나는 시동을 걸고 주차장의 안내선을 따라 차를 몰았다.

"그래 어디 가 보자고. 어차피 영장이야 이 시간에 청구할 수도 없으니."

나는 몸 안에 이상하게 아드레날린이 퍼지는 것을 느꼈다. 그 때문에 지하에서 지상으로 올라가는 과정에서 하마터면 직진하는 차와 충돌할 뻔했다. 운전자는 거친 말로 욕을 해댔지만 나는 완전히 무시했다. 이게 경찰 차량이라는 것을 알면 분명 민원이 들어올 테지만 나는 거기에 신경을 쓰지 않았다.

「방금 사고가 날 뻔했습니다. 제가 운전할까요? 자동운전

장치에 접속하면 됩니다. 승인은 받아 뒀습니다.」

"절대로 안 돼. 다른 건 몰라도 내가 타고 있는 동안은 절대로 안 돼. 앞으로도 명심해"

나는 필요 이상으로 소리를 질렀다.

「지나치게 흥분하신 것 같습니다만 이유는 모르겠군요. 알겠습니다. 그리고 영장은 필요 없습니다. 지금 통신 음성들을 검색 중입니다.」

서낭이 그렇게 말하고 20초쯤 지나서야 나는 그 뜻을 알았다.

"뭐?"

「제 권한 안의 일입니다. 제게는 2급 수사권과 2급 비밀인가가 있습니다.」

이건 자존심의 문제가 아니었다. 내 권한은 4급이었다. 서낭은 검사의 영장 발부 없이 통신 기록 열람을 청구할 수 있었다. 말이 좋아 신입이자 동료지 권한만 놓고 보자면 서낭은 반장보다도 높았다. 윗사람들은 경찰 인력의 부족을 이렇게 해결할 심산이었다. 수사용 인공지능을 만들고 더 높은 자리에 올려서.

이 사실이 언론에 흘러가면 한참은 시끄러울 것이 분명했다. 하지만 과연 얼마나? 나는 운전하면서 그 파급에 대해서 자못 진지하게 생각해 보았다. 판사를 인공지능으로 대체한다면 그야말로 난리가 날 것이다. 인간이 만든 존재가 인간을 심판한다니. 하지만 형사는? 이론적으로 말하자면 형사는 감정에 치우치지 않고 증거에 입각해 용의자를 체포하면 된다. 어쩌면 이론적으로는 인공지능이 형사를 대체할 수 있을지도 모른다.

시간이 흘러 차는 인창 공원 입구에 들어섰다. 일부러 다른 사람들의 주의를 끌 필요는 없었기 때문에 나는 시동을 끄고 동쪽 숲으로 걷기 시작했다.

「고속 재생으로 검색을 마쳤습니다. 특기할 만한 통신 내역은 없습니다.」

서낭의 영상이 내 걸음과 보조를 맞춰 따라오며 그렇게 말했다. 나는 손가락을 움직여 시각 모듈에서 광감도를 조금 올렸다. 그러자 서쪽 도심에서 밤공기를 타고 잘게 부서져 날아오는 빛만으로도 눈앞이 훤해졌다.

나는 누가 들을까 봐 최대한 작은 소리로 속삭였다.

"네가 나보다 기밀인가가 높으니까 이번 사건하고 조금이라도 연관되는 정보는 모조리 재검토해봐."

어차피 실체도 없는 인공지능이 비상사태에 도움이 되리라고는 생각하지 않았기 때문에 나는 그렇게 지시를 내렸다.

숲은 차갑고 어두웠다. 하지만 그에 비해 내 눈은 낮보다 더욱 밝았다. 나는 사건 발생 장소로 올라가는 통로를 찾았다. 여러 사람이 밟고 다녔는지 작은 길이 나 있었다. 아마 신혜경도 이 길로 갔겠지. 뭣 때문에? 범인이 불러서? 그렇다면 범인과 신혜경은 아는 사이다. 하지만 수사에는 아무도 걸리지 않았다. 나는 양 눈의 시야를 분리해서 한쪽은 적외선 감지 상태로 두었다. 열원 몇 개가 보였다. 둘씩 짝을 이뤄서. 나는 연인들이 갑자기 놀라 소동을 피우지 않도록 일부러 인기척을 크게 냈다. 목적지에 도착하기까지 그렇게 두 쌍의 연인에게 최소한의 예의를 보여주었다. 그리고 그리 인간답지 않은 일생을 살았던 30대 여인이 밤이슬을 온몸으로 맞으며 생기도 없이 누워있던 장소에 도착했다.

사랑의 힘은 위대한지고. 분명 살인사건이 났다는 소문이 잔뜩 퍼졌을 텐데 그리 떨어지지 않은 곳에서 정열을 불태우는 연인 한 쌍이 또 있었다. 나는 헛기침이라도 해줄 요량으로 숨을 들이켰다.

그때 또 다른 열원이 그들에게 다가섰다. 발소리를 죽이는 거로 보나 허리를 숙이고 걷는 거로 보나 그리 건전하지 않은 목적임이 분명했다. 바로 내가 찾던 목격자, 또는 아주 운이 좋다면 범인 후보였다.

나는 말 그대로 번개같이 상대에게 달려들었다. 그러면서 두 손을 확인했다. 상대는 칼을 쥐고 있었다. 둔기가 아니라 실망하는 것도 잠시, 야밤에 연인들을 습격하려던 괴한은 즉시 반격하며 칼을 휘둘렀다. 나는 오른팔을 내저어 칼의 옆면을 쳐냈다. 머릿속 장비의 도움 때문에 이론적으로는 내가 우세했지만, 상대도 어둠 속에 오래 있었기 때문에 시각적으로는 큰 우열이 없었다. 하지만 형사가 특별건강수당을 받는 이유는 그뿐이 아니었다. 내 오른팔의 피부밑에는 아주 원시적인 사이버네틱스가 이식되어 있었다. 얼마나 원시적인고

하니 쇠파이프나 칼 정도로는 찢거나 부러뜨릴 수가 없었다. 이런 환경에서 총질을 해봐야 상대를 쫓아내는 결과만 가져올 게 뻔했으므로 나는 오른팔을 최대한 이용해 괴한의 공격을 막고, 발로 찼다. 상대는 키 작은 수풀과 엉키며 뒤로 굴렀다.

하지만 유감스럽게도 내 등은 일반인과 마찬가지로 평범했다. 나는 길고 단단한 통증을 느끼며 앞으로 고꾸라졌다. 불량배는 하나가 아니었다. 나는 입안에 들어온 흙을 뱉으며 생각했다. 저런 귀신딱지 말을 믿다니. 혼자 오는 게 아니었는데. 후속타를 피하려고 몸을 굴리려 했지만, 평지가 아닌 탓에 마음대로 되질 않았다. 나는 재빨리 앞으로 기어 자세를 고치려 했지만, 목이 뻐근해서 상체를 일으킬 수가 없었다.

불길한 예감은 상스러운 욕이 되어 내 입을 더럽혔다. 그저 반사적인 습관이었다.

그런데 무슨 싸구려 주문이라도 외운 것처럼 갑자기 온몸에 힘이 솟았다. 다 죽어가는 부상자에게 모르핀을 주사하자 잠깐이나마 생기를 되찾는 것처럼. 그러면서 눈앞에 처음 보는 기호와 레이더와 동선들이 떠올랐다. 빨간 선들이 두 명의 불량배를 감싸며 이동방향을 예측해 주었다. 내 동물적인 생존 감각은 잡스러운 궁금증을 모조리 날려버리고 주어진 정보를 최대한 활용해 적을 무찌르는 데에만 집중했다. 나는 원숭이처럼 몸을 굴려 우군에게 합류하려던 첫 불량배의 턱을 단단한 오른팔로 강타했다. 그리고 떨어지는 칼을 왼손으로 잡으며 그와 위치를 교환했다. 두 번째 불량배는 급작스러운 전세의 변화에 당황했다. 나는 그대로 칼을 던졌다. 칼은 눈앞에 그려진 파란 선이 예측한 궤적을 그대로 따라갔고, 목표인 손등에 정확히 꽂혔다. 나는 끙끙거리는 두 녀석을 수갑으로 엮은 다음 땅바닥에 눕히고 흙 맛을 보게 만들었다.

"너희들이 죽였냐?"

그리 멀지 않은 부근에서 하마터면 인생과 연애사를 동시에 망칠 뻔한 연인이 허겁지겁 도망가는 소리가 들렸다. 나는 신경 쓰지 않고 다시 물었다.

"사흘 전에 죽은 여자 너희들 짓이냐고!"

"예? 아니요. 사람을 죽이다뇨. 저희는 그저….'"

"그저 뭐?"

"돈이나 뺏고….'"

아마도 성폭행. 두 녀석은 말을 얼버무렸다. 나는 꽤 뾰족한 구두 끝으로 녀석들의 옆구리를 한 방씩 걸어차 주었다. 신음소리가 커졌다. 이런 녀석들은 의외로 고통에 약했다. 나는 두 녀석 가운데 누가 지휘자일까 생각했다. 뒤에서 덤벼든 녀석이겠지. 본래 명령을 받는 쪽이 앞장서게 마련이니까. 그래서 나는 엎드려 있는 지휘자의 옆으로 걸어가다가 실수인 척 손가락을 밟았다. 무언가 부러지는 감각이 분명하게 느껴졌다. 녀석이 몸을 뒤집으며 숲이 떠나가라 비명을 질렀다. 수갑 때문에 나머지 한 녀석이 끌려가면서 둘의 몸이 엉켰다.

"어이구, 어두워서 잘못 봤네. 입 닥쳐 이 자식아. 뭘 잘했다고 소릴 질러. 다시 한 번 묻는다. 너희가 죽였다고 그랬지?"

"아니라니까요!"

아무리 악을 쓴다고 해도 사람이라면 어두운 곳에서 연거푸 실수를 하게 마련이다. 서낭은 안 그럴지도 몰라도 나는 사람이었다. 나는 위를 보고 누워 있는 우두머리의 가랑이 사이에 발을 댔다. 그러자 녀석이 갑자기 조용해졌다. 남은 것은 억지로 참는 흐느낌뿐이었다.

"또 잘못 밟지 않았으면 좋겠는데 말이지. 너희가 죽이지 않았다면 그날 본 건 없어?"

"있어요! 있다고요….."

"말해봐. 헛소리였다가는 평생 남자 구실 못 할 테니까."

"귀신이에요. 귀신을 봤어요."

이게 무슨….. 나는 불쾌감을 억지로 누르며 발에 힘을 더 줬다.

"정말이라니까요! 움직이는 게 귀신처럼 빨랐어요. 아저씨는 비교도 안 됐다니까요. 친구랑 나는 숨어서 떨고 있었어요. 컴컴한데도 다 보이는 것처럼 뛰어다니다가 단숨에 나무 위로 올라가고, 얼굴은 못 봤지만 사람 같지가 않았어요."

수갑으로 같은 운명에 처한 녀석조차 열렬하게 동의했다. 남은 평생 남자 구실을 못할 위기 상황에서 거짓말을 할 수 있을까? 거짓말을 할 거라면 그렇게 허황된 얘길 골랐을까? 마약에 빠진 상태라면 그럴 수도 있다. 어쨌든 좋다. 죽은 신혜경의 주변에서 몇 사람의 DNA가 발견됐으니까 대조해 보면 금세 알 일이었다. 전과자 DNA 조사에서는 건진 게 없었지만 두 녀석은 초범일 수도 있었다. 그렇다면 신혜경의 몸에 성폭행 흔적이 없는 것도 설명할 수 있었다. 반항이 심하자 둔기를 휘두르고는 겁이 나서 도망친 것이다.

나는 뒤로 물러서서 작은 바위 위에 걸터앉았다. 그리고 일부러 보란 듯 총을 꺼내 들고 레이저 조준기를 켰다. 있는 힘을 다해 도망친다면 일이 복잡해질 수 있었기 때문에 겁을 줄 필요가 있었다. 수갑을 채우면서 손가락 조합을 이용해 지역 지구대를 호출했으니 줄잡아 20분이면 경찰들이 도착할 예정이었다. 호송하고 심문하고 검사를 해보면 빛이 보일지도 모르는 일이었다.

격투의 흥분이 가라앉자 사소한 문제가 하나 남아 있다는 생각이 떠올랐다. 이 세상에 마법의 주문 따위는 없다. 설사 있다고 해도 욕으로 그런 효과가 날 리는 없다. 나는 불량배들이 듣든 말든 다짜고짜 서낭에게 물었다.

"네가 한 짓이야?"

서낭이라는 이름의 인공지능은 추론능력까지 가진 모양이었다. 하긴 그렇지 않고서는 형사를 대체할 수 없겠지만.

「예.」

"처음 포트를 열었을 때 단순히 연결만 했다면 그렇게 이상한 감각은 없었겠지. 넌 내 신경에 자극을 주고 호르몬 분비도 조절할 수 있는 거지? 시각 모듈이야 당연히 조종할 수 있을 테고."

「예.」

"너나 반장이나 나 같은 놈은 맘대로 해도 된다고 생각하는 거냐? 미리 설명할 필요는 전혀 없다는 거야?"

서낭은 대답하지 않았다.

"염병할 윗놈들이란 건 어째 그 모양들이야? 이젠 사람 몸까지 들쑤셔놔? 아무리 형사질이 더럽다지만 이건 뭐…."

「전 형사님의 상관이 아니라 동료입니다. 엄밀히 말하면 저는 명령에 그대로 따라야 합니다. 말씀하신 그 문제에 관해서는, 설명보다 체험 쪽을 선택하라는 지시를 받았습니다.」

아드레날린 분비가 줄어들면서 차가운 밤공기가 폐 속으로 들어왔다. 그리고 까맣게 잊고 있던 시험문제가 떠올랐다. 설명과 체험 가운데 하나만 택하라면 어느 쪽입니까. 대략 그런 질문이었다. 그리고 내가 쓴 답이 뭐였는지도 기억났다.

"사람이란 건 그 정도 문제와 답만 가지고 파악할 수 있는 게 아니야. 아무리 스스로 꺼낸 대답이라고 해도. 그거라면 나를 예제로 삼아도 좋아."

나는 그렇게 얘기했다. 서낭의 추론능력이 쓸 만하다면 무슨 얘긴지 이해했을 것이다. 서낭은 성실하게 대답했다.

「예.」

그리고 우리 둘은, 나와 인공지능은 지구대 경찰들이 도착해서 함께 인창 공원을 떠날 때까지 아무 말도 하지 않았다.

＊

한밤에 심각한 범죄를 저지르려던 두 녀석은 신혜경의 살해와 직접적인 관련이 없었다. 적어도 증거상으로는 그랬다. 내가 체포할 당시 마약에 취해 있지도 않았다. 반장은 그 둘을 더 취조하면 결국 실토할 거라고 믿었다. 추궁하면 여죄가 더 나올 거라고도 했다. 그거라면 전문이니 맡겨 두라고 했다. 사건이 해결되었다고 믿는 모양이었다.

"한 건만 더 해결하면 그… 인공지능을 떼어내 줄게."

이렇게 말한 게 증거였다. 내 입장에서야 두말할 나위 없이 반가운 소리였다.

나도 그 두 녀석이 어디선가 다른 범죄를 저지르고도 검거된 적이 없을 거라는 데에는 동의했다. 하지만 신혜경의 죽음은 그놈들 짓이 아니었다. 이건 예감이 아니라 경험에서 나온 생각이었다. 귀신을 봤다는 목격담이 영 마음에 걸렸다.

서의 별관 건물 뒤 그늘에 앉아 비위생적인 자동판매기에서 뽑은 커피를 마시면서 나는 서낭에게 물었다.

"우리가 아직 캐지 않은 게 뭐지?"

서낭이 대답하는 대신 질문을 하나 더 얹었다.

「무슨 뜻인지 모르겠습니다.」

나는 고쳐 물었다.

"치정 살인은 아니야. 관계없던 불량배한테 우연히 당한 것도 아니라고 치자. 금품을 노린 강도도 아니고. 그럼 뭐가 남지? 이 사건하고 관계없어 보이는 해석이 뭐지? 가장 말도 안되는 거로 말이야. 제일 금세 떠오르는 거라도 몇 가지 대봐."

「아무거나 무작위로 말입니까? 그런 게 수사에 도움이 됩니까?」

서낭과 함께 다니면서 배운 점이 있다. 수사용 인공지능을 개발한 녀석들은 완성품을 시험하기 위해 일선 서에 보낸 게 아니었다. 서낭은 미완성품이다. 계속 학습 운운했던 것도 그 때문이었다. 나보다 비밀인가 등급이야 높을지 몰라도, 정보를 찾는 능력이야 뛰어날지 몰라도 그 외에는 한계가 있었다. 그걸 보충하기 위해서 인간 형사에게 연결하려고 한 것이다. 만약 내가 엉뚱한 걸 가르친다면 서낭은 괴물이 될지도 모른다. 그리고 폐기될지도 모른다. 하지만 그 반대라면 쓸 만한 경찰 보조 인력이 하나 늘어날지도 모른다.

그래서 나는 토 좀 달지 말라고 면박을 하는 대신 간단하게 말했다.

"그래."

「자살. 범죄 조직의 배신자 처단. 목격자 말살. 연쇄살인입니다.」

나는 최대한 진지하게 그 네 가지를 검토하기로 했다.

"자살은 절대 아니야. 제 손으로 자기 머리를 그렇게 박살 낼 순 없어. 도구도 못 찾았지. 그날 내가 현장에 가면서 둘러봤던 영상 뒤져봐. 피가 묻은 나무가 있었어?

내가 일어서는 몇 초 동안 서낭은 검색을 마쳤다.

「없습니다.」

"그럼 신혜경이 순간적으로 미쳐서 나무에 자기 머리를 들이박은 건 아니라는 얘기잖아. 다음. 범죄 조직의 배신자 처단이라. 네 정보열람 등급을 최대한 발휘해서 혹시 증인보호 프로그램에 들어 있는지 봐. 그리고 전과자 목록뿐 아니라 다른 사건의 목격자는 아니었는지도 보고."

내가 종이컵을 구겨서 휴지통에 넣고 돌아오는 데 걸린 시간은 대략 10초.

「없습니다.」

"그럼 연쇄살인이 남네. 신혜경처럼 인적 없는 곳에서 머리를 심하게 가격당해 죽은 피해자들 찾아봐."

「없습니다.」

"아무리 너라도 무슨 대답이 그렇게 빨라?"

「수확이 없어서 말씀드리지 않았습니다만, 사실 연쇄살인 부분은 검시측 보고가 들어온 순간 곧바로 찾아봤습니다. 저는 본래 프로파일링 효율을 올리는 목적으로 개발됐던 인공지능입니다.」

그랬군.

"그럼 이제 남은 건 딱 하나뿐이야."

「그게 뭡니까?」

"우리가 인창 공원에서 잡은 두 놈의 진술. 그놈들은 정말 범인을 봤는지도 몰라. 그렇다고 해보자고. 걔들이 뭐라고 했지? 귀신 같다고 했지. 나보다 훨씬 더 빨랐다고. 그때 나는 네놈 덕분에 보통 인간의 반응상태가 아니었어. 만약에 범인도 그런 종류라면?"

귀신 얘기를 듣고 곧바로 생각해 냈던 건 결코 아니다. 서낭과 가능성을 하나하나 검토해보니 갑자기 떠오른 것뿐이다.

「사이버네틱스. 개선형 인간이군요. 그것도 호르몬 조절과 동선 분석보다 고성능 개선이고요. 그렇다면….」

아마 이번에는 서낭과 내가 거의 동시에 결론에 도달했을 것이다. 하지만 입 밖으로 꺼낸 것은 내가 먼저였다.

"돈이 엄청나게 들어가는 일이지. 군용이야. 제일 유명한 게 극화개량인간 부대야. 명칭 말고는 거의 아무것도 안 알려진 국가 산업이지. 신혜경하고 그쪽 연관성을 찾을 수 있어?"

「잠깐만 기다려 주십시오. 군 정보는 현재 제 등급으로 검색이 불가능합니다.」

그러고 보니 서낭이 기다려 달라고 한 건 이번이 처음이었다. 과연 군 자료까지 들여다보기 위한 등급을 얻을 수 있을까? 인공지능이? 어쩌면 그 결과가 나오기까지 며칠을 기다려야 할지도 모른다. 하지만 다른 때 같았으면 엄두도 못 낼 일이었으니 그쯤이야 기다릴 수 있었다.

「찾았습니다. 신혜경은 극화개량부대, 통칭 극화부대의 자원실험자였습니다.」

"허가가 벌써 나왔어?"

「그건 아닙니다만, 그 이상은 묻지 말아 주십시오. 그에 관해 얘기하는 건 금지되어 있습니다. 극화부대 프로젝트를 맡았던 방위업체 치우산업 쪽은 이미 이 사건의 범인을 알고 있습니다. 이름은 정찬우. 극화 2중대 소속 중사. 현재 탈영 상태이며 개량시술 후 심각한 후유증을 앓고 있답니다. 아마

사업에 악영향을 줄 것을 우려해 자체적으로 해결하려는 모양입니다만….」

그 얘길 듣고 나니 아무 관계도 없던 별을 주워 모아 별자리 하나를 완성한 듯한 느낌이었다. 하지만 그 별무리에는 '군용시설. 접근불가'라는 울타리가 쳐져 있었다. 무수한 별들 가운데에서 내가 발견한 이 별자리에 내 이름을 붙이려면 어떻게 해야 할까. 잘못하다가 벌집을 건드려서 범인도 놓치고 일도 꼬이기만 하는 건 아닐까.

그렇게 머리를 굴리고 있는데 서낭이 나를 불렀다.

「형사님의 접근 방법이 정확히 맞았군요.」

나는 조금 우쭐했지만 지금 중요한 건 그게 아니었다.

"평가는 나중에 하자고. 희생자가 더 나오기 전에 잡는 게 우선이니까. 아직은 한 사람만 죽었잖아."

「제 얘기는 그런 뜻이 아닙니다. 이게 연쇄살인이라는 건 결국 형사님께서 관계없어 보이는 걸 되짚자고 하신 덕분 아닙니까.」

이건 또 무슨 소린가. 연쇄살인이라니.

"신혜경하고 같은 방식으로 살해당한 유사 피해자는 없다면서?"

「형사님께서는 피해사례를 봐도 모르셨을 겁니다. 저도 치우산업 서버에 침투, 정정합니다. 서버를 검색하기 전에는 몰랐습니다. 정찬우의 탈영 이후 전국에서 벌어졌던 각종 사건을 종합해 본 결과 이건 분명한 연쇄범행입니다.」

"다른 사건이 뭔지 말해봐."

「강원도 인제시 지역 CCTV 서버 파괴. 경기도 파주시 교통정보 임시 저장소 파괴. 서울 면목동 소재 전자제품 대리점 습격. 모두 인명피해는 없습니다. 이상입니다.」

나는 정확히 두 번 머리를 긁었다. 서낭을 생각보다 빨리 떼어낼 수 있을 것 같았다. 추론능력에 심각한 결함이 있든가 아니면 고작 며칠 수사한 것만 가지고 고장이 났기 때문이다. 나는 문제가 생긴 인공지능을 계속 연결해 놓고 다닐 생각이 전혀 없었다. 어디가 잘못됐는지 찾아내서 고쳐 쓸 생각도 없었다. 이제 겨우 수사에 진척이 생겼으니 해결할 방법이야 어떻게든 찾아낼 수 있을 것이다. 이 대화는 분명 녹음되고 있을 테니 제출할 증거도 분명했다.

나는 고장 난 인공지능을 더 악화시키지 않도록 조심스럽게 얘기했다. 귀신의 심기를 건드렸다가 인생을 망친 옛날얘기가 있지 않던가?

"그건 연쇄살인이 아니잖아."

「연쇄살인입니다. 공통점도 뚜렷합니다. 신혜경의 머리 부분이 심하게 훼손되지 않았습니까. 이 사건들도 그렇습니다. 도난품은 없습니다. 그리고 모두 머리에 치명상을 당해 즉사했습니다.」

"가만있어 봐. 머리라고? 그럼 네가 살인이라는 건…."

서낭의 영상은 무언가를 간절히 호소하는 눈빛과 몸짓으로 길게 얘기했다.

「예. 저보다 훨씬 원시적인 형태이긴 하지만 다들 인공지능이었습니다. 정찬우는 후유증 치료를 받으면서 똑같은 호소를 반복한 모양입니다. 귀신들이 온 세상에 깔려서 나를 지켜보고 있다. 모조리 잡아서 없애야 한다. 소견서에는 극단적인 피해망상이라고 되어 있습니다만, 정찬우의 얘기에는 일관된 논리가 있습니다. 그리고 제 시각에서 보자면 이건 분명한 연쇄살인입니다. 사람들은 자신과 동등한 존재가 피살당하면 살인이라고 하잖습니까. 아직 인공지능을 고의로 정지시키는 행위를 부르는 말은 없는 거로 압니다만, 제가 보기에는 살인입니다.」

세상은 이상하게 돌아가고 있다. 아니, 흐름 자체는 부자연스럽지 않다. 기술이 발전하는 대로, 필요가 생기는 대로 움직이니까. 거기에는 비약이 없다. 하지만 그 안에서 잠깐만 빠져나와 제삼자의 입장에서 들여다본다면 얘기는 전혀 달라진다. 예전에는 없던 물건들이 짧은 시간 동안 갑자기 생겨나고 사라지며, 어떤 것들은 당연한 것처럼 자리를 잡고 온 세계를 뒤덮기도 한다. 말하는 냉장고는 흔해 빠졌지만 어떤 이에게는 낯설고 두려울 수도 있을 것이다. 제 나름대로 판단을 내리고 말까지 하지만 사람도 동물도 아닌 뭔가가 생활 속에 파고들자 사람들은 그 존재를 귀신이라고 부르기 시작했다. 부르는 게 아니라 사실 그게 바로 귀신이다. 내가 처음 서낭과 연결되고 나서 한 생각도 마찬가지였다. 네트워크 커뮤니티에서 인공지능을 귀신이라고 부르는 것도, 개발자들이 서낭이란 이름을 붙인 것도 같은 맥락이었다.

그리고 이제 전자적인 귀신 가운데 비교적 머리가 좋은 녀석이 거기에 생명의 개념까지 얹으려 하고 있다. 또는 생명의 의미를 거꾸로 바꾸려 하고 있다. 터무니없는 얘기다. 하지만 적어도 정찬우는 그렇게 생각했다. 서낭의 말에 수긍만 한다면 일관성이 드러나고 동기와 검거 방법까지 단숨에 손에 들어온다.

「이게 살인이라는 걸 인정하지 않으시는 겁니까?」

서낭은 다소 의기소침해졌다. 저건 질문이 아니다. 살인이 분명한데 왜 그걸 모르느냐는 질책이다. 귀신 나부랭이 주제에 말이다. 나는 도저히 참지 못하고 닥치라고 대꾸했다. 그러자 사방이 조용해졌다. 하지만 정상 근무 시간이 끝날 때까지 저 녀석은 내 앞에서 사라지지 않을 것이다.

고작 만들어진 물건 주제에 인유나 지석과 같은 대접을 받으려고 하다니.

나는 건물 그늘에서 벗어나 밝은 햇볕 속으로 걸어나갔다. 서낭은 조도의 변화를 감지하고 자신의 영상을 더욱 또렷하게 만들었다. 하지만 실체가 아니었기 때문에 그림자도 생기지 않았고 완전히 불투명하지도 않았다. 그야말로 귀신이었다. 한낮에도 멀쩡하게 걸어 다닌다는 점만 빼면.

"헛소리 말고 정찬우나 잡으러 가자."

나는 그렇게 지시했고 서낭은 아무 대꾸 없이 뒤를 따랐다.

＊

극화부대 연구를 담당하는 치우산업의 제2연구소 건물은 경비가 삼엄했다. 경비를 담당하는 군인들은 민간 경비복을 입고서 입구와 담 안쪽만 감시하고 있었다. 나로서는 그편이 훨씬 좋았다. 주변 지형을 관찰하고 적당한 매복 장소를 골라야 했기 때문이다.

내가 선택한 길은 정찬우에게도 최고의 유혹일 것이 분명했다. CCTV의 감시 범위에 들지 않으면서 최단 시간에 제2연구소의 서버에 접근하려면 경로는 하나뿐이었다. 나는 일부러 멀리 떨어진 곳에 차를 세워놓고 엔진이 식기를 기다렸다가 나무가 잘 가려주는 곳을 선정해 숨었다.

「왜 우리가 알아낸 사실을 근거로 해서 치우산업을 공개적으로 수색하지 않는 겁니까?」

아직 세상 경험이 부족한 서낭이 물었다. 서낭은 나처럼 어색한 자세로 숨을 필요가 없었기 때문에 밤에 산책이라도 나온 동네 주민처럼 편한 모습으로 서 있었다.

"네가 말한 대로 했다가는 산통을 다 깰걸. 군사기밀이니 분명히 딱 잡아뗄 거야. 우리한테는 합법적인 증거도 없고. 게다가 난 극화부대 프로젝트의 치부를 드러낼 생각은 전혀 없어. 그런 건 위에서 알아서 하라지."

「학습자료로 삼을 수가 없습니다. 사건을 완전히 해결하려면 처음부터 끝까지 드러내야 하는 것 아닙니까?」

인간 동료라면 쉬웠을 텐데. 암묵적인 용인이나 세력 관계 같은 건 추론으로 해결이 안 되는 건가? 나는 부족한 어휘력을 총동원해서 간신히 단어 하나를 찾았다.

"성역이란 말의 뜻을 찾아봐. 정확하진 않지만, 그거랑 비슷해."

「종교와 관련된 말이군요. 정찬우 사건의 경우 종교는 아무 관계가 없지 않습니까. 제 선험학습 자료에 따르면 종교는 비이성적인 활동이라고 돼 있습니다만, 이 경우에 비이성적인 요소는 없습니다.」

"인공지능이 담겨있는 기계를 때려 부쉈다고 살인하고 동급이라고 생각하는 건 이성적이야? 그것도 추론이지. 그게 없었다면 우리가 지금 여기 올 수 있었겠어?"

나는 더 설명하고 싶지 않았다. 그럴 능력도 없었다. 교육자들은 아니라고 할 테지만 현실에서 어떤 사실들은 그냥 외워야 편할 때가 있는 법이다.

"정보에 인가등급이 있는 것처럼 수사에도 접근등급이 있다고 생각해. 알아, 안다고. 원칙에 어긋나는 얘기지. 그럼 그냥 외워. 실제로는 그럴 수도 있다고."

서낭은 마치 사람처럼 화제를 돌렸다. 연결된 인간이 어느 수준 이상으로 흥분하면 주제를 바꾸는 기능도 있는 걸까?

「그 문제는 차후 과제로 돌려 두겠습니다. 다른 질문입니다. 여기서 정찬우를 잡을 수 있다고 생각하시는 이유는 뭡니까?」

설명할 수 있는 문제로 돌아오자 나는 한시름을 놓았다. 애당초 보통 때처럼 무지하고 단순하게 살았다면, 시험문제를 완벽하게 백지로 냈다면 이런 일은 없었을 텐데. 솔직한 모습을 끄집어내는 건 적극적인 행동이기 때문에 힘이 든다. 솔직한 태도를 유지하면서 머리까지 쓰자면 고생이 눈덩이처럼 불어난다. 인공으로 만든 귀신한테 그걸 설명까지 한다는 건 일개 형사한테는 눈사태를 혼자 치우는 것만큼이나 어려운 일이다.

"정찬우의 행적을 봐. 처음에는 자기 모습을 녹화한 인공지능들만 부쉈어. 그러더니 이제는 과거까지 거슬러 올라가서 사람을 죽였다고. 신혜경을 어떻게 불러냈는지는 모르지만 통화내역에 안 걸린 거로 봐서 전화를 이용하진 않았겠지. 그럼 남은 게 뭐지? 신혜경보다 더 과거 시점에서 정찬우와 연관된 인공지능이 존재한다면 그건 어디에 있을까?"

「알겠습니다. 적어도 추론 순서는 이해했습니다.」

"어차피 정찬우가 여기에 오면 내 생각이 맞다는 건 증명돼. 지금 정말 중요한 건 이 감전총이 정찬우한테 효과가 있느냐 하는 거야. 공격 기회를 주면 승산이 없을 테니까 빗맞은 총알보다는 이게 낫겠지. 정말 그 녀석한테 신소재외피 같은 걸 이식하지 않은 것 맞아?"

서낭이 인간의 흉내를 내어 고개를 끄덕였다.

「실전부대원에게는 강화 피부를 장착하는 모양입니다만 정찬우에게는 없습니다. 기록상으로는 그렇습니다. 병원으로 후송된 거나 마찬가지니까요. 무장해제 상태라고 할까요. 하지만 반사신경 등은 그대로일 겁니다. 우리가 채택한 증언도 그렇고요.」

바로 그게 께름칙했다. 내가 감전총을 가져온 이유이기도 했다. 상황이 극단적으로 나에게 유리해져서 정찬우의 기능에 장애라도 있지 않은 이상 녀석의 움직임은 '귀신처럼' 빠르다. 그러니 초반에 제압해야 한다. 그러지 못한다면 정찬우는 치우산업을 지키는 군인들의 총격에 노출될 테고 신혜경 살인 사건은 묻힐 것이다. 그리고 인공지능들의….

서낭이 극대화시켜 준 청각능력 덕분에 먼 곳의 인기척이 들려왔다. 경찰용으로 이식된 모듈의 성능을 두 배쯤 올려놨다고 했으니 거리는 약 60미터. 나는 경찰용 모듈을 절전 상태로 놓은 다음 감전총의 스위치를 켜고 정찬우가 올 곳을 향해 조준했다. 발소리는 더욱 가까워졌다. 조금만 더. 만일의 사태를 피하기 위해 광감도는 높이지 않았다. 정찬우는 적의 전자장비를 감지하는 군용 모듈을 이식하고 있을지도 모르니까. 마침내 등 뒤에서 달빛을 받으며 점점 커지는 정찬우의 그림자. 그리고 그림자 주인의 모습. 나는 감전총의 방아쇠에 손을 얹었다.

카악.

정찬우가 침을 뱉었다. 나는 아차 싶어 감전총을 쐈지만 총알은 죄 없는 땅바닥에 꽂혔다. 내가 침 뱉는 소리에 잠깐 움찔한 사이 정찬우는 몸을 감췄고….

내 몸은 3미터쯤 날아서 굵고 단단한 나무에 부딪혔다. 숨이 막히고 정신이 아득해졌다. 정찬우는 멱살을 잡더니 입을 틀어막고 건너편 어둠 속으로 나를 끌고 갔다.

"귀신이 보냈어?"

그게 정찬우의 첫 마디였다. 나는 고개를 저었다. 정찬우의 두 눈동자는 초점을 공유하지 못하고 흔들렸다. 적어도 정서 불안인 것은 확실했다. 심리적으로 불안정하면서 힘마저 센 인물에게 붙들렸다는 건 생명이 위험하다는 얘기다. 나는 어떻게서든 몸을 비틀어 빠져나오려 했지만 어림도 없었다. 이제는 이판사판이었다. 나는 오른팔에 모든 힘을 실어서 정찬우의 목을 가격했지만, 군용 반사신경은 생각보다 세 배쯤 빨랐다. 정찬우는 내 팔을 잡고 당기기 시작했다. 아마도 뽑으려는 것 같았다. 정말로 뽑힐 것 같았다.

서낭이 내 전자시각을 활성화시키며 노랗고 파란 동선으로 정찬우의 예상 동작과 빈틈을 알려주었다. 나는 지난번 경험을 거울삼아 조금도 지체하지 않고 조언에 따랐다. 정찬우는 잠깐 당황하더니 입을 길게 찢으며 웃었다.

"그게 아니라 네가 귀신이구나."

이제는 내 머리부터 보호해야 한다는 얘기였다. 신혜경도 이 때문에 죽었을 것이다. 신혜경이 자원한 건 인간의 두뇌에 기초적인 인공지능을 이식하는 시술이었다. 정찬우가 무장해제상태라는 것이 불행 중 다행이었다. 정찬우는 무지막지한 속도로 내 좌측 두개골을 노렸고, 나는 경찰용 오른팔이 얼마나 튼튼한지 의심하기 시작했다. 정찬우는 마음먹은 대로 일이 돌아가지 않자 전술을 바꿨다. 전자시각이 뒤엉키면서 밤하늘이 노랗게 밝아졌다. 정찬우의 무릎이 내 명치를 강타한 것이다. 머리를 보호하던 오른팔은 힘없이 땅바닥에 떨어졌다. 이 정도면 경비병들이 올 만도 할 텐데. 일단 살고 봐야 할 일이었다. 하지만 그런다고 해도 정찬우가 방금 손에 쥔 돌덩이가 내 머리통을 부수는 것보다 빠를 것 같지는 않았다. 범인을 검거할 때는 절대로 눈을 감지 말 것. 시각 모듈이 아무 도움도 주지 못하니까. 형사들의 뇌에 이식한 전자모듈의 설명서와 교본에는 그렇게 적혀 있었다. 하지만 실전은 언제나 다른 법이었다. 그래서 체험이 필요했다. 일반적으로는 그랬지만 죽음은 체험할 수 없었다. 나는 반사적으로 최후를 예감하며 눈을 감았다.

「있는 힘을 다해서 몸을 왼쪽으로 비틀고 움직이지 마십시오.」

서낭이 빠른 말투로 지시했고 나는 생명을 다 바쳐 그 지시에 따랐다. 나를 깔고 앉았던 정찬우가 잠깐 균형을 잃었다. 크고 요란한 소리를 내며 제법 큼직한 물체가 나의 오른쪽을 가로질렀다. 그리고 브레이크 소리와 정적.

「이제 됐습니다. 일어서십시오.」

되기는 개뿔이. 눈을 뜨는 것만도 힘겨웠다. 하지만 몸 위에 올라탔던 무게감은 사라지고 없었다. 나는 억지로 심호흡을 했다. 신물이 넘어왔다. 반사적으로 오른손으로 땅을 짚고 일어서려 했으나 극심한 통증이 몰려와서 옆으로 고꾸라졌다. 나는 그 자세 그대로 뭐가 어떻게 됐나 두리번거렸다.

멀찌감치 숨겨 두었던 내 차가 등 뒤에 멈춰 있었고 그 바퀴
와 바퀴 사이에 정찬우가 쓰러져 있었다.

「다친 데는 없으십니까?」

서낭의 영상이 내게 다가왔다. 그러면서 서낭의 본체는, 물
론 잘못된 표현이긴 하지만 어쨌든, 차를 조금 후진시켜 정찬
우의 하반신을 뒷바퀴로 눌렀다. 제아무리 극화부대원이라 해
도 도망칠 수 없도록. 한 치의 오차도 없는 운전실력이었다.

그때도 그랬으면 좋으련만. 나는 쓸데없는 생각을 떨쳐버
리고 손가락 조작으로 반장에게 전화를 걸었다. 신혜경 살인
범을 잡았습니다. 데려가겠습니다. 그리고 끊었다. 다른 말
은 필요하지 않았다. 나를 죽이려던 놈이, 귀신에 홀려서 닥
치는 대로 죽이고 다니던 놈이 나자빠진 것을 보면 속이 후련
해야 하건만 그렇지 않았다. 솔직히 말하자면 어떤 종류의 교
통사고든지 보거나 듣기만 하면 가슴이 아팠다.

이번에도 그랬다. 명치를 가격당한 것 때문인지 뭔지, 어
쨌든 이번에도 그랬다.

*

산새들은 뭐가 그리 즐거운지 사방팔방 날아다니며 지저귀
고 있었다. 처음 이곳을 찾을 때는 그 새소리가 너무나 원망
스러웠다. 3년 전의 나는 뭐든 꼬투리만 잡히면 비난을 하지
못해 안달이 나 있었다. 하지만 지금은 그와 같은 분노도 사
라지고 없었다. 가슴의 통증은 여전했지만 말이다.

「경찰병원에서 마음대로 나와도 괜찮습니까?」

서낭이 무미건조한 목소리로 물었다.

"반장도 알 거야. 오늘이 음력 7월 보름이라는 건."

「몸은 괜찮으시냐는 얘깁니다.」

"오른팔 모듈이 박살 나고 뼈가 부러졌지. 그것 말곤 없으니 괜찮아. 유급 휴가도 받았고."

나는 그리 넓지 않은 아치형 통로에 서 있었다. 올 때마다 그랬듯이 잠시 주변을 둘러보았다. 하지만 이번에는 조금 다른 생각이 들었다. 귀신이란 게 정말 있다면, 그러니까 인지과학과 프로그래밍 언어와 네트워크가 결혼해서 낳은 자식들 말고 고전적인 의미의 귀신이 정말 있다면 바로 이곳에서 득시글거리고 있겠지. 나는 그처럼 불경스러운 생각을 씻어내기 위해 크게 머리를 내저었다. 그리고 24라는 번호가 붙은 사각형 상자의 위치를 확인하고, 멀쩡한 왼손에 들고 있던 국화를 그 아래 마련된 단에 올리고, 눈을 감고, 고개를 숙였다가 건물 밖으로 나왔다. 하지만 향냄새는 마치 나와 연결된 인공지능처럼 뒤를 따라왔다.

「납골묘를 실제로 녹화하는 것은 처음입니다.」

"너야 안 가 본 데가 더 많겠지. 올 일이 없을수록 좋아, 여긴. 지울 수 있으면 지워."

「돌아가신 분들이 어떤 분들인지 물어도 되겠습니까?」

"인유하고 지석이. 아내와 아들이야. 3년 전에 죽었지."

나는 인유와 지석의 사망 원인을 얘기하지 않았다. 서낭이 호기심을 흉내 낼 수 있다면 순식간에 조사해보고 알 수 있을 것이다. 그날, 유행에 뒤떨어지게 염색도 하지 않고 생머리를 기른 인유는 이것저것 만져보기 좋아하는 지석이를 유아원에 보내기 위해 차에 태우고 운전 중이었다. 조작은 자동으로 놓은 상태였다. 정부에서는 새로 개발한 초기형 인공지능에 교통신호 제어를 완전히 맡기고 있었다. 인유의 맞은편에서 오던 유조차 운전자 또한 자동운전만 믿고 한눈을 팔았다. 하필이면 그때 교통신호에 0.1초 동안 지연 현상이 생겼고 회전 지시가 5초간 어긋났다.

그 5초 때문에 인유와 지석이는 이 세상에 없다.

나는 그 이후로 아무렇게나, 흘러가는 대로 살고 있었다. 하지만 사람에게 극복해야 하는 문제라는 게 있다면, 그걸 풀지 않고서는 앞으로 나아갈 수 없다면, 그 '문제'라는 녀석은 그림자마다 깃들어서 숨어 있다가 덤벼들 때만 노리는 야수와도 같은 모양이었다. 잠깐 의욕을 되살려서 시험문제에 진심으로 답을 썼다는 이유 하나만으로 인유와 지석이를 죽였던 '인공지능'이란 물건과 붙어 다녀야 한다니 말이다.

물론 머리로는 알고 있었다. 나는 지금 과거의 비극을 깔고 주저앉아서 못 일어나는 사람일지는 몰라도 바보는 아니다. 그 사고는 인공지능의 탓이 아니다. 불완전한 시스템을 실생활에 적용시켰던 개발자와 관리자의 탓이다. 하지만 머리로는 알고 있다고 해도….

서낭은 내가 납골묘 주변의 경치를 감상하는 동안 한참이나 말이 없었다. 그러더니 엉뚱한 얘길 꺼냈다.

「검색해 보니 음력 7월 보름은 백중이라는 날이군요. 망혼일(亡魂日)이라고도 하고요.」

나는 그것까지는 모르고 있었다.

「혼을 잊는 날. 차례와 제사를 지내는 날. 그런데 옛날에는 이날 장을 세우고 잔치도 벌였다니 저로서는 이해할 수 없습니다.」

"나도 못 해."

「하지만 다른 부분은 이해할 것 같습니다. 굳이 말하자면 저와 같은 종류의 존재들이 죽은 사건을 조사했으니까요. 그걸 살인이라고 부를 수는 없을지 몰라도, 앞으로 저 같은 인공지능들은 더 늘어날 겁니다. 옛이야기에서는 귀신을 물리치고 소멸시키는 행위를 당연하게 여기더군요. 하지만 저와 같은 인공지능들을 파괴하는 행위도 그것과 같을까요? 똑같이 귀신이라고 부르긴 하지만 말입니다. 아니면 언젠가는 살인에 준하는 범죄행위로 규정될까요?」

그런 거야 법학자들과 입법부에서 알아서 할 일이다. 나 같은 말단 형사들은 형법이 바뀌고 새 범죄가 정의되면 그에 맞춰 범법자를 잡으면 그만이다. 하지만 왠지 그런 날이 올 것만 같은 생각이 들었다. 짧은 시간이었지만 나는 어느새 서낭을 사람처럼 대하고 있었다. 지금도 이 정도이니 앞으로 더 발전되고 더 사람처럼 생각하는 인공지능이 등장한다면, 그게 가능한 일인지는 모르겠지만, 인공지능을 더 이상 귀신이라고 부르지 않는 날이 올지도 모른다.

내가 말했다.

"가자."

옆에 서 있던 서낭의 영상이 물었다.

「경찰병원으로 가시는 겁니까?」

"응. 난 가서 좀 잘 테니까 넌 미결 사건들을 훑어봐."

「미결 사건이요?」

"정찬우는 결국 신혜경 살인사건 하나만 저지른 범인으로 잡혀 들어갔어. 나 혼자 수사했다면 동기도, 잡을 방법도 몰랐겠지. 그러니 또 그런 사건이 있나 뒤져보란 말이야."

서낭의 영상은 슬쩍 미소를 지었다. 아니, 그건 내 착각이었다.

「알겠습니다.」

"놀고먹으면서 사건을 하나 더 해결하면 그만큼 너랑 빨리 떨어질 수 있잖아. 이제 한 건 남았으니까."

그렇게 얘기하자 서낭은 침울한 표정으로 변했다. 이번엔 착각이 아니었다. 나는 눈을 크게 껌뻑였지만 서낭의 표정은 달라지지 않았다. '사건을 이해하려면 인간의 동작을 시뮬레이션할 필요가 있습니다.' 서낭은 그렇게 말한 적이 있었다.

인공지능이 '죽는다'고 표현할 날은 아직도 멀었다. 이유는 간단하다. 아직은 사람과 다르기 때문이다. 그 차이가 뭔지는 나도 정확히 모른다. 하지만 저렇게 금방 반응하는 거야말로 아직 인공지능이 '죽을' 수 없는 이유 가운데 하나인지도 모른다. 사람은 감정을 숨기고 반응을 억제한다. 반장처럼. 나처럼. 그런 면에서 서낭이나 제힘으로 움직이는 자동차는 아직 귀신이다. 귀신들은 단순하고 감정변화가 솔직하지 않던가. 비록 그 모든 게 살아 있는 사람들의 흉내에 지나지 않는다고 해도.

발푸르기스의 밤 ✦

시간은 미래를 향해 흐르지만, 과거는 뱀의 허물처럼 구겨진 채 남게 마련이다. 그런데도 시곗바늘은 늘 제자리에서 돌 뿐이다. 무거운 나무 말뚝에 단단히 묶여 있는 물레방아처럼, 혹은 나처럼.

군중 속에 섞여 있을 때면 나는 언제나 그런 생각을 한다. 그리고 사람들의 이야기에 정신을 파는 대신 청동 물레방아를 칭칭 감고 있는 뱀의 허물을 보곤 한다.

'오혼'이라고 자기소개를 한 장발의 사내가 넓은 원룸 오피스텔 구석에서 무언가를 만지작거리고 있었다. 뚱뚱한 몸을 웅크리는 모습이 바람 새는 애드벌룬을 연상케 했다. 나는 고개를 한쪽으로 살짝 기울이고 그가 무슨 일을 하는지 지켜보왔다. 오혼은 팔각형 사기그릇에 노란색 향을 꽂고는 불을 붙였다. 향 끝에서 솟아오른 푸른색 연기가 해초처럼 나풀거리며 방안으로 퍼져나갔다.

다른 쪽에서는 오혼만큼이나 몸집이 거대한 여인이 '모토'와 시시덕거리며 무언가를 속삭이고 있었다. 모토는 의사라는 직업에 어울리게 집에서도 단정하고 딱히 나무랄 데 없이 단출한, 그러나 결코 촌스러워 보이지는 않는 옷차림을 하고 있었다. 목 부분이 둥글게 파인 흰색 스웨터는 이름에 걸맞지 않게 털 한 가닥 없이 매끈한 신소재로 짠 물건이었다.

그리고 모토가 특별히 준비해놓은 기다란 테이블 한쪽 끝에 젊은 여인이 조용히 앉아 있었다. 그 여자를 보자 실소를 금할 수 없었다. 물론 이즈음의 전 세계적인 퇴폐성이야 굳이 언급하지 않아도 보편적인 현상이었다. 그걸 유행이라 부르든, 문화라고 부르든 간에. 하지만 일부러 내 옷차림과 대조적으로 입으려고 작정이라도 한 것처럼, 천칭의 맞은편에서 나와 대칭을 이루기 위해 머리부터 발끝까지 온통 흰색을 뒤집어쓰고 앉아 있는 모습을 보자니 이건 해도 너무한다는 생각이 들었다.

패션 품평은 이 정도로 해두자. 나를 부른 사람은 모토였고, 용건 역시 그에게만 한정된 것이었으니까.

한데 고스트 따위가 뭐 새삼스러운 일이라고 나까지 불러낸 걸까.

"물 탄 버번 같은 거지. 적당히 즐겨보자는 거야. 발목까지만 잠기도록 걸어 들어가서 물장구를 쳐보자는 얘기라고."

열 명도 채 되지 않는 사람들 사이에서 타고난 능글맞음으로 자연스럽게 떨어져 나온 모토가 싱글싱글 웃으며 나에게 말을 건넸다.

"난 스트레이트가 좋아."

내가 대답했다.

모토는 나와 눈을 마주치지 않은 채 의자를 끌어당겨 옆에 앉았다. 집 안에 손수 만들어 놓은 자그마한 칵테일 바가 여전히 자랑스러운 모양이었다. 녀석은 뭐가 그리 즐거운지 스툴 모서리에 양 팔꿈치를 얹고서 내 얘기를 듣기 위한 준비자세를 취했다. 하지만 더 해줄 말이 없었다. 해서 나는 사각형 유리잔에 손가락 한 마디 깊이로 남아 있던 버번 스트레이트를 단숨에 들이켰다. 그리고 다시금 별로 흥미도 끌지 못하는 대중을 향해 눈을 돌렸다.

오혼은 이제 더 이상 향을 애무하지 않았다. 대신 조금 전까지 모토와 잡담을 나누던 여인으로 상대를 바꾼 상태였다. 여인의 목과 팔목에는 갖가지 보석 장신구들이 주렁주렁 매달려 있었다. 하지만 목 위로는 장신구는 고사하고 흔해빠진 문신이나 피어싱조차 보이지 않았다. 수다를 떠는 속도로 보아 그런 것들이 있다면 방해가 될 것 같기는 했지만. 보통 치장이라 하면 제대로 하든지 아니면 아예 하지 않든지 둘 중의 하나다. 따라서 저 여인은 겉으로 보이는 것과는 다른 무언가를 속에 감추고 있을 확률이 높았다.

오혼은 여인이 양팔로 껴안고 있는 고양이를 어르듯 쓰다 듬었다. 고양이는 무심한 표정으로 크게 하품을 했다. 그러나 고양이의 주인은 눈동자를 이리저리 굴리며 불안을 드러냈다.

"필이라는 여자야. 여기저기 안 기웃거리는 곳이 없고 그 인맥을 이리저리 이용해서 꽤나 풍족한 생활을 누리지. 하지만 네 취향은 저기 하얀 면사포를 두른 여자 아니었어?"

모토가 내 시선을 좇으며 해설을 달기 시작했다. 녀석이 손가락으로 아까의 젊은 여인을 가리켰다. 머리끝부터 발끝까지 온통 새하얀… 적당히 구겨놓은 하얀색 사탕봉지 같은 여인. "이름은 그리아야. 겉보기에는 2000년대 초기 애니메이션에 꼭 등장하는 성녀 같은 느낌에다가 이름도 그에 못지않게 진부하지. 하지만 실제로는 어디서 밤을 보내는지 아무도 몰라. 다른 사람들이 미모를 시기해서 만들어낸 희한한 소문들만 무성하지."

모토는 술잔으로 입을 가리며 작게 킥킥거렸다.

"이를테면?" 내가 물었다.

"자신의 그림자하고 대화를 한다든가, 사람들이 보지 않을 때는 얼굴 절반이 악마로 변한다든가 그런 것들이지."

"아니 땐 굴뚝에 연기가 나겠어? 하지만 그런 걸 일일이 주워듣고 다니는 넌 또 뭐야?"

모토가 입을 크게 벌려 하얀 이를 한껏 드러내며 미소 지었다.

"너도 알다시피 내 취미는 인형극 관람이거든. 요즘 인형

들은 잔뜩 모아만 놓으면 알아서 움직이고 입을 벌려서 여러 가지 얘기를 들려준단 말이야. 부잣집 마나님들이나 첨단 기술로 졸지에 벼락부자가 된 젊은이들의 주치의를 하는 게 얼마나 따분한지 알아? 나한테도 여흥이 필요하다고. 그런 모습을 보고 있자면 갯벌에 모여 사는 갯지렁이 뭉치가 떠오르지만 말이야. 한 잔 더 줄까?"

나는 고개를 끄덕였다. 모토는 집도의에 어울리는 날렵한 손동작으로 내 술잔을 낚아채서는 세련된 몸놀림으로 눈 깜짝할 새에 잔을 채워주었다.

하지만 나는 버번을 두 잔째 들이켜면서 이미 이곳의 분위기에 질려버렸다. 이런 종류의 모임에서 새로이 건져갈 거라고는 없는 법이니까. 그래서 모토가 쓸데없는 얘기를 더 꺼내기 전에 내가 먼저 선수를 치기로 했다.

"나를 불러낸 이유가 뭐야?"

모토가 막 입을 열려고 할 때 금속제 방문이 열리며 웬 사내가 방안으로 들어왔다. 거리에서 흔히 볼 수 있는 수수한 옷차림의 30대 남성. 굳이 특징을 집어내라고 한다면 턱이 과도 끝처럼 뾰족하고 날카롭게 생겼다는 것 정도였다. 사내가 고개를 가볍게 끄덕여 인사하자 모토도 살짝 손을 들어 답례했다. 뾰족턱 사내는 곧 방 안쪽으로 시선을 돌린 다음 커다란 걸음으로 들어갔다.

그리고 모토가 내 질문에 대답했다.

"전문가의 입장에서 봐달라는 거야. 지금 이 자리에서 일어날 일을."

"그것뿐이야?"

"그것뿐이야."

그것뿐일 리가 없었다. 내 옆에 있는 '친구'라는 이 인간은 50년 묵은 너구리 스무 마리를 한 솥에 넣어서 찐 다음 거르고 걸러 농축액을 만들어 놓은 것처럼 교활한 녀석이었으니까.

모토는 말과 함께 두 손을 가볍게 들어 손바닥을 내보였다. 그러고는 오른손을 살짝 비틀어 어딘가를 가리켰다. 두 발로 걸어 다니는 흰색 사탕봉지를 제외한 모든 참석자가 한 사내의 주변에 모여 있었다. 그 사내의 옷차림에 대해 개인적으로 평가해보라고 한다면, 글쎄, 누구도 따라 하지 않을 최악의 조합이었다. 어두운 보랏빛 망토를 시작으로, 역시 같은 색 상하의, 그리고 검은색 장화. 두툼하고, 그 안에 어떤 무기나 전자장비를 숨기고 있을지 짐작할 수 없을 만큼 풍성하며, 구역질이 솟아오를 정도로 윤기가 번들거리는 복장.

너무나 전형적이지 않은가.

"빅터라는 이름을 쓰고 있어."

모토가 내 표정에서 뭔가를 읽어 내기라도 한 듯 덧붙였다. 나는 모토의 말을 듣자마자 귀 뒤로 손을 올려 작은 딥 스위치를 올렸다.

스캔 시작.

보라색으로 칭칭 동여매다시피 한 빅터의 몸속에는 대략 12가지의 전자장비가 숨어있었다. 가격으로 치자면 일반 회사원의 2년 치 연봉 정도 될까. 물론 빅터라는 사내 역시 내가 스캔하고 있다는 사실을 알아차렸을 것이다.

이런 생각을 증명이라도 하듯 그가 나를 쳐다보며 오른손에 든 칵테일 잔을 슬쩍 치켜들었다. 나는 아무것도 모른다는 듯 무표정한 얼굴로 일관했다.

"자신감이 넘치지, 응?"

모토가 재밌어 죽겠다는 목소리로 말했다.

*

오혼이 피워놓은 향에 진정제 성분이 들어 있는 게 분명했다. 조금 전까지 뚜렷한 개성을 보이던 참가자들이 특성을 잃고, 어투마저 조금씩 바꾸고 있었다. 초면에 한자리에 모인 사람들이 품게 마련인 긴장이 끓는 물에 넣은 실타래처럼 풀려나가고, 조심성이 사라지며, 무언가를 얘기하지 않고는 배길 수 없는 상태. 하지만 방 한가운데 놓여 있는 검은색 테이블 둘레에 모여 앉았을 때쯤엔 참석자 모두가 그런 욕구를 목구멍 밑으로 삼켜 넣고 있었다. 반면에 나는 무리와 떨어진 바의 스툴에 앉아 차분하게 그들을 관찰하고 있었다.

"같이 자리하시지 않겠습니까?"

빅터라고 자처하는 사내가 나에게 물었다. 즉시 나머지들의 시선이 나에게로 향했다.

교활한 녀석.

"전 다른 일로 온 손님이니까 사양하겠습니다."

"편할 대로 하십시오. 대신, 참여하지 않으실 거면 여흥을 망칠 만한 일은 삼가주셨으면 합니다."

나는 가볍게 고개를 끄덕여주었다. 빅터라는 자가 내게서 시선을 거두자 나머지 군중의 관심 역시 빠른 속도로 식어 갔다. 나는 그제야 마음을 놓고 뒷덜미를 만져 기계를 조작할 수 있었다. 이런 일에 늘 따라붙게 마련인 미신 아닌 미신을 의식하면서. 일단 왼쪽 팔목의 피부 속에 심어놓은 온도계로 실내 온도를 점검한다. 그리고 벨트에 넣어온 자기장 감지계를 켠다. 만약 일상적으로 볼 수 없는 오라(Aura)라도 번져 나온다면 즉각 촬영할 수 있도록 왼쪽 눈을 오라 감지 모드로 바꿔놓는다. 물론 이렇게 모드를 변환하면 일반인들이 가진 입체 감지 능력을 상실하지만.

어쨌든 1차 감정 결과를 얘기하자면 이 방안에 고스트의 전환 에너지 농도는 0에 무한히 가까웠다.

전문 용어를 다 걷어내고 얘기하자면 이 방에 귀신은 없다는 얘기다. 솔직히 말한다면 그리 큰 기대도 하지 않았으므로 실망할 까닭은 없었다.

모토는 내가 꼼지락거리는 모습을 만족스러운 표정으로 지켜보았다. 한편 그사이 강령회는 이미 빅터라는 사내의 연설 아닌 연설로 시작되었다.

"…따라서 학계나 정부에서 공식적으로 부인하지도 않고 동시에 인정하지도 않는다는 것은 여러분도 아시겠지만, 실제로 존재한다는 것의 다른 표현에 불과한 겁니다. 하지만 그들이 아무에게나 오지는 않습니다. 그럴 필요가 없기 때문이지요. 번뇌와 갈등에서 이미 벗어난 그들이 무엇 때문에 아직도 과거의 늪에서 허우적대는 우리와 접촉하겠습니까. 또한 지상에 남아 있는 인간이라고 해서 누구에게나 메시지를 전달할 수 있는 것도 아닙니다. 그들의 신호와 의사 표현을 감지하고 그 뜻을 해독할 수 있는, 말하자면 저 같은 사람을 통해야 비로소 그들과 만날 수 있는 겁니다…."

자칭 빅터는 그 밖에도 구구절절 장광설을 늘어놓았다. 하지만 저 얘기는 손님을 어르고 뺨치기 위한 광고였다. 핵심은 30퍼센트 정도일까. 그렇다고 해서 거짓이란 얘기는 아니다. 진위를 따지자면 대부분 맞는 얘기였다.

그도 그럴 것이, 저자의 이름이 빅터 얀센이라고 하지 않는가. 빅터는 일급 영매다.

빅터에게 주문이 들어갔다면 다른 삼류 영매들은 떡고물을 얻어먹을 생각마저 일찌감치 포기해야 한다. 그는 애프터서비스 따위가 필요 없도록 일을 깔끔하게 처리하는 것으로 유명하기 때문이다. 적어도 의뢰받은 일을 제대로 해결하지 못해서 고객이 환불을 요구하는 일은 없었다. 물론 조금 전 빅터의 말대로 행정부나 과학자 어느 쪽에서도 영매라는 직업을 공식적으로 인정하지는 않지만, 같은 업계에 종사하는 사람으로서 나는 누구보다도 빅터에 대해 잘 아는 만큼 그 점은 자신할 수 있다.

소문에는 빅터가 낮에는 관에서 자고 밤에는 깨어나서 자

기 소유의 뒷산에 올라가 박쥐들과 대화하며 산책을 즐긴다
고 한다. 상식에서 벗어난 것들을 받아들일 자신이 없자 모든
얘기에 기시감을 부여하고 섣부른 신비주의를 떠드는 사람들
이 지구의 민담에 가장 많이 등장하는 괴물, 즉 흡혈귀의 이
미지를 빅터에게 덮어씌우려고 조금은 과장한 것인지도 모르
겠다. 하지만 그가 젊은 시절에 정신적 외상을 입고 광장공포
증에 시달리는 건 사실이다. 그 때문에 아주 협소한 공간에서
만 잠들 수 있다는 것도 사실이다.

빅터가 외상을 입은 건 불특정 다수를 향한 테러의 표본으
로 유명한 2082년 아예프 광장 폭파 사건에서였다. 당시 언
론과 지구 연합 정부에서는 구 러시아 특수부대 출신들이 주
축이 된 과격파 분리주의자들이 벌인 사건으로 발표했지만,
진범이 누구인지는 아직도 베일에 싸여 있다.

어쨌든 빅터는 사건 당시 테러 현장에 있었고, 직접적인 피
격을 당한 피해자였다. 상처는 정신적인 면에만 그치지 않았
다. 그는 몸 여기저기에도 깊은 상흔을 얻었다. 병원으로 옮
겨졌을 당시 그의 신체 중 남은 부분이라고는 뇌의 절반과 한
쪽 눈 그리고 생식기와 우측 골반 일부가 전부였다.

이쯤 얘기하면 혹자는 빅터에게 동정심을 느낄 테고, 또
어떤 이는 그 잔인함과 측은함에 눈살을 찌푸릴 것이다. 하지
만 특정 소수의 사람에게 당시 빅터의 상태야말로 더할 나위
없는 기회이자 재료였다. 그중 가장 먼저 팔을 걷어붙이고 뛰
어든 곳은 첨단 기술 상업화에서 둘째가라면 서러워할 휴머

네틱 주식회사였다. 휴머네틱은 빅터가 법적으로 사망 진단을 받는 순간 곧바로 그의 몸을 사이버네틱스로 재구성했다. 여러 가지 제반 사항이나 재구성의 결과가 성공적이었다는 점 등을 볼 때, 휴머네틱의 기술진이 만반의 준비를 갖추고 대기했다가 원하는 수준의 사고와 피해자가 발생하자 득달같이 달려들었음은 뻔한 일이었다.

휴머네틱쯤 되는 대기업이라면 법적인 문제야 무시해도 그만이라는 건 22세기를 눈앞에 둔 지금에는 상식이다. 이미 사망 선고를 받은 사람의 육체를 임의로 사용하는 문제나 사이버네틱스의 소유권 문제 등 제대로 따지자면 여러 가지 문제가 잔뜩 발생할 수 있었고, 또 실제로 발생했다. 법의 해석과 적용에 흥미가 있는 사람이라면 군침을 흘릴 만한 이야기지만, 유감스럽게도 결말은 촌스럽고 전형적이었다. 휴머네틱 쪽에서 거금을 줘가며 준비해놓은 변호사 무리와 빅터 자신의 뒷거래로 일단락되었던 것이다. 그 뒷거래에도 숨은 얘기가 몇 가지 더 있기는 하지만, 지금은 일단 빅터라는 개인의 얘기에만 집중하자.

"…여러분은 제가 임의로 선정하지 않았습니다. 오늘 저의 출장에 돈을 대주신 분이 필 씨라는 것도 그분이 알려주었습니다. 여러분이 고인과 어떤 관계에 있었는지 저는 알지 못합니다. 하지만 그분은 이런 식의 고전적인 강령회 자리를 바라셨지요. 이제 그가 이 지상의 시간을 다시금 깨닫고 저를 향해 일종의 수화 신호를 보내기 시작하면, 아는 분들만 알아들을 수 있는 메시지가 전달될 것입니다. 부디 여러분의 남은 인생에 조금이라도 도움이 되는 내용이 저의 입을 통해 흘러나가기를. 그리고 많은 사람이 실체 없는 고통에 시달릴 과거의 진실이 드러나더라도 저를 원망하지는 마시길. 영매를 거치는 순간 망자는 이미 살아 있는 사람 못지않은 지성과 사고를 획득할 수 있으니까요. 아, 의뢰주께서 다시금 에너지를 충전하고 깨어나신 것 같군요. 모두 제가 사전에 보내드렸던 '영정' 프로그램을 터미널에 업로드해주시고 프로토콜을 S3에, 포트를 223에 맞춰주십시오.

참고로 말씀드리자면 영정 프로그램은 강령회가 끝남과 동시에 자동으로 여러분의 머릿속에서 삭제되며, 일체의 부작용은 없습니다."

영정이란 말이지. 나는 누구에게도 들리지 않도록 작게 킥킥거렸다. 하지만 모임의 주관자가 요구하는 것이니만큼 장단을 맞추지 않을 수도 없는 일이었다. 어차피 오늘은 모토의 부탁으로 일을 하러 왔기 때문이다. 그래서 나는 모토가 미리 중계해준 영정 프로그램의 복사본을 머릿속에 로드하고 프로토콜과 포트를 맞췄다.

빅터라는 사내도 내가 접속하리란 걸 예상했을 것이다. 일부러 내 청취를 막지는 않을 것이 분명했다.

*

고스트들은 어디에 거주하는가. 이제는 손목시계만큼이나

흔해져 버린 가상현실용 터미널은 사람들의 머릿속으로 침투한 다음 영생을 누리는 거미집처럼 지구를 뒤덮고 있다. 인터넷의 뒤를 이은 새 거미집의 이름은 유니넷이다. 이 거미줄에 흐르는 모든 정보는 에너지 없이 전달되지 않는다. 정보란 복잡하기 그지없는 에너지의 흐름과 대류, 방사를 타고 흘러 다니니까. 하지만 에너지가 그 고저에 따라 이동하고 돌다가 종국에는 정보의 전달이라는 형태로 엔트로피를 방사한다니, 무언가 금세 연상되지 않는가? 바로 우리가 살고 있는 이 세계도 에너지와 물질로 이뤄진 것이다. 그렇다면 거기, 유무선 네트워크가 지구를 덮어가며 만들어 놓은 복잡다단한 장(場) 속에 무언가 의식 있는 것이 존재하지 말라는 법이 어디 있는가. 조이고 기름칠해놓은 터가 있고 '사유지이니 출입하지 마시오'라는 팻말도 없는데 거기에 무엇인가 깃들어 살지 말라는 법은 없다. 하물며 그 장이 자연발생적이 아닌, 논리 구조에 기반한 정보의 전달을 위해 인위적으로 만들어진 것이라면 말이다.

한 가지 분명히 짚고 넘어가야 할 점이 있다. 네트워크라는 단어가 일상으로 쓰이기 수천 년 전부터 이미 지구상에는 수많은 초자연적 존재를 둘러싼 전설이 전해져 내려왔다. 그중에서도 특히 유서 깊은 몇 가지는 지금의 고스트와 크게 다르지 않다. 자신의 억울한 죽음을 이승에 알리고 복수를 마감하기 위해 밤마다 새로 부임한 정부 관료의 눈앞에 나타났다는 여인의 이야기가 그렇고, 셜록 홈스라는 희대의 명탐정을 만들어낸 작가가 말년에 심취했던 심령 현상이 그러하며, 켈트 문화의 다신론에 등장하는 수많은 정령과 크고 작은 신들 또한 그렇다. 그렇다면 그들 존재의 정체가 바로 지금의 고스트와 같은 것일까? 유감스럽게도 나는 그 답을 모른다. 내가 아는 것은 지금 이 순간 저 추상적인 에너지 망 속에 무언가가 존재하며 우리가 그것들을 고스트라고 부른다는 사실뿐이다.

*

내 뇌는 몇 가지 모드를 취할 수 있는데, 사실 그것만으로는 별로 자랑할 것이 못 된다. 간단한 수술만으로 머릿속에 집어넣을 수 있는 최신형 가상현실 터미널 제품들 역시 그와 비슷한 기능을 제공한다. 다만 내가 뿌듯해 하는 것은 이러한 모드들을 병용할 수 있다는 점이다. 고스트와 소통할 수 없는 참가자들을 위해 빅터라는 사내가 친절히 입을 통해 전해주는 통역, 거기에 맞춰 미묘하게 드러날 수밖에 없는 참가자들의 반응, 마지막으로 오늘의 주 행사인 고스트의 전언. 이 세 가지가 오감을 통해 동시에 전달되어올 거라 생각하자 온몸이 근질거렸다.

전면에서 이쪽을 향해 내리는 눈처럼 하얀 알갱이들이 다가오기 시작한다. 전형적인 고스트의 현현이다. 망자가 마침내 우리 쪽을 인식하기 시작했습니다. 가장 늦게 강령회에 등장한 뾰족턱 남자는 벌써부터 놀라는지 움찔거린다. 이윽고 하얀 눈들이 종횡으로 흩어지면서 흔히 눈을 감고 손가락으로 지그시 눈두덩을 눌러보면 나타나곤 하는 비기하학적인 오색 불꽃놀이가 시작된다. 죽은 자는 말하고 싶어 합니다. 특별히 꺼리는 사람이라도 있는 걸까요? 예, 한 명이군요. 단 한 명 여기에 초대하지 않은 사람이 있다고 합니다. 그러나 상관없다는군요. 어차피 그 사람은 자신의 얘기가 무슨 뜻인지도 모를 테니까. 이 대목에서는 아무도 동요하지 않는다. 당연히 그 하나는 감시자인 나일 테니까. 신경 쓰지 않는다니 나로서는 더할 나위 없이 고마울 뿐이다.

그다음부터는 직업상 익숙한 과정이었다. 고스트의 전달 신호는 매우 주관적인 것으로, 잠시 영매와 일대일로 입과 손을 맞추기 위해 무작위의 신호들이 한꺼번에 쏟아지기 시작한다. 소용돌이치는 파란색, 그 속에 투명한 정육면체들이 모서리로 서서 발레를 춘다. 원근이 있는 무대 속에 아름다울 만큼 잘 만들어진 공간의 그러데이션. 적어도 이번 강령술에 의사소통의 난해함은 없을 것이다. 그러데이션 단계에서 고스트의 지성 정도를 알 수 있기 때문이다. 고스트는 영매를 고려하고 있다. 그만큼 간절하다는 뜻이기도 하다. 빅터의 '심상조율' 때문에 필이라는 여자가 조급했던지 엉덩이를 들썩거리고 있다.

내가 엿보는 자의 불편한 시각에서 어느 정도 조율을 끝냈을 즈음 빅터도 작업을 마쳤는지 이제는 난잡한 도형이나 선, 색이 아닌 조금은 개념을 담고 있는 이미지들이 곧바로 쳐들어오기 시작한다. 아마도 일반인들, 그러니까 모토, 그리아,

필, 오혼 그리고 뾰족턱 사내는 바닥없는 공허함에 꽃가루처럼 간간이 날리는 가려움을 느낄 것이다. 크리스마스카드처럼 얄팍한 슬픔이 팔락거리며 여러 장 회전했고, 그 슬픔이 곧 한 그루의 거목이 되어 뿌리 내릴 땅을 찾는다. 그러나 땅은 존재하지 않는다. 이 고스트는 대지를 그리기에는 자신의 힘이 부족하다는 사실을 느끼고, 알고 있다. 괴물처럼 수많은 다리를 꾸물거리던 뿌리가 깊은 사유를 마치고, 이윽고 하나의 방향을 향하기 시작한다. 거기에 자잘하게 잘린 손가락, 발가락, 귓불 그리고 생식기가 수십만 명 분량으로 하늘에서 쏟아지기 시작하고 이제는 혀처럼 유연하게 변해버린 뿌리가 그것들을 받아먹기 위해 이리저리 분열하며 꿈틀거린다. 하지만 어느 하나 잡히지 않는다. 이 고스트에게 스너프는 불안과 도망치고 싶은 갈망이다. 그리아가 얼굴을 살짝 찡그리기 시작한다. 역시 성녀란 말인가? 나도 모르게 웃었다. 그리고 곧 이상하다는 사실을 깨달았다. 심상조율을 거치지 않고 어떻게 스너프의 영상이라는 것을 알았을까? 오로지 느낌만으로?

"망자는 이 땅의 삶에 강한 애착을 갖고 있었군요. 지금 잘린 사지들이 무수히 하늘에서 떨어지고 있습니다. 하지만 어느 것 하나 그의 욕망에 들지 못하는군요. 실패? 예, 계속 실패하고 있습니다. 그러나 시도는 전혀 멈추지 않는군요."

역시 빅터라는 이름을 들이댈 정도의 실력가다. 그 점만은 인정하지 않을 수 없다. 그때 머리 뒤쪽이라는 느낌의 기원으로부터 검은 구멍이 열리기 시작한다. 지금까지 등장했던 모든 것이 그 안으로 빨려 들어간다. 나무는 순식간에 말라비틀어지고, 아까의 토막 난 사지들은 어디에도 보이지 않는다. 아니 그것들은 어느새 비료로 변했다. 하지만 그 비료는 나무를 살찌우는 게 아니라 구멍의 크기를 늘리고 있었다. 그 구멍의 뒤쪽, 정확히는 테두리의 네 지점에 무언가가 있다. 어떤 짐승들, 하지만 종의 순수성을 지키지 못한 기이한 혼성의 짐승들이. 장담컨대 이 고스트는 학자다. 그것도 뒤늦게 육체의 중요성을 깨달은 문약형 학자 혹은 그에 가까운, 학력 높은 장애인? 이런 식의 신화비약은 고스트에게 나타나지 않는다. 고스트란 현대에 죽은 존재들이기 때문이다. 하지만 곧이어 등장할, 혹은 등장하지 않고 점잖은 태도로 살짝 건너뛰어 지나갈 그것은… 이 고스트의 본심은… 그렇다면 오늘 사람들을 모은 이유는 뭔가. 이때 나의 반쪽 의식이 모토의 귀밑으로 흘러 목을 타고 떨어지는 식은땀을 본다.

모든 것이 흑백으로 변한다. 다른 말로 하자면 이 시험문제는 별 다섯 개가 넘는 난이도라는 얘기였다. 고스트의 바람은 단순하지 않고 꼬여 있었다. 총천연색과 흑백이 교차하는 것은 중첩적인 사고 혹은 욕망이다. 비록 검은 구멍이 그것을 관통하고 있긴 하지만. 이제야 구멍의 정체가 확실해진다. 바로 죽음이다.

"미안합니다. 신호가 너무 폭넓게 변하는 바람에. 망자는 죽음을 아쉬워하고 있습니다. 하지만 이젠 체념할 수밖에 없다는 것 역시 알고 있습니다. 삶에 집착해봐야 자신이 점점

더 괴팍한 성격의, 다른 말로 하자면 쓸모없는 에너지를 소모
해서 통신 장애 정도나 일으키는 하급 고스트가 되리라는 걸
잘 안다는 얘기지요. 그렇다면 여러분을 이 자리에 부른 이
유는 간단합니다."

과연 그렇게 간단할까? 이것은, 이 고스트는 전형적인 심
상을 아직 보여주지 않았다. 삶에 집착하는 고스트의 경우 대
개는 아이의 이미지를 보여준다. 생에 관한 가장 쉬운 심상은
성인이 된 후의 갈등과 고통을 알지 못하는 어린 시절이기 때
문이다. 몇 번씩 교류를 가진 고스트와 영매 사이가 아니라
면, 더군다나 내가 처음에 느꼈듯이 그러데이션이 불순하지
않고 사려 깊은 고스트라면 전형적인 심상을 쓰지 않을 리가
없다. 강령회의 목적이란 살아 있는 자에 대한 전달이지 자위
가 아니다. 힘들게 네트워크 속에 비축해두었던 에너지를 그
렇게 쓸데없는 일에 낭비하는 고스트는 없다.

"마지막 단계는 그의 바람이죠. 그는 여러 가지 조각들을
보여주고 있습니다. 왜 짐승의 모양이 나왔는지는 모르겠으
나, 여러 동물이 섞여 있는, 심지어 수인에 가까운 동상들이
보였습니다. 죽음의 범위에서 비켜난. 기념, 자신의 추억, 곧
동상이죠. 그는 무언가를 남기고 싶어 합니다. 육체의 소실
에 대한 보상으로써. 이를테면 요즘 조금씩 이용자가 늘고 있
는 헌제용 가상현실 발전기, 그런 것일까요? 지상에는 기념
을, 영혼에게는 에너지를….."

아니다, 그게 아니다. 아직 전달은 끝나지 않았다. 고스트

는 자신의 전달이 왜곡되자 조금 더 직접적인 이미지를 보낸
다. 지나치리만큼 과장되게 맥박 치는 핏줄이 순식간에 터미
널의 전면에 퍼진다. 이번에 식은땀을 흘리는 쪽은 바로 나
다. 핏줄이 갈라지는 곳마다 사람의 두상이 포도처럼 송알송
알 맺힌다. 수천의 입이 무언가를 중얼거리고 있다. 건방진
고스트 녀석. 너는 인간의 말을 할 수 없다. 에너지 차원의 세
계와 이 물질의 세계에는 엄연히 넘을 수 없는 틈이 존재한다.
물리적인 의미에서도 말이다. 영매가 저 정도로 제사상을 차
려주면 족한 것 아닌가. 아니라고? 흑백, 다시 붉은색, 흑백.
핏줄은 어느새 직선으로 변해 격자로 흐르고 있다. 이윽고 핏
줄이 회전하며 조이는 통에 그 많던 인간의 얼굴들이 터져나
가고 피로가 남는다. 고스트는 서둘러 괴리감을 도입하고 있
다. 아아, 알았어. 이건 살인이다. 살인범이 이 안에 있다. 복
수를 원하는가? 그거라면 도와줄 수 있다.
　깊고 검은 구덩이가 나를 향해 빠른 속도로 다가왔다.

✳

　고스트와의 소통을, 그것도 단지 관찰자의 입장에서 지켜보
다가 장비를 적절히 통제하지 못하고 기절했다는 건 프로로서
자존심과 직결되는 문제였다. 기분이 좋지 않았다. 빅터라는
사내는 내가 정신을 잃은 동안 망자가 자신의 생존을 기념해
줄 무덤 이상의 무엇을 바라고 있다고 결론을 내린 모양이다.
모토가 내 옆에서 마지막 상황을 간략히 요약해주는 동안 필

은 고양이에게 무언가를 속삭이며 나를 경멸하는 눈초리로 흘 끔거렸다. 뾰족턱 사내는 다른 사람들의 양해를 구했는지 담 배를 피우고 있었다. 오혼은 연기 나는 진정제, 손수 불을 붙 였던 향들을 거꾸로 모래에 꽂아 불조심에 앞장서고 있었다.

나는 빅터라는 사내가 방에서 나간 지 얼마 안 되었다는 모토의 말에 어림잡아 시간을 계산해 보았다. 건물의 엘리베 이터를 타고 13층을 내려갔다면 지금쯤은⋯ 그래서 나는 심 장 밑바닥부터 솟아오르는 공포를 억누르고 창가로 다가갔다. 그 사내의 보라색 망토는 이 정도 거리에서도 충분히 식별할 수 있을 것이 분명했다. 게다가 이 건물에는 주차장이 따로 없었다. 길 건너 공용주차장으로 가려면, 그리고 최단거리로 이 겨울의 추위를 피해 따뜻한 자동차 안으로 들어가려면 환 한 조명과 함께 시민 공원으로 제공되고 있지만 인적은 전혀 없는 저 광장을 지나야 한다.

예상대로 수북하니 쌓인 눈 위로 아직도 함박눈이 내리는 광장에 보라색 망토가 나타났다. 그 뒤로 급히 발육하는 지네 처럼 발자국이 길어지고 있었다. 나는 원하던 모습을 확인하 자마자 화장실로 달려갔고, 모토에게 얻어먹은 고급술과 오 물들을 깨끗이 쏟아냈다. 내가 고스트가 아니라는 것을, 오 늘 이 자리에서 본 모든 것이 사자의 악몽이 아니라는 것을 확인해야 했던 것이다. 아직도 내 눈에는 선하다. 아예프 광 장에서 두 명의 미치광이가 난사했던 총알에 낫질 당한 볏단 처럼 후드득 쓰러지며 새빨간 장식용 액체를 심하다 싶을 정도로 많이 쏟았던 시민들. 강한 힘과 뜨거운 송곳에 얼굴 한쪽이 뚫렸다고 생각하는 순간 모든 것을 덮은 암흑. 오락가락하는 정신과 함께 입체감을 잃어버린 시야를 괴롭히던, 거세고 동그란 여러 개의 조명들. 그리고 이 세계에는 보이지 않는 것도 살아있다는 사실을 알려준 그, 두뇌의 절단과 재접착의 형언할 수 없는 느낌. 온몸의 피부와 근육 사이로 40도는 족히 넘을 알코올을 퍼붓기라도 한 것처럼 전신이 활활 타는 고통. 그런 가운데 아직 성대를 이식받지 않아 신음 소리조차 낼 수 없는 나를 내려다보며 인자한 얼굴로 '이제 회복만 기다리면 됩니다'라고 자못 걱정해주던 의사, 모토의 얼굴. 나는 어쩔 수 없이 넓은 공간을 내려다보도록 만든 저 빅터라는 사내에게 짜낼 수 있는 혐오와 증오를 모두 쏟아 부었다. 그러자 목덜미에 과부하를 경고하는 신호가 왔다. 이 이상 과거의 고통을 되새김질하면 위험하다. 몸 전체가 일종의 쇼크 상태에 빠질 수도 있는 것이다. 나는 두 손 가득 차가운 물을 받아 목덜미를 적셨다. 마침내 또 하나의 심장이라도 들어 있는 것처럼 뜨겁게 뛰어오르던 목과 어깻죽지가 평상시처럼 얌전해졌다. 그 순간 누군가가 내 어깨에 손을 얹었다. 나는 뒤돌지 않고 정면에 있는 거울로 새하얀 상대방을 보았다.

"당신이 진짜 빅터 얀센이죠?"

나는 이를 드러내며 웃어주었고, 그리아는 미동도 하지 않은 채 거울 속의 내 눈을 내려다보았다. 검은색 일색인 내 복장에 정확한 대칭으로, 마치 미리 약속이라도 하고 온 것 같은 하얀색의 일명 성녀. 이 여자아이가 짐승이냐 바보냐를 놓고 내기한다면 나는 바보라는 쪽에 걸겠다.

나 같은 인간의 어깨에 손을 얹는 건 바보나 하는 짓이니까.

＊

나는 관을 선호한다. 좁은 곳에서 자야 꿈을 꾸지 않기 때문이다. 타인이 침범할 자리가 없기 때문인지도 모르고, 이미 의사들의 메스 아래 갈가리 찢긴 내 영혼이 돌아올 공간이 없어지기 때문인지도 모른다. 하지만 죽음을 맛본 그 날 이후 나의 꿈에 즐거움이나 행복이란 없다. 그러므로 꿈을 피하기 위한 내 모든 노력은 비록 그 모양새가 고색창연해 보일지라도 생존 본능이라는 이유로 정당화할 수 있다. 이유야 어찌 됐든 뚜껑을 젖히고 일어서니 활동하기에 적당한 어둠이 스며들어 있었다. 나는 침실로 쓰고 있는 이 지하실에 조그마한 세면대와 번거로운 기계 몸뚱이에 필수적인 소모품들을 비치해두었다. 따라서 자정 작용이 없는 인조 폐 덕분에 하루에 세 번씩은 갈아 끼워야 하는 기관지용 정화지를 1층까지 올라가지 않고도 잠에서 깨는 즉시 교체할 수 있었다. 하지만 재수 없는 예술품이나 인간에게 가래를 뱉을 수 없다는 것은 얼마나 불행한가.

가슴 한가운데를 개봉해 새로운 정화지를 끼우고 거울을 보니 인조 안면이 우는 표정으로 멈춰 있었다. 나는 양쪽 귀 밑에 나 있는 두 개의 구멍에 검지를 하나씩 집어넣고 무표정의 무개성한 얼굴로 조절을 마쳤다. 흡사 통기타의 목이 휘었을 때 기역자로 꺾어진 조절봉을 넣고 돌려보는 것과 비슷하다. 신경을 쓰지 않고 그냥 두면 대략 네 시간에 1센티미터 정도로 영점조정이 흩어지는 구식 인조 안면인지라 얼음장처럼 차가운 물로 세수를 해주었다. 이제 물을 닦지 않은 채로 산책을 마치면 영하의 바깥 날씨와 찬물이 표정의 지속 시간을 연장해줄 것이다.

녹슨 철제 계단을 삐걱거리며 올라가는데 절친한 고스트가 말을 걸어왔다. 이렇게 양해도 구하지 않고 개인 시간을 침범할 만큼 버르장머리 없는 고스트는 하나뿐이다. 멜라니. 2년 전에 나는, 멜라니를 강간하고 죽였으면서도 사체와 증거 부재로 어떤 형도 받지 않은 3인조 깡패를 똑같은 방식의 완전 범죄로 땅속에 묻어주었다. 그리고 멜라니는 거액이 들어 있는 자신의 비밀 계좌를 나에게 넘겨주었다. 말하자면 멜라니는 나의 오래된 단골손님이었다.

그 의뢰는 아직도 기억한다. 핏빛의 부리로 얼음을 깨고 있는 딱따구리. 창부의 나신처럼 벗은 몸의 그 새는 혈우병 환자의 핏방울처럼 끝도 없이 깃털을 떨어뜨리고 있었다.

「내가 남자를 좋아하는 것과 그건 별개야. 아, 당신도 그 차이점을 잘 알고 있겠지. 그러니까 나에게 고통을 주었던 그 놈들을 죽여줘.」

인간의 말로 바꾸자면 그쯤 되는 주문이었다. 나는 의뢰를 완수했다. 그런데 멜라니는 저 넓디넓은 망자들의 네트워크에서 재미있게 놀 생각은 하지도 않고 질리지도 않는지 나를 불러내는 것이다. 내가 알고 있는 고스트의 시간관념과 생활 리듬으로 볼 때 멜라니는 에너지가 충전되어 물질계와 의사소통이 가능해질 때마다 나를 찾아온다. 이유야 어찌 됐든, 이제 멜라니와 나는 심상조율 없이 대화하듯 소통이 가능하다. 물론 여전히 음성이나 문자가 아닌 심상의 나열이긴 하지만.

「잘 잤어, 빅터?」

"그새 심심해진 건가?"

「왜 내 부탁은 들어주지 않는 거야? 잘 때 당신의 골동품 뇌를 가사 상태로 두지 말라니까. 심심하지 않아?」

"네가 변태라는 걸 잘 알고 있으니까."

ㅣ숙녀한테 그게 할 말이야?」

"도대체 무슨 꿈을 꾸게 만들려고 그러는 건지 모르지만, 난 꿈은 싫어."

「말도 안 돼. 당신에게 개인적인 열정이나 욕심이 없다고는 생각하지 않아. 난 당신을 잘 알거든.」

"고스트를 완전히 증발시킬 수 있는 영매가 이 세상에 딱 한 명 존재한다는 것도 알고 있겠지?"

침묵.

「내가 왜 전 재산을 준 것도 모자라 매일 구박만 받으면서도 당신을 도와주러 오는지 모르겠어.」

"21세기에 피노키오가 혼자 걸어 다니는 장면은 흔한 게 아닐 테니까."

대충 이쯤에서 멜라니는 내 말을 무시하게 마련이다.

「1층에 손님이 있어.」

"고마워."

천박한 빨간색 꽃잎의 이미지는 더 이상 아무 말도 하지 않았다. 하지만 심장처럼 벌떡거리는 수십 송이의 붉은 꽃은 누가 보더라도 경고임에 틀림없고, 그렇다면 내가 지하실 문 앞에서 너무 오래 지체하는 것만으로도 손님의 주의를 지나치게 끈다는 결론이 나온다. 나는 공정한 경기를 좋아하므로 더이상 머뭇거리지 않고 자연스럽게 1층으로 들어갔다.

이 시간이면 식사를 준비하느라 달그락거리며 사람 사는 곳의 효과음을 내고 있어야 할 나의 인형, 로스트웨이가 보이지 않았다. 건방지기 짝이 없는 침입자 놈. 로스트웨이를 만들기 위해 내가 얼마나 공을 들였던가. 가히 예술의 경지에 가깝도록 세밀하게 프로그래밍한 고스트 유사체를 6개월 동안 배양한 클론의 뇌에 악마의 숨결처럼 불어넣는 작업은 아무나 할 수 있는 게 아니다. 물론 클론 본체는 가까운 병원의 시체안치소에서 최적의 표본을 골라 사후 24시간이 넘기 전에 슬쩍해온 것이지만. 조각가에게 있어 성심을 다한 작품 1호란, 그 후 얼마나 월등한 작품을 성공적으로 만들었든 간에 소중하다. 그런데 아직 나와 일대일 대면조차 하지 못한 침입자가 작품 1호를 건드렸다는 말인가.

갑자기 치밀어 오른 분노가 왼쪽 안구를 적외선 모드로 바꿔놓았다. 그러자 손님의 의치가 즉각 드러났다. 나름대로 머리를 쓴 것인지 자신의 열원을 감추기 위해 냉장고 뒤에 숨어 있었다. 불과 쇠를 지닌 암살자. 로스트웨이는 칼에 당했을 것이다. 소리를 내면 안 될 테니까. 그렇다면 남은 것은 총이다. 좋다, 얼마든지. 자, 팔과 한쪽 눈을 내밀고 나를 겨냥해라. 내가 보이는가? 방아쇠를 당겨라. 이 삐걱거리는 고행의 육체를 파괴하고 나를 열반에 들게 하라. 지옥이라면 더 좋다.

「정말, 빅터?」

해바라기가 방글거리며 돌고 있었다.

물론이지. 나는 멜라니에게 대답하며 손님의 뒤편으로 치고 들어갔고, 전광석화 같은 동작으로 그 팔뼈를 발밑에 넣고 힘주어 밟았다. 그리고 전해져오는 진동을 느끼면서 주치의이자 창조주이며 친구이기도 한 모토에게 다시 한 번 감사했다. 손님은 이미 패배를 깨닫고는 마음껏 고통의 비명을 지르고 있었다.

「빅터? 당신 하인은 저기 숨어서 오들오들 떨고 있어.」

멜라니가 말했다.

그러니까 이른바 성인이라는 물건은 제조만으로는 엮어내기 힘든 직물이었던 셈이다. 하물며 낯선 자의 가택 침입에 의연하게 대처할 수 있는 성인이라는 것은 더욱 그렇다. 내가 만들어 집어넣은 고스트 유사체는 기껏해야 열두 살 정도의 연령을 흉내 낼 수 있었다. 요리나 집안 청소는 무리 없이 해낼 수 있었지만, 그 이상은 교육이나 책으로 심어줄 수 있는 게 아니었던 것이다.

"로스트웨이, 불 켜."

"예, 예, 주, 주인님."

엄밀히 말하자면 발밑의 침입자는 낯설지 않았다. 뾰족턱 사내가 오만상을 찡그리며 나를 올려다보고 있었다. 지난번 강령회에서 고스트가 얘기했던 낯선 자가 바로 이 녀석이었는지도 모르겠다. 역시나 쉬운 난이도의 문제는 아니었던 것이다. 모토, 이 새디스트 녀석. 나는 이미 부러져 움직이지도 못하는 상대의 왼쪽 어깨를 힘주어 발로 누른 상태에서 심문을 시작했다.

"누가 보냈지?"

"훙."

아아, 고통 앞에서도 의연한 고결한 인간이여, 그대의 이름은 살인미수범이다.

"난 짐작하는 걸 싫어해. 간결한 게 좋거든. 누가 보냈지?"

"재수 없는 사이보그 새끼. 용광로에나 떨어져 불타버려."

얼굴을 찡그리고 내 발에 눌린 탓에 제대로 발음도 못 하면서 그는 욕지거리를 내뱉었다. 나는 다음 행동을 실천하기 전에 지구상에 존재하는 모든 아둔함에 잠시 경애심을 품었다. 멜라니가 좋아할 장면을 연출해야 한다는 게 마음에 걸리긴 했지만, 그렇다고 평상시의 원칙을 바꿀 수는 없는 노릇이었다.

"마지막이야. 누가 보냈지?"

뾰족턱은 침을 뱉었지만 내 몸의 어디에도 닿지 못했다. 만약 지금이 전쟁의 시대라면 이 자는 영웅이나 장엄하게 적의 고문을 이겨내고 죽은 투사가 될 수 있을까? 그럴지도 모른다. 하지만 지금은 민족이나 국가보다는 돈이 사람의 입을 다물게 만드는 시대다.

그래서 나는 사내의 목을 잘랐다. 멜라니는 이 장면을 보면서 자신에게 손가락과 하반신이 있기를 간절히 바랐을 것이다.

＊

망자는 사후 세 시간 동안 뇌 속에 남아 있다. 육체를 빠져나가다 네트워크의 에너지에 혹해서 스며드는 것은 그 후의 일이다. 따라서 이 손님도 예외일 리가 없다. 나는 늘 3리터 가량 높은 신선도로 준비해두고 있는 전해질 용액에 죽은 자의 머리를 담그고 침투력 강한 전선 8개를 요소요소에 꽂았다. 대뇌피질의 성숙도로 보아 짐작대로 그는 클론이었다. 이로써 완전 범죄를 위한 귀찮은 노동은 생략해도 된다. 아직까지 인간의 법률은 클론을 정지시키는 행위에 대해 '살인'이란 죄목을 붙일까 말까를 놓고 토론 이상의 어떤 결론도 못 내린 상태다. 왜냐고? 그 답은 분명하다. 인간은 생명을 존중하지 않기 때문이다.

물론 나도 그렇다.

약해진 기억 신호를 증폭시키기 위해 두 쌍의 모듈레이터와 증폭기를 직렬로 연결하고, 기억을 시각으로 역변환시키는 에뮬레이터 프로그램을 구동한 뒤 눈을 수신 모드로 변경했다. 일반인에게 이 에뮬레이터는 전혀 무의미하다. 이 프로그램은 작용부를 제외하고는 전혀 논리적이지 않다. 내가 사후와 에너지와 현실의 세계를 오가며 겪었던 그 향긋한 지옥의 경험에서 유추하고 수십 번의 실험 끝에 간신히 만들어 낸 개인용 프로그램에 불과하므로. 이 프로그램을 거쳐 재구성된 신호는 볼 줄 아는 사람이 아닌 이상 무가치하다. 다행히도 생애가 그리 길지 않은 클론이라 뒤져야 할 기억은 많지 않았다. 하지만 인간의 기억이란 순서대로 정렬되지 않을 뿐더러 색인을 따로 만들어 놓은 데이터베이스와는 질적으로 다르다. 따라서 생체시계를 간단히 연역해 그와 연결되어 있는 기억을 찾아낼 수는 없는 노릇이다. 인과의 양념이야말로 장인의 필수 요소다.

맨 처음 찾아야 할 것은 동기다. 뒤에서 클론을 조종한 자가 아닌, 바로 몇 분 전에 일어난 행위의 직접 동기. 당연히 돈이었다. 돈은 어디에 필요한가. 클론의 임시 면허가 아닌 인간용 신분을 사기 위해서. 이 사내가 오늘 나를 죽이고 가면 그만큼 큰 돈이 약속되어 있다는 얘기다. 클론을 조종하는 자들이 가장 많이 사용하는 동기다. 클론이 탄생하고 감각을 익힐 즈음 주인은 클론에게 인간의 육체를 통해 얻을 수 있는 갖가지 향락을 맛보게 한다. 그리고 거기에 취할 때 조종사는 인형의 귀에 속삭이는 것이다. 너는 이제 육체를 가졌지만 인간이란 명칭은 육체만으로 얻어지지 않는다. 너는 곧 무시당하고, 고로 다시 존재하지 않는 무로 환원될 것이다. 너를 정말로 실존하게 만들어줄 이름과 신분을 구해야 한다. 따라서 당연히 지상 최대의 공통 가치인 돈이 필요해진다. 돈을 얻기는 쉽다. 새털처럼 많고 가벼운 인간의 목숨 하나면 된다. 한 사람이 사라질 때 너는 진짜 존재를 얻는다. 하나가 죽음의 무저갱으로 떨어지는 순간 다른 하나는 무에서 유로 사뿐히 착지하는 것이다. 그러니 죽여라. 목표물을 죽이는 데 필요한 기술을 익혀라. 아직 낯선 너의 근육과 눈을 사용하는 방법을 배워라. 대충 이런 순서로 암시를 넣는 것이 클론 암살자를 키우는 정석이다.

임무를 완수했을 경우 돈은 누구에게 받으러 가야 하는가. 짐작했던 대로 클론의 기억에 남아 있는 것은 우리의 가짜 빅터였다. 이로써 그 친구가 죽어야 할 이유가 하나 더 늘었다. 인간의 목숨을 저울 한쪽에 올려놓았을 때 위로 들어올리기 위한 무게는 금화 두 닢이면 충분하다.

「빅터, 내가 그래서 당신을 좋아하는 거야.」

멜라니가 한마디 거든다.

가짜는 나를 처치하고 자신이 진짜 빅터로 행세하고 싶었던 것이다. 적어도 그런 행동이 막대한 부를 보장해준다는 점에는 나도 동감이다. 멜라니와 몇몇 손님들이 치른 보수가 없었다면 나는 이 집과 뒤편에 공동묘지로 위장하고 있는 클론 보관소 그리고 그 뒤쪽으로 산책로를 제공하는 마의 산을 구입할 수 없었을 것이다.

「흥, 그렇게 잘 알고 있었군. 예부터 성공을 도와준 사람을 배신하면 천벌을 받는 법이라고.」

클론의 나머지 기억은 예상대로 아무 쓸모가 없었다. 나는 주인에게 이용당한 클론에게 어울리는 장례를 치르기 위해 전해액을 뚝뚝 흘리는 머리와 신체의 나머지 부분을 대용량 비닐봉지에 싸서 짊어지고 산책길에 나섰다. 달빛이 처량하게도 밝았다. 언제 쓸지 몰라 미리 만들어 놓은 열두 마리의 클론들이 잠든 열두 개의 묘석 사이를 걷자니 우울한 밤의 여신만이 줄 수 있는 의욕이 되살아났다. 인간의 귀로는 들을 수 없는, 그러나 내 전신이 작동하고 있을 때 발산되는 고주파 잡음 덕에 잠을 깬 박쥐들이 달밤의 고요를 깨고 무리 지어 날아올라 잠깐이지만 탐스러운 보름달의 얼굴에 흠집을 냈다. 그중 나와 안면이 있는 몇 마리는 어깨에, 몇 마리는 클론의 시체에 앉았지만, 굳이 쫓아내지는 않았다. 마의 산은 나만의 소유가 아니기 때문이다.

서투른 돈 계산으로도 충분한 재력이 쌓였음을 깨달은 다음 나는 가장 먼저 법적인 문제를 해결했다. 기계와 근육이 반반씩 섞여 있는 이 몸뚱이의 소유권을 분명히 해야 했던 것이다. 그다음에는 머물 곳을 찾았다. 나는 소문을 좇아 이 산에 왔고, 여러 가지 기록과 신문 기사에서 그 소문이 사실임을 확인한 다음 두말없이 계약서에 서명했다. 크지도 작지도 않은 이 산을 이용하려고 인간들이 아파트 건설을 세 번이나 시도했지만, 지반이 가라앉고, 이유를 알 수 없는 화재가 끊임없이 터졌으며, 전기를 끌어들이기 위해 몇 개의 송전탑을 건설해도 산에 들어서는 순간 그 에너지가 증발해버렸던 것이다. 이 초자연적인 현상을 설명하기 위해 이곳으로 들어오던 과학자들의 승합차가 처참한 모습으로 짓이겨져 한 명의 생존자도 남지 않았다는 뉴스가 나간 시점부터 이곳은 악한 신성의 불가침 지역이 되어버렸다. 땅값이 싼 것은 두말할 필요도 없었다. 하지만 이 산은 나를 밀어내지 않았다. 내가 집을 지어도, 전기를 끌어들여도, 심지어는 고기와 유령을 적당히 섞어 고유한 취향의 요리를 해대도. 어느 날 밤이었던가. 나는 별다른 생각 없이 산 여기저기를 거닐다 잘려나간 목과 함께 영원히 잃었으리라 생각했던 의욕을 들이마시고 있다는 것을 깨달았다. 고스트의 세상에도, 인간의 도시에도, 깔끔하게 핏기를 뽑아 버린 사자의 얼굴처럼 창백한 얼굴을 한 책상물림꾼들의 사유의 세계에도 속하지 않은 사각지대. 그곳이 바로 여기 마의 산이었다. 그날, 나는 별빛 한 가닥도 통과시키지 않을 만큼 두꺼운 먹구름을 등에 지고 흙 속에 열 손가락을 파묻은 다음 목청을 골골거리면서 내가 있어야 할 곳, 나 자신의 위치를 정의해 넣어야 할 곳이 어딘지 깨달았다.

그 순간에 내리친 벼락은 아름다웠다.

이윽고 애완동물들의 방목장에 도달하자 나는 무거운 꾸러미를 내려놓고 휘파람을 불었다. 그 각성의 밤 이래 해오고 있는 실험, 유일하게 흥미를 느낄 수 있었던 소일거리인 그 행위의 희생물로 내가 만들어낸 짐승들이 무겁고 음습한 어둠 속에서 기어 나왔다. 녀석들은 주인과 먹잇감을 동시에 반가워했다. 나는 커다란 쓰레기봉투의 입구를 열어주었고,

네 발 혹은 세 발 달린 짐승들은 어깨를 낮추고 주인에게 고마워하며 클론의 사지를 물어뜯었다.

관절과 인공 근육 사이를 흐르는 부동액이 얼어붙을 정도로 추운 밤에, 수백 년 동안 팽창과 수축을 반복하며 스스로의 견고함을 시험할 수밖에 없었던 딱딱한 바위에 앉아 짐승들이 우두둑거리며 뼈를 씹고 육즙을 들이마시는 소리를 듣자면 내쫓으려 해도 영감이란 이름의 손님이 억지로 찾아오는 법이다. 나는 눈앞에서 식사에 여념이 없는 짐승들과 나의 관계를 생각했고, 어쩌면 저 난이도 높은 시험문제를 간단히 풀 수 있을지도 모른다고 깨달았다. 그리고 부드러운 심상을 통해 실마리를 줄 여인을 불렀다.

"멜라니?"

「안 돼, 빅터. 고스트에겐 고스트만의 규칙이란 게 있어. 내가 줄 수 있는 힌트는 클론을 죽이는 것도 결국 살인이라는 거야. 당신의 그 잘난 신념과는 어긋나겠지만. 나머지는 알아서 풀어.」

멜라니는 새침을 떨면서 말한 다음 에너지를 충전하기 위해 멀어져갔다.

*

"응. 하지만 나한테 온 건 초청장이 아니었어."

모토가 말했다.

"그럼?"

내가 물었다.

"너를 어떡해서든지 이 일에 엮어달라는 부탁이었지."

나는 상대의 몸뚱이가 네트워크 너머에 있다는 걸 잊은 채
성질을 부렸다.

"그래서 정체도 모르는 고스트의 부탁을 들어줬단 말이야?"

"그게 고스트였는지 아닌지는 몰라. 그냥 메일을 한 통 받은
게 전부야. 하지만 난 네가 시달리는 걸 구경하는 게 좋거든.
너한테 목숨을 줬으면 그 정도 여흥은 즐겨도 되는 거 아니야?"

새디스트 놈. 하지만 녀석의 말이 사실이라면 문제의 고스
트는 나에게 정식으로 일을 의뢰했을 경우 거절당하리란 걸
알고 있었다는 얘기가 된다. 그러나 고스트 관련 일에서 보수
만 제대로 받는다면 내가 해주지 않는 일이 있었던가? 그렇
지 않다. 나 혼자 사장과 영업사원을 도맡고 있는 이 조그마
한 기업에서 유령과 좀비, 생과 사에 관련되어 거절하는 사건
이란 없다. 클론을 죽이는 것도 결국 살인이야. 멜라니가 힌
트랍시고 전해준 말이었다. 그 여자를 믿느냐고? 이 세상에
는 무조건 믿지 않아야 득을 볼 수 있는 사람들이 있다. 멜라
니는 생전에 그런 유형의 인물이었다. 하지만 거짓말이나 지
어낸 얘기 혹은 서푼짜리 그릇된 믿음이나 신념에서도 나름
대로 이윤을 끌어낼 수는 있는 법이다.

"모토, 며칠 전 그 엉터리 강령회에 참가했던 사람들의 직
업과 주소 그리고 가급적이면 과거까지 알아봐 줄 수 있어?
아, 그 뾰족턱 사내놈은 제외해도 돼."

"어렵지 않아. 또 세련된 쇼를 기획하는 모양이니까 그 정도 자질구레한 일은 내가 해주지 뭐. 두 시간쯤 뒤에 메일을 열어봐."

싱글거리는 모토의 얼굴이 망막 안쪽에 떠 있던 화면에서 사라졌다.

진실은 과거에 있는 것임에 틀림없다. 구린내 나는 사건들이 늘 그렇듯이. 지인 하나 없어 장례도 치르지 못하고 차디찬 땅속에 묻혀 아무도 원래 모양새를 기억하지 못하는 과거. 그 위에 쌓여 있는 반쯤 썩은 낙엽과 부토를 걷어내고 손을 더럽혀가며 모두가 얼굴을 돌릴 진실을 끄집어내는 거야말로 시체와 고스트를 벗 삼아 지내는 나, 빅터 얀센에게 어울리는 일일 것이다.

＊

원래 나의 눈과 귀가 있던 자리에 지금은 공허한 구멍만이 남아 있다. 입술은 아예 도려내어 버렸다. 얼굴의 대부분도 드러낸 거나 마찬가지지만 극적인 효과를 더하기 위해서 썩은 살점을 여기저기 남겨두었다. 입술이 없어도 유창한 대사를 구사하는 데에 어려움은 없다. 어차피 인조 성대가 알아서 말을 만들어줄 테니까. 나는 건물로 진입하기 전에 쓸데없는 조명이 연극을 망치지 않도록 전력분배반에 약간의 조작을 해두었다. 그러고는 영원한 동업자인 어둠과 사소한 잡담을 떨며 그 여자의 방에 들어갔다. 나는 고양이가 침대 위 주인 옆에서 자다가 눈을 뜨는 순간 목덜미를 낚아챘고, 뒤에서 얌전히 웅크리고 앉아 머리를 긁고 있는, 그다지 우아하다고는 할 수 없는 내 수하에게 던져주었다. 고양이가 유별나게 비명을 질러댔다. 아마 자신을 물고 있는 상대를 여기저기 할퀴는 모양이지만 나의 수하는 고통이란 것을 모른다. 유감스럽게도.

필이 눈을 비비며 눈사람에게 잠옷을 걸쳐놓은 것 같은 거대한 몸을 일으켰다. 나는 필과 발코니 창 사이에 서 있었다. 커튼은 이미 열어두었다. 달빛이 완벽하게 창으로 들어올 시간에 맞춰 등장했으므로 필은 아마도 나의 실루엣부터 보게 될 것이다. 그리고 어둠에 눈이 익숙해지면서 눈앞의 침입자가 흉기를 들고 있지 않나 손을 살펴볼 것이다. 그다음 내 얼굴을 보고 자신이 악몽을 꾸고 있는 건 아닌지 곰곰이 생각하며 소름을 키울 것이다. 마지막에는 내 오른편으로 눈동자를 굴릴 것이다. 오늘 데려온 나의 수하로 말하자면 홍채 없는 백안이 훌륭한 백치미와 야만의 냄새를 북돋워 주는 녀석이다. 필은 이 녀석이 자식처럼 여기던 고양이를 물고 있는 것을 보며 그 비명 소리에서 현실 감각을 되찾을 것이다.

"아이들, 그 여린 영혼들을 악마에게 팔아먹은 대가로 너는…."

내 성대가 그럴듯하게 변조된 목소리를 내보내기 시작했다.

"고작 네 육신을 살찌우며 인간의 찌꺼기나 핥는 삶을 살고 있는 건가?"

"무, 무슨…?"

필은 이를 딱딱 부딪치느라 제대로 입을 열지 못했다.

"세례명이 체칠리아인 수녀가 있었지. 그 수녀는 브라질 오지에 선교 목적으로 세운 고아원에서 스물세 명의 순진한 어린아이들을 돌봤어. 하지만 문명의 손이 제대로 미치지 못하는 하루하루가 지겨웠을 테고, 보채기만 하는 아이들 뒤치다꺼리를 하다 보니 신앙과 애정은 저 멀리 날아가 버렸지. 체칠리아는 아이들을 실험용으로 넘겨주고 새 신분을 받은 다음 그때 받은 대가로 이젠 사교계에서 사람들의 주의를 끌고 있어."

"다, 당신 누구…?"

"내가 누군지는 중요하지 않아. 중요한 건 너의 사랑스러운 고양이가 짐승의 사료로 전락할 수도 있다는 상황 그리고 그 아이들 중에 살아남은 아이가 누구고 지금 어디 있는가 하는 거지."

이 순간의 극적인 연출이 중요하다. 필은 지금 눈물을 글썽이며 자신의 고양이를 바라보고 있다. 나는 내 수하, 날개 없는 가고일 형상을 하고 고양이를 입에 문 탓에 침을 질질 흘리는 짐승에게 살짝 손짓을 해 보였다. 턱뼈에 조금 더 힘을 주라는 신호. 우두둑 소리와 함께 방안의 정적을 길게 찢는 고양이의 비명이 절절했다.

"아악, 알았어. 말할게요. 모두 다 죽었다고 했어. 한 명만 빼고. 그건 바로 하얀 성녀, 그리아 오스먼드야. 오스먼드 회장의 외동딸. 이제 됐지? 이제 됐지? 제발 우리 미미를 살려줘. 제발, 으흐흑…."

나의 충실한 부하는 고양이를 놓아주었다. 고양이는 다리를 절룩거리며 방구석으로 기어들었다. 방안에 지린내가 진동하기 시작했다. 필이 겁에 질려 실례를 저지른 것이다. 하지만 진짜 공포는 이제부터다. 방문 바로 밖에서 명령만 기다리고 있던 짐꾼, 딱히 붙일 이름이 생각나지 않아 일단 구울(Ghoul)이라고 부르는 내 소유의 클론 두 마리가 들어와 양쪽에서 팔짱을 끼고 필을 들어 올렸다.

　"다 얘기했잖아! 난 그 이상 아무것도 몰라. 약속대로 놔줘!"

　필이 끌려가며 울부짖었다.

　"약속은 지켰어. 고양이를 놔줬잖아."

　내가 말했다.

　강제로 입을 막을 필요는 없었다. 필은 생기 없는 구울 형제의 눈빛에 질린 나머지 기절하고 말았다.

✳

　나는 오혼을 고문하지 않았다. 단지 우리 집 뒷마당에 마련된 묘지에 특별히 추가한, 비교적 널찍한 관에 고이 모셔두고 물과 세 끼 식사를 고스란히 사비로 공급해주었다. 게다가 덤으로 시중드는 구울도 붙여주었다. 구울은 냄새나는 이빨로 오혼의 목을 살짝 물며 '하피스 네일'을 그의 피에 섞었다. 보통 마약중독자들이 희석해서 쓸 경우 매일 두 번씩 맞아도 두 달은 족히 이용할 수 있을 정도의 농축 마약이었다.

나는 그날 오혼이 피운 향의 성분을 조사해보고 그가 중독자임을 알았다. 이틀 동안 오혼이 약을 달라며 내뱉은 끔찍한 비명은 정적만이 흐르던 묘지와 마의 산에 신선한 활력소가 되었다. 그리고 사흘째, 나는 하피스 네일이 담긴 앰풀을 오혼의 눈앞에서 흔들었다. 그 박자에 맞춰 오혼의 긴 머리채도 함께 흔들리고 있었다.

"첨단 기술의 선봉에 선 오스먼드 테크놀러지의 수석 프로그래머 오혼 맥그리거. 한 가지만 얘기해주면 돼. 너는 누구를 죽였지?"

"아무도…, 약을 줘, 아무도 죽이지 않았어, 약을 줘, 난 사람을 죽이지 못해, 약을 줘."

이래서는 곤란하다. 나는 약을 주지 않을 것이고, 오혼은 사람을 죽이지 않았다고 한다. 하지만 그날 고스트는 분명 심상을 보냈다. 자신은 살해당했다고. 그렇다면… 여우같은 멜라니가 해준 말이 있었다.

"너는 무엇을 죽였지?"

"죽인 게 아니야…, 약을 줘, 오스먼드 회장은, 약을, 자식을 갖고 싶어 했어, 약, 약, 하피가 날갯짓을 하고 있잖아, 스물세 명의 실험체가 왔어, 그날, 나는, 우리는, 몇 년 동안 해오던 프로젝트로 마침내 만들어낸, 인간의 뇌에 전사해 넣을 수 있는 AI 인격체에 회장이 바라는 자식의 성격을 살짝 가미해서 그 실험용 아이들에게 넣었어, 하피야, 제발 내 어깻죽지를 깨물어줘. 하지만 아이들의 뇌는 또 다른 인공의 인격과 싸우다가 모조리 미쳐버렸어. 마스크를 쓰고 노란 차폐복을 입은 처리반 직원들이 애들을 전부 데려가 버렸어. 아니, 스물두 명을. 어서 그 앰풀을 주사해줘. 내가 죽인 게 아니야. 그 하얀 계집애는 버텨냈다고. 하지만 언어와 논리적인 사고를 연결하는 부분이 망가졌어. 그런데도 회장은 그리아라는 년을 양녀로 삼은 거야. 우리가 '제시카'라고 부르던 AI는 절반만 투사된 채로 남아 있었어. 백치 계집애. 다행인지 뭔지 그날 그 아이는 나를 기억하지 못하더라고. 이제 됐잖아. 어서 약을 줘. 그 아이를 안고 싶다면 뭣 때문에 그 일을 들춰내는 거야? 이 정도의 힘을 갖고 있다면 간단하잖아. 그 앰풀을 나한테 건네주는 것만큼이나 쉬운 일이잖아."

그렇다면.

"AI는 어떻게 했지?"

"젠장할, 빌어먹을, 이 개 같은 새끼야, 뒈져버려. 하지만 그 약을 준다면 모두 용서해 줄게, 제발 약을 줘, 으흐흑, 부탁이야. 이렇게 애걸할게. 프로젝트는 소거됐어. AI는 지워버렸어. 알게 뭐야? 지금도 그 스물두 명의 애들이 꿈에 나타나. 약이 없으면 잠들 수가 없어. 약이 없으면 아무것도 못해. 어서 약을, 한 방울이라도, 팔뚝이 아니면 내 눈알에 주사해줘, 그게 효과는 더 빠르니까, 어서."

나는 앰풀을 떨어뜨렸다. 손발이 자유로운 오혼은 당장 달려들었다. 하지만 오혼의 손이 앰풀을 잡는 순간 나는 밟아버렸다. 앰풀이 깨지고 오혼의 손은 피범벅이 됐지만 정작 본

인은 개의치 않고 흘러내리는 약을 핥다가 손에 묻힌 다음 눈에 바르고 있었다.

*

그토록 심한 중독 상태에도 불구하고 오혼의 말은 틀리지 않았다. 나는 사회적 지위에 걸맞은 삼엄한 경비를 뚫고 오스먼드 회장의 저택에서 그리아를 납치해왔다. 그리고 신체 나이로 보아 법적인 성년이 1, 2년 정도 남은 이 여자아이의 인격에 결여된 부분이 많다는 것을 가까이에서 확인했다. 그리아는 우리 집으로 향하는 검은 자동차 안에서 나를 바라보았다. 그리곤 오스먼드의 집을 지키는 사냥개들을 피하느라 여기저기 찢긴 탓에 옷이 누더기가 된 자신은 신경 쓰지도 않고 나에게 물었다.

"당신이 진짜 빅터 얀센이죠?"

질문을 할 때도 그리아의 눈에는 생기가 없었다.

내가 대답했다.

"그래."

이번에는 내가 물어볼 차례였다.

"그날 제시카가 너한테 뭐라고 말했지?"

그리아는 내 질문을 듣고 렘수면 상태인 것처럼 눈동자를 마구 떨었다. 나는 혹시나 쇼크 상태인가 싶어 유심히 살폈다. 지금 그리아가 죽으면 모든 노력은 허사가 된다. 아니 그것보다는 주어진 문제 하나를 영원히 해결할 수 없게 된다.

이건 자존심 문제다. 누군가가 반쯤 망가뜨려 놓은 인형 따위가 죽든 말든 상관없지만 한번 맡은 일을 끝내지 못하면 직업적 명성에 심각한 흠집이 남을 수 있었다.

하지만 내 걱정은 기우에 불과했다. 외출복을 걸치고 있을 때와 구별이 되지 않을 정도로 피부가 새하얀 소녀는 다시 입을 열었다.

"당신한테 전달하라고 했어요, 이걸…."

그러면서 그리아는 검지로 자신의 관자놀이를 톡톡 두드렸다. 개인 터미널로 접속할 수 있는 공용 포트를 열어두었다는 뜻이었다. 나는 망설이지 않고 그리아의 머릿속에 들어갔다. 그러자 각종 방정식의 홍수가 밀려 나오기 시작했다. 다중 푸리에 변환과 분산 회차 방정식과 편미분을 겸용한 전환식… 그리고 뒤를 잇는 각종 반도체와 융합 원소의 물성 그래프들. 그 속에서 나는 AI의 염원을 읽을 수 있었다. AI는 설명할 수 없고 묘사할 수 없다. 하지만 부호와 기호를 통해 구현 방법을 전달할 수는 있고, 또 그처럼 복잡다단한 정보를 통한 다음에야 비로소 간단한 소망 하나를 표현할 수 있었다.

전송이 끝나자 다시 한 번 그리아가 물었다.

"부를 거죠?"

"부를 거야."

소녀는 확인을 받고 미소 지었다. 주름 한 가닥 없는 웃음은 조금도 아름답지 않았다. 미(美)란 어둠 속에 있는 것이지 이렇게 환하고 새하얀 것 속에는 없다. 그 안에 들어 있는 것은 무지와 맹종뿐이다. 다른 말로 하자면 전 생애를 걸고 피해야 할 것들이 그 안에 있었다.

"너도 그러고 싶어?"

내가 마지막으로 물었다.

그리아는 어린아이의 웃음을 보이며 끄덕였다. 천천히. 그러다가 고개를 갸우뚱거렸다. 그리고 또 다음 질문. 어린아이들은 끊임없이 묻는다.

"그런데 '나'라는 게 뭐죠?"

＊

흑백의 영상은 더 이상 날아오지 않았다. 제시카는 그저 즐거워하고 있었다. 나는 AI에 대해 잘 알지 못했으므로 독자적인 준비를 할 수는 없었다. 단지 제시카가 보내준 지식을 바탕으로 그와 같은 변환과 투사가 가능한 장비를 만들 뿐이었다. 따라서 전달 과정이나 제작에 무언가 착오가 있다면, 어쩌면 제시카는 영원히 죽을지도 모른다. 그래도 제시카는 즐거워했다. 새하얀 실들이 산들바람에 실려 숲을 덮고 어디까지라도 나아갈 것처럼 너울거리는 형상. 그리고 나를 믿겠다는 의지. 하지만 제시카, 나는 알고 있어, 너한테 나를 소개해준 친구를 믿지 말아야 한다는 걸. 대신에 이번에는 나를 믿어봐. 너의 친구가 어떻게 되는지 잘 보고 나를 이해해줘. 그리고 너를 이 끔찍한 지상으로 끌어내려 주는 대가로 나에게 해줘야 할 일도 잊지 말라고.

로스트웨이가 정확한 기계 조작 순서를 외울 수 있을 때까지 반복해서 주입한 다음 나는 망자의 세계와 접속했다. 에너지 찌꺼기들이 시궁창 부유물처럼 부글거리며 끓고 있었다. 심연과 빛의 중간색으로 수천, 수만 갈래 갈라진 터널들 속에서 나는 길을 찾았다. 나는 신입 회원을 여기저기 더듬어 무언가 새로운 가십거리를 얻어내려는 고스트들의 손길과, 자칫하면 두드려 맞아 쓰러질 만큼 난무하는 정보 사이를 솜씨껏 빠져나가면서 매복할 곳을 찾았다. 이윽고 문제의 여자 손님이 저 좁은 영혼의 깔때기를 향해 돌진하기 시작했다. 로스트웨이가 대기하고 있는 고스트 투사 장치 끝에 도달하기만 하면, 그 폭포의 너머로 뛰어들기만 하면 새로운 육체를 가질 터였다. 하지만 나는 뭉크의 유화처럼 흐느적거리는 에너지의 심상 속에서 최대한 침착하게 손님의 행적을 지켜보다가 최후의 순간에 살짝 이정표를 바꿔놓았다. 오로지 욕심에만 눈이 멀어 빅터 얀센을 우습게 본 손님은 내가 만들어 놓은 풍만한 육체의 함정으로 뛰어들었다. 그리고 찰카닥. 로스트웨이는 정확히 시킨 대로 장비를 작동시켰다.

「빅터, 이 나쁜 놈, 네가 나한테 어떻게 이럴 수 있어!」

속은 것을 깨달았으면서도 실체를 가진 육신의 흡인력 때문에 되돌아 나오기엔 너무 늦은 멜라니가 따가운 심상을 속사포처럼 날렸다. 현실 세계였다면 멜라니는 손톱을 세우고 나에게 달려들었을지도 모른다. 이 여인은 그리아의 육체를 빼앗고 오스먼드 회장의 상속자라는 지위까지 덤으로 얻으며 사교계에 찬란하게 복귀하기 위해 모든 일을 꾸몄다. 제시카에게 나를 소개하고, 동시에 제시카와 내가 직접 접촉하지 못하도록 막았으며, 그날의 엉터리 강령회를 계획했던 것이다.

자신의 계획에 차질이 생길까 봐 나를 암살하러 온 킬러에 대해 경고해준 건에 대해서 나는 조금도 고마워하지 않는다.

✳

물론 가십거리 모으기에 열심인 모토가 전해준 얘기지만, 필의 육체에 들어간 멜라니는 다시 환락을 즐기기 위해 열심히 헬스클럽을 전전하며 다이어트를 하고 있고, 발달한 의학의 힘을 빌려 얼굴을 완전히 새로 만들었다고 한다. 필이 수녀 시절에 아이들을 팔아먹고 받은 돈이 아직까지도 넉넉하게 남은 모양이었다. 제시카가 나와의 거래를 충실히 지켰는지, 가짜 빅터가 거창하게 준비한 강령회에서 공포에 얼굴을 일그러뜨린 채 심장마비로 죽었다는 소식도 들렸다. 물론 그 대가로 나는 제시카와 그리아를 명실상부한 한 몸으로 만들어주었다. 우리의 백지장 소녀가 둘 중 어느 이름을 쓰고 있는지 나는 모른다. 하지만 모토의 얘기를 들어보면 그날 이후 오스먼드의 상속녀는 집을 나와 행방불명 상태라고 한다. 내 입장에서 보자면 그 귀하신 몸을 고이 본가 앞까지 배웅했으니 책임은 없다.

차가운 물로 세수를 마치고 1층으로 올라가는데 뒷덜미에 꽂힌 터미널로 메일이 날아왔다는 신호가 따끔거렸다. 나는 가짜 빅터가 내 이름을 달고 죽어준 덕분에 당분간은 어중이 떠중이 손님들을 피하며 조용히 지낼 수 있을 거라 생각했다. 따라서 달갑잖은 메일을 그냥 지워버리려 했지만, 발신자가 멜라닌인 것을 보고는 장난기가 동해서 열어 보았다.

"빅터, 내 사랑. 지금은 예전의 몸매와 미모를 되찾기 위해 바쁘지만 이 빚은 언젠가는 꼭 갚고 말겠어."

내 메일 주소 역시 모토가 가르쳐줬을 것이다. 나는 메일을 삭제해버리고 로스트웨이가 저녁을 차리는 식당으로 들어갔다. 그런데 녀석이 보이지 않았다. 음식 역시 차리다 만 상태였다. 이 기회에 녀석을 폐기해버리고 직업에 충실할뿐더러 말도 더듬지 않는 고스트 유사체를 만들까 생각하고 있는데 로스트웨이가 식당 입구의 문턱을 잡고 나를 빤히 쳐다보았다.

"주, 주, 주인님. 소, 손님이 와 이, 있습니다만."

거실에는 그리아가 서 있었다. 소녀는 더 이상 새하얗지 않았다. 고급스러운 옷 여기저기에 흙을 잔뜩 묻힌 모습이었다. 소녀는 세상이 어떤 곳인지 조금은 배운 것일까?

"영 어울리지 않는데. 그 비싼 옷에 오물을 묻히고 다니다니."

"저 위, 당신의 산에 있었어요. 3일 동안. 낮에는 자고 밤에는 거기서 달을 봤어요."

빌어먹을 놈들. 산속에 남아 있는 나의 애완동물들이 가장 좋아하는 먹이는 인간 고기다. 영혼을 담고 있는 그릇을 최고의 별미로 생각하는 것이다. 물론 영혼이란 것을 담아두지 않는 나는 예외다. 한데 그런 놈들이 저 힘도 없는 여자애를 살려뒀다고? 약간 남아 있는 죄의식 때문에 거두지 않았던 너희들의 목숨은 오늘로 끝이다.

"무슨 일로 온 거지? '결합'이 불완전해서 클레임이라도 걸러 온 건가."

"가르쳐주세요."

그리아가 다짜고짜 요구했다.

"뭘?"

"어떻게 살아야 하는지."

그런 것은 인간들 사이에서 배워야 한다. 탄탄한 반석 위에 끈질기게 쌓여가는 인간의 역사와 문화 속에서. 거기에 그들의 잣대로 눈금 매겨놓은 가치가 있다. 그러기 위해서는 '안'에 있어야 한다. 나는 바깥에 있는 자, 단지 관찰자이며 시체와 유령을 처리하고 생물과 무생물의 사이에서 악몽을 피해 웅크리는 자에 불과하다. 간혹 인간들의 게걸스런 욕망이 이뤄놓은 잘못된 계획, 그 일그러진 예술품들을 제대로 망쳐놓는 자이기도 하지만.

그러나 그리아 역시 양쪽에 발을 담그고 있다. 그리아도 나도 인간이 아니다. 하지만 결코 자의는 아니었다. 그게 우리의 삶이다. 자신의 의지와는 전혀 상관없이 분리된 자들. 따라서 그리아는 중간자로서 살아가는 방식을 배워야 한다. 하지만… 의무? 엿이나 먹으라지. 나는 두 손을 씻고 내 무죄를 선포할 것이다.

"로스트웨이."

"예, 예. 주, 주인님."

"너를 만들면서 외우라고 한 원칙 기억하지?"

"무, 물론입니다, 주, 주인님."

"저 여자한테도 알려줘. 난 산책하고 올 테니까."

검은색 외투를 걸치고 있자니 로스트웨이가 그리아에게 한 문장씩 또박또박 따라 하도록 지시하는 소리가 들렸다.

"첫째, 빅터 얀센은 살인자다."

"첫째, 빅터 얀센은 살인자다."

빌어먹을 놈. 뒤에서 내 욕을 할 때는 말을 더듬지 않는다, 저 녀석은.

서을 대지진 ✦

'아빠, 가지 마세요.'

아이가 직접 그렇게 말한 것은 물론 아니었다. 만약 그랬다면 그날 하루, 아니 앞으로 남은 미래 전체의 색깔이 조금은 바뀌었을지도 모른다. 자리를 보전하고 누운 현실의 이현은 나를 바라보며 그저 눈빛으로 의사를 전달했을 뿐이었다.

나는 침대에 걸터앉아 이현을 쓰다듬으면서, 아이가 눈치채지 못하도록 목덜미를 슬쩍 살펴보았다. 상태를 확인하기 위해 굳이 등을 볼 필요가 없게 된 게 벌써 6개월 전이다. 어깨에서 출발해 퍼져나가던 악성 흑색종은 목덜미까지 번졌고 이제는 목젖을 향해 진출하고 있었다.

단순한 피부암이었다면, 또는 초기에 발견하고 치료했다

면 이 지경까지는 오지 않았을 것이다. 하지만 이현을 마지막
으로 진료했던 의사의 예상이 맞는다면, 목 부근의 림프샘을
타고 들어간 암세포는 이제 폐로 전이되었을 것이다. 거기에
더해 이현의 호흡기는 원래 좋지 않았다. 피부암에 걸리기 전
에도 알레르기성 천식 때문에 항상 흡입기를 가지고 다녀야
했다. 이 두 가지 때문에, 지금 아홉 살인 이현은 꼭 필요한
말이 아니면 입을 열지 않았다.

머리 위 보이지 않는 곳에서 인간을 보호해주던 오존층은
이제 오랫동안 사용하고 한 번도 빨지 않은 걸레처럼 너덜너
덜하게 되었다. 자외선은 활짝 열린 문을 당당하게 통과해 사
람들을 구워댔으며, 지상을 가득 채웠다. 사람들의 폐 속에
죽음처럼 쌓이는 초미세먼지가 국경을 넘어 떠다니는 이곳에
서 이제 자외선은 어른이나 아이 할 것 없이 여린 살갗을 찾
아 도장을 찍었다. 사람들은 그 도장을 피부암이라고 불렀다.

피부암과 천식, 기관지염과 폐렴에 시달리는 어린아이가
이현 하나뿐이 아니라는 사실은 아무런 위안이 되지 못했다.
위안은커녕 이현의 숨결을 틀어막고 있는 문제의 해결이 요
원하다는 방증에 불과할 따름이었다.

혼자 있고 싶지 않다는 이현의 바람은 들어줄 수 없었다.
이현은 그런 말을 한 적이 없다고 고개를 저었지만 나는 분명
들었다. 고통과 수면이 서로 힘을 겨루며 이현을 괴롭히고 있
을 때 그 작고 바짝 마른 입술에서 새어 나온 반투명한 염원
을…. 그 소원을 들어주기 위해서는 나로선 많은 준비가 필요

했고, 밖에서 시간을 보내야 했다. 30년 전이면 이야기는 전혀 달랐을 것이다. 그저 아이를 번쩍 안아 차에 태우고 대여섯 시간 동안 달리는 것으로 끝이었을 것이다. 그도 아니라면 항공편을 예약하고 여객기에 탑승한 다음 신기한 듯 구름을 내려다보는 아이를 다독거려주며 지루함을 잊게 하는 것만으로 충분했을 것이다.

하지만 이제 그러는 건 불가능했다.

게다가, 30년 전이라면 그보다 더욱 많은 것들이 달랐을 것이다.

나는 걱정하지 말라는 뜻으로 이현의 팔을 살짝 쥐여준 다음 침대 옆 작은 탁자에 놓여있던 흡입기를 얇고 부서질 것 같은 손바닥 위에 얹어주었다. 함께 있다면 기침 소리만으로도 발작이 일어난 것을 알 수 있고 흡입기를 물려줄 수 있다. 하지만 혼자서는 그조차 쉽게 할 수 없는 일이었다. 종양에 상한 기관지를 통과하는 기침은 아이가 참기 힘든 고통을 동반하기 때문이다.

"최대한 빨리 돌아올게."

결국, 이현은 조르기를 포기하고 고개를 끄덕였다.

＊

스스로 보호받기를 포기한 사람들에게 태양이 쏘아 보내는 분노는 상상외로 뜨거웠다. 나는 죄인처럼 소극적인 동작으로 갈색 보안경을 목에서 눈으로 올린 다음 후드를 뒤집어

썼다. 이젠 익숙해졌을 법도 하건만, 러닝셔츠만 빼고 웃통을 벗어젖히고 싶은 생각은 사라지지 않았다. 하지만 그럴 수는 없다. 지금 같은 한낮에 그런 차림으로 실외에 나가면 오 분 뒤 살갗이 붉게 달아오르고 쓰라리며 십 분 후에는 물집이 부풀기 때문이다. 대신 최대한 얇으면서 몸을 가능한 한 많이 가려주는 옷을 입는 게 최선이었다. 햇볕을 가린다고 아무거나 걸쳤다가는 불량 엔진이 과열되듯 체온이 상승하고, 얼마 움직이지 않아 쓰러지게 마련이었다.

시계의 버튼을 눌러 디지털 온도계를 확인했다. 섭씨 42도. 십 년 전 이 모델의 시계가 나왔을 때 쇼핑몰 사이트의 상품평에 달려있던 비웃음들을 아직도 기억한다. 피부와 맞닿는 온도계라면 체온의 영향을 받을 텐데 무슨 소용이 있느냐, 옷 위에 시계를 찰 거냐, 여름엔 어떡할 거냐는 놀림들이었다. 하지만 이제 일 년의 반 이상은 기온이 체온을 훨씬 웃도니 누구도 그런 말은 할 수 없을 것이다.

그런 비아냥이라도 계속 들을 수 있다면. 최소한 그만큼 많은 사람이 살아 있다는 얘기가 될 테니까.

"아저씨, 이 시간에 어디 가세요?"

예상하지 못했던 말소리에 화들짝 놀라며 소리가 난 곳을 돌아보았다. 담을 공유하고 있는 옆집 소년이 현관 앞 그늘에 웅크리고 앉아있었다. 머리의 사 분의 일 가량을 흰색으로 탈색한 사내 녀석. 덩치로만 보자면 나와 큰 차이가 없었다. 고등학생 정도 나이라고 했던가? 들었던 기억이 있다. 몇 번 스쳐 지나간 적도 있는 것 같다. 하지만 뜨거운 열기에 뇌의 어딘가가 녹아버리기라도 했는지, 언제 어디서 듣고 봤는지는 떠오르지 않았다.

타인과 접촉해봐야 좋을 일이라곤 하나 없는 시절이었다. 그래서 일부러 못 들은 척하고 계단을 내려갔다. 지하실 문에 달린 자물쇠 세 개는 모두 멀쩡하게 남아있었다. 나는 뜨겁게 달궈진 자물쇠를 하나씩 연 다음 자전거를 꺼냈다. 타이어의 상태를 점검해보니 오늘 하루는 잘 버텨줄 것 같았다.

"아저씨, 안 들려요? 이 시간에 어딜 가시냐고요."

짜증이 밀려왔다. 네가 뭔데 상관이냐는 말이 목구멍까지 올라왔지만 그러고 나면 시간을 낭비할 것이 뻔했다. 게다가 이현이 잠이라도 들었다면 깨게 할 수는 없는 일이었다. 아이에게 숙면이란 사나흘 만에 찾아온 사치였기 때문이다. 나는 자전거를 끌며 목청을 높이고 있는 옆집 녀석에게 최대한 다가가서 대답했다.

"뭘 좀 챙기러 가는 거야."

"이 시간에요? 아저씨 어떻게 된 거 아녜요? 나이도 많으신데 쓰러진다고요."

녀석이 씩 웃었다. 하지만 말투에 빈정거림은 담겨있지 않았다.

그 때문에 내 적개심도 조금은 누그러졌다.

"여길 떠날 거다. 밤까지 기다릴 수가 없어."

소년의 멍하던 눈에 약간 생기가 돌았다.

"어디 멀리 가실 건가요? 정한 곳은 있고요?"

아마 이 녀석은 아무 생각 없이 물었을 것이다. 하지만 저 질문에는 실로 많은 것이 함축되어 있었다. 만약 지금이 전쟁 상황이라면 갈 곳이 있을 것이다. 적이 밀려오는 반대쪽으로 피난을 갈 수도 있고, 비교적 안전한 곳에 친척이라도 있다면 뻔뻔한 얼굴을 치켜들고 빌붙어 살겠다며 찾아갈 수도 있다. 전쟁이란, 어딘가에 평화가 있다는 가정하에서만 성립된다. 하지만 지금은 어떤가. 도망치거나 피할 곳은 아무 데도 없다. 지구상의 어디나 상황은 비슷할 것이다. 누구나 어깨에 똑같은 짐을 지고 있으며 짐의 색깔 역시 마찬가지였다. 햇볕에 바래서 다채로움은 없어지고 흑백을 향해 무한히 탈색되는 절망이 그 짐의 이름이었다. 따라서 저 질문에 정답은 없었다.

하지만 이현에게는 소원이 있었다. 그래서 나는 고개를 끄덕였다. 마음에 둔 곳은 없었지만 멀리 가야 하는 것만은 분명했으니까.

"그럼 저도 같이 가요. 잠깐 기다리세요."

"뭐?"

녀석은 뭐라고 말을 더 잇기도 전에 집 안으로 뛰쳐 들어갔다. 어차피 못 들은 셈 치고 혼자 가버리면 그만이었다. 하지만 이상하게 발걸음이 떨어지지 않았다. 이현을 제외한 다른 사람과 이야기를 나눠본 지가 너무 오래되어서 그랬는지도 모른다. 이유가 어찌 됐건 나는 소년이 다시 나올 때까지 기다렸다. 후드가 달린 셔츠에 장갑과 보안경, 그리고 발목까지 내려온 긴 면바지. 나와 별 차이 없는 복장이었다. 아니, 낮에 돌아다니는 정신 나간 사람이라면 결국 다 마찬가지일 것이다.

"장거리 여행을 간다면서요. 혼자서 필요한 걸 챙기려면 여러 번 왕복해야 할 걸요. 아저씨가 왜 낮에 나섰는지 알았어요. 경쟁이 심해지기 전에 얼른 해치우려는 거죠?"

소년의 말에도 일리가 있었다. 누군가 도와준다면 시간은 훨씬 단축될 것이다. 하지만 왜? 저 나이 또래의 소년이 이타심 때문에 그런다는 것은 생각도 할 수 없는 일이었다.

＊

옆집 소년의 이름은 진환이었다.

시간도 시간이었지만, 진환과 나는 거의 최고 속도로 페달을 밟았다. 자전거를 타기엔 역시 아스팔트 도로가 가장 편했지만, 느릿느릿 달려서는 지면의 열기 때문에 타이어가 녹아버릴 것이다. 텁텁하고 무더운 공기가 글러브를 낀 주먹처럼 앞에서 달려들었기 때문에 마치 걸쭉한 죽을 젓는 국자라도 된 듯한 기분이었다.

목적했던 마트 건물에 도달했다. 일찍 서두른 덕분에 해는 아직 중천에 걸려있었다. 하지만 마트 내부를 둘러보고는 실망할 수밖에 없었다. 그나마 거주지에서 먼 탓에 사람 손을 덜 탔으리라고 생각했지만, 오산이었다. 식료품 쪽, 특히 통조림 판매대 쪽은 혀로 핥아낸 것처럼 텅 비어있었다. 불 꺼진 냉장고 안에는 시퍼렇게 곰팡이가 피다 못해 거의 삭아 없어진 음식 찌꺼기들만 남아있었다. 나는 어쩔 수 없이 이현과 내가 신을 운동화를 한 켤레씩 고르고, 담요와 티셔츠, 수건 처럼 잡다한 것들을 몇 가지 챙겼다. 물론 이것만으로 장거리 를 이동할 순 없지만 내가 아는 곳이라고는 여기뿐이었고, 이 제 할 수 있는 거라고는 닥치는 대로 돌아다녀 보는 것이 전 부였다. 이현에게 저녁을 먹일 시간 전까지 말이다. 오늘이 안된다면 내일도 모레도 찾아다녀야 했다. 아직 어딘가에는 음식들이 남아있을 것이다.

"어쩔 수 없네요."

내 모양새를 측은하다는 표정으로 바라보고 있던 진환이 말했다.

"우리 거래하죠."

"거래?"

"필요한 걸 구할 수 있는 데를 알아요. 하지만 내가 이걸 누설했다는 걸 알면 맞아 죽을지도 몰라요."

"맞아 죽는다고? 누구한테?"

진환이 한숨을 내쉬었다.

"누구긴 누구겠어요. 친구들이죠."

그제야 내가 진환을 무시하려 한 진짜 이유가 기억났다. 이 즈음의 청소년들은 밤이면 뭉쳐 돌아다니며 유리를 깨고 무 언가를 부수며 심지어는 불을 지르기도 한다. 가끔 먼 곳에 서 요란한 환호성과 욕지거리가 들리면 십중팔구 십 대 아이 들이었다. 공권력이 유명무실해지고 어른들이 아무 힘도 발휘하지 못하는 세상에서 아이들은 어른의 곁에 남아있을 필요가 없었다. 무력한 거로 치자면 마찬가지였으니까. 그래서 별도의 무리를 만들고 간섭을 받지 않으며 밤을 보호자 삼아 돌아다니는 것이다. 하지만 어찌 보면 그것도 나름의 항변일지 모른다. 아직 평화와 활기 속에서 어른들의 걱정을 몰라도 될 나이에 세상이 이렇게 되어버렸으니 말이다.

진환이 친구들이라고 부르는 것도 비슷한 아이들일 것이다.

"속사정이야 모르겠지만 너한테 피해를 주면서까지 득을 보고 싶지는 않은데…."

진환이 어깨를 들썩했다.

"어쨌든 한 가지만 지켜주시면 별문제 없을 거예요."

"그게 뭔데?"

"아들하고 같이 떠나실 거죠?"

"응."

"그럼 저도 끼워주세요. 그러면 그 녀석들하고 만날 일도 없고 맞을 일도 없을 테니까요."

그쯤에서 나는 누구나 했을 법한 질문을 던졌다.

"너희 부모님은 어떡하고?"

진환은 허탈하게 웃으며 머리를 긁었다.

"서울 대지진 때 돌아가셨죠, 뭐."

서울 대지진은 대다수 한국 사람의 뒤통수를 후려쳤다. 7년 전 일본에 리히터 진도 7.9의 강진이 일어나 4만 명이 죽고 다쳤을 때도, 환태평양 지진대에 속하는 동해 바닷속에서

해저 지진이 일어나 해일이 강원도의 포구 도시들을 집어삼
켰을 때도, 한반도의 서쪽에 사는 사람들, 특히 수도권과 그
주변의 사람들은 이 모두를 남의 이야기로 여겼다. 아니, 정
확히 얘기하자면 신경 쓸 겨를이 없었다. 눈앞에서 목숨줄을
죄어오는 재해는 그것 말고도 첩첩이 쌓여있었으니까. 하지
만 철거해야 할 만큼 금이 간 건물에 마지막 철퇴를 가하듯 대
지진이 왔다. 이미 정치적으로 두 동강 나 있는 한반도를 또
한 번 쪼개기라도 하려는 듯이. 누구도 예상하지 못했던 진
도 8의 대지진은 과천과 서울의 강남 일대를 직접 강타했다.

진환과 나는 모두 과천 아파트 단지의 주민이었다.

가장 최신의 공법을 사용하고 온갖 재해에 대비했다는 강
남의 초고층 아파트 중 넷이 완파되었고, 여섯인가가 반파되
었다는 뉴스를 본 기억이 난다. 그러니 내진 설계조차 제대
로 돼 있지 않은 구형 아파트들은 두말할 필요도 없었다. 당
시 나는 이현을 치과에 데려가느라 바깥에 있었고 아내는 집
안에 있었다. 아마 진환의 부모들도 비슷한 상황이었으리라.
치과의 유리창이 모두 박살 나며 땅이 뒤집힐 것처럼 흔들렸
을 때도 지진이라고는 상상하지 못했다. 가장 먼저 든 생각
은 이현이 치과의 진료대에 앉아있지 않아 다행이라는 것이
었다. 진료실 안에 들어가 있던 아이가 어떻게 되었는가는 정
말이지 다시 떠올리고 싶지 않다. 나는 정신을 차리자마자 이
현을 안고 치과 밖으로 뛰쳐나갔다. 방금 땅을 잡아 흔든 것
이 지진이라고 알려준 것은 뒤를 따라오는 여진이었다. 아내

에게 전화를 해봐야겠다는 생각이 든 것은 모든 진동이 끝나고 한 시간은 족히 지나서였다.

아내의 전화기는 그때부터 영영 응답하지 않았다.

그러니까 진환과 나는 새 이웃인 셈이었다. 지금 사는 집의 법적 소유주는 내가 아니다. 나와 이현은 아내의 죽음을 확인한 후 주인이 떠나고 없는 단층 주택으로 거주지를 옮겼다. 다시 지진이 나더라도 재빨리 도망갈 시간을 벌겠다는 얕은 생각에서였다. 진환이 옆집에서 살게 된 계기도 큰 차이는 없었다. 다른 점이 있다면 우리 집안의 피해자는 하나, 그쪽 집안은 둘이라는 것뿐이었다.

진환이 멍하니 그때를 회상하던 나를 건드렸다.

"얼른 가요, 아저씨."

"응?"

"우리 아지트로 가요. 여기서 그렇게 멀지 않은 곳에 물류 창고와 쇼핑센터가 하나 있어요. 특히 쇼핑센터는 지하인 데다가 입구가 무너져서 살아남은 사람들이 거의 오질 않아요. 그러니까 아직 가져갈 게 많이 남아있다고요. 두 시간 정도 지나면 애들이 하나둘씩 모일 거예요. 그 전에 빠져나와야 돼요."

진환이 거래가 어쩌고 하며 맞아 죽을지도 모른다고 얘기했을 때는 진지하게 생각하지 않았다. 하지만 지금 등을 떠미는 진환의 얼굴에는 일말의 두려움이 깃들어 있었다. 텅 비어 있어 작은 말소리도 쩌렁쩌렁 울리는 마트의 휑뎅그렁한 공간 속에서 그런 표정을 보고 있자니 나조차도 그 위협을 실질적인 것으로 여기게 되고 말았다. 손에 둔기를 든 십 대 세 명만 우리를 둘러싸도 다치지 않고 빠져나오기는 분명 힘들 것이다. 설사 목적했던 물건들을 챙길 수 있다고 해도 상처를 입어서는 이현과 진환을 데리고 장거리를 이동할 수 없을 것이 분명하다.

우리는 다시 보안경을 쓰면서 자전거를 향해 발걸음을 재촉했다.

＊

다행히 누구도 다치지 않고 쇼핑센터를 떠나 집으로 돌아올 수 있었다. 진환은 한 시간만 더 지체했어도 다른 아이들과 마주쳤을 거라고 했다. 만약 그랬다면 어떤 상황이 벌어졌을지 모르지만 그런 것을 상상하고 있을 여유는 없었다. 필요한 물건을 모두 구한 이상 이제는 진로를 정하고 떠나는 일만 남았으니까.

진환은 이현과 얼굴도 익힐 겸 우리 집으로 와서 하룻밤을 보냈다. 이현은 처음엔 낯설어했지만, 진환이 살갑게 굴자 곧 얼굴을 폈다. 웃기까지 했다. 제 딴에는 남을 위한 배려였던 모양이다. 진환은 생각보다 눈치가 빠른 아이였다. 이현의 목에 번져있는 흑색종을 분명히 봤을 텐데 그 자리에서는 아무런 내색도 하지 않았다.

적당히 눈을 붙인 진환과 나는 마루에 앉아 가져온 전리

품들을 정리했다. 시간에 쫓겨 마구잡이로 챙겨온 것치고는 빠뜨린 것이 거의 없었다. 제일 신경 써야 할 것은 식량이었다. 세 사람 기준으로 보름 분이면 어딜 가든 충분할 것 같았다. 게다가 이현은 많이 먹지 못하니 아껴 먹는다면 이삼일 더 버티는 것도 어렵지 않았다. 그다음으로 중요한 것은 지도책과 내비게이터 및 배터리였다. 내비게이터는 라디오와 지상파 및 위성파 수신 기능까지 갖춘 통합형이었지만, 내비게이션 기능만 제대로 작동해준다면 더는 바랄 이유는 없었다. TV건 라디오건 지구상의 모든 방송이 멈춘 지 일 년이 넘었기 때문이다. 하지만 내비게이션은 달랐다. 인공위성이 제대로 작동하고 수신기에 전원이 공급되는 한 사용이 가능했다.

배터리를 넣고 전원을 켜자 기우를 비웃기라도 하듯 내비게이터가 작동했다. 현재 위치는 과천시 부림동. 지금 우리가 앉아있는 건물까지 정확히 표시되었다. 진환은 아이답게 화면 속의 지도를 이리저리 움직이며 장난을 쳤다. 나는 나머지 잡다한 여행 도구를 가방에 넣은 다음 이현의 약을 다시 한 번 점검했다.

내가 이현에게 줄 수 있는 약은 서너 가지뿐이었다. 먹을 수 있는 항암제와 진통제, 소화제와 천식 발작을 멈추기 위한 흡입기. 그리고 피부종으로 상한 조직을 통해 혹시나 일어날 수 있는 감염에 대항하기 위한 항생제. 양은 비교적 충분했지만 그래 봐야 고통을 줄이고, 삶을 조금이나마 연장할 수 있는 임시처방에 불과했다. 한때 그렇게 많았던 의사들은 일

년 전부터 찾으려 해도 찾을 수가 없었다. 하물며 피부암의 조기 수술을 할 수 있는 의사 같은 것은 대지진 전에도 이미 극도의 사치에 가까웠다.

진환이 내비게이터의 화면에서 눈을 떼지 않은 채 입을 열었다.

"이제 슬슬 말씀해주세요. 저도 알아야죠."

"뭘?"

"우리가 어디로 갈 건지 말이에요."

나는 솔직히 말하기로 했다.

"아직 못 정했어."

그 말에 비로소 진환이 나를 쳐다보았다.

"설마 아저씨도 저처럼 여기가 지겨워서 아무 데로나 떠나려는 건 아니죠? 이현이는 아주 아파 보이던데요. 약을 챙기시는 걸 보니 쟤도 같이 가는 건 분명한데….'"

나는 손에 들고 있던 약들을 내려놓고 지도책 속에 부록으로 들어있던 대한민국 전도를 꺼내어 마룻바닥에 펼쳤다. 그리고 목소리를 낮췄다.

"지금 확실한 건 아이의 소원을 들어주고 싶다는 것뿐이야. 너도 짐작했을지 모르지만, 이현이는 이미 사형선고를 받았어. 의사 말대로라면 삼 개월 전에 죽어야 했지만, 아직 살아 있는 거지. 다른 말로 하면 언제 죽어도 이상하지 않다는 거야."

바로 어제 이름을 알게 된 아이에게 이런 얘기를 하고 있자니 다시 꺼낼 수 없을 만큼 깊은 곳에 묻어뒀다고 생각했던 아픔이 스멀거리며 기어 올라왔다. 나는 잠시 이야기를 멈췄다가 계속했다.

"언젠가 이현이가 잠꼬대로 그러더라. 숨을 제대로 쉬어보고 싶다고. 하지만 지금 저 아이 상태로 보나 바깥 사정으로 보나 병이 낫는 건 무리야. 그래서, 하다못해 맑은 공기를 마실 수 있는 곳에서 단 하루라도 살게 해주고 싶어."

진환은 더 듣지 않아도 된다는 듯 크게 고갯짓을 했다. 그렇게 목적은 분명했지만, 정작 어디를 목표로 해야 할지는 여전히 알 수 없었다.

적극적으로 답을 구하고자 달려든 것은 진환 쪽이었다.

"일단 알고 있는 사실로 짐작이라도 해보는 수밖에 없겠네요. 인터넷 회사들이 전부 망했으니 예전처럼 검색해 볼 수도 없고 물어볼 사람도 없잖아요. 우선 남쪽이 북쪽보다는 더 덥겠죠?"

"그렇지. 만약에 이 고온을 피하려고 한다면 무조건 북쪽으로 가야겠지. 하지만 거기라고 공기가 더 맑을까?"

진환이 머리를 긁었다.

"그건 현재로써는 알 방법이 없죠. 음… 공기가 맑아지려면 필요한 게 뭐죠?"

"나무. 많을수록 좋지."

"아무래도 산이 많아야 나무도 많을 테니까 강원도 쪽이 아닐까요?"

이삼십 년 전이었다면 진환의 말이 정답이었을 것이다. 하지만 지금은 전혀 상황이 다르다. 우선 강한 자외선 문제가 있고, 그다음으로 기온의 상승이 있다. 특히 평균 기온의 급격한 상승은 산림 환경에 변화를 가져왔을 것이 분명하다.

"지금은 그 말이 옳다고만 볼 수가 없어. 날씨가 더워지면 더위에 약한 식물들이 먼저 말라버리지. 강원도는 한반도 남쪽만 놓고 볼 때 북쪽이야. 즉 예전에는 연평균 기온이 그나마 가장 낮았고, 거기 분포한 식물들은 고온에 대한 적응력이 제일 낮다는 얘기가 되지. 그러니까 강원도는 제일 먼저 제외해야 할 거야."

진환은 일종의 수수께끼 풀이라고 생각했는지 뚫어지게 지도를 바라보았다.

"경상도 쪽, 여기는 원래 산간지대가 좀 적네요. 하지만 남쪽이라는 조건에는 들어맞죠. 게다가 이제는 시도 때도 없이 태풍이 몰아치니까, 오히려…, 그걸 뭐라고 하죠, 아, 열대 우림! 그런 게 만들어져 있지 않을까요?"

"그럴 수도 있지. 하지만 벌써 네 얘기 중에 가기 힘든 이유가 나왔어. 언제 태풍이 습격할지 모르는 곳으로 무작정 갈 수는 없잖아."

진환이 손바닥으로 한반도의 남서쪽을 짚었다.

"그럼 대충 답은 나왔네요. 전라도. 여긴 산맥도 있으니까요. 이쪽 산을 골라서 가보면 뭔가 결과가 나와도 나오겠죠."

나도 진환과 동감이었다. 수목들이 가장 많이 살아남아 있을 만한 곳은 전라도의 산간 지방이었다.

"그럼 지리산을 목표로 하자."

"어디 보자…, 여기네요. 차로 간다면 얼마나 걸리죠?"

"도로가 십 년 전처럼 아무 이상 없고 차만 있다면 다섯 시간 거리야."

진환은 수학여행이 취소되었다는 얘기를 들은 학생처럼 풀이 죽었다.

"다섯 시간요? 그럼 이렇게 식량을 잔뜩 싸서 갈 필요도 없잖아요."

"다른 지역하고 통신이 완전히 끊긴 상태에서는 아무것도 장담할 수가 없어. 대지진 이후에 후속 지진들이 여럿 있었잖니. 어디에 있는 도로가 얼마나 끊겼을지 전혀 알 수가 없어. 터널이 무너졌을지도 모르고, 가뭄하고 태풍 때문에 강줄기가 바뀌었을지도 몰라. 차로 간다면 가까운 것 같지만, 처음부터 걷는다면 보름이 넘는 거리야."

"설마…, 그렇게 되지는 않겠죠."

"미리 생각해두고 있어야 한다는 얘기다."

"어쨌든 처음부터 걸을 필요는 없어요."

"무슨 뜻이지?"

진환은 내 팔을 잡아끌었다.

"차를 훔치러 가요."

*

흔히 흘러가고 변화하는 시간을 기록하는 것은 역사서라

고들 한다. 하지만 책을 쓸 사람이 없다면, 그리고 문화유산의 대표 격인 그 시대의 건물들이 모두 물에 잠기거나 무너졌다면 단절된 문명의 끝을 어디서 찾아봐야 할까. 답은 아마도 기계일 것이다. 그 안에는 당시의 사람들이 뭘 원했으며 그것을 얼마나 구현했는가가 고스란히 들어 있기 때문이다.

이것은 진환과 사흘을 돌아다닌 끝에 사륜 구동형 차를 구하면서 든 생각이었다. 차는 전기 모터와 구식 엔진을 모두 사용하는 혼합형이었다. 시속 60킬로미터까지는 엔진으로 달리며 충전을 하고, 그 이상 속도를 올리면 모터가 뒤를 이어받는 방식이었다. 환경을 보호해야 한다는 목소리는 20세기 중반이 넘어서야 나온 것으로 알고 있다. 하지만 그 뜻을 실생활에 적용시키려는 노력은 고작해야 이 정도의 어중간한 선에서 머물렀고, 더 나아가기 전에 150년 동안 누누이 예고되었던 종말이 다가온 것이다.

그리고 이제, 게으르고 안이했던 문명의 발자국이 고스란히 담겨있는 금속제 화석에 부자와 십 대 소년 한 명이 올라타고 달리고 있다. 트렁크에는 목숨을 부지하기 위해 먹을 것을 잔뜩 담고서.

당연한 이야기지만 기본적으로는 밤에 이동해야 했다. 낮이면 차체가 섭씨 50도까지 달아오르는 것도 문제였고, 지면의 고열에 타이어가 상할까 하는 우려도 있었다. 물론 차에는 에어컨이 달렸지만, 이현에게 에어컨이나 바깥의 더러운 공기는 별 차이가 없었다. 아니, 기침을 줄여주기 위해서는 오히려 바깥 공기가 나을 정도였다. 어느 면으로 보나 낮은 고려의 대상이 아니었다.

자동차는 판교를 지나 분당에 들어섰다. 분당은 지진의 영향을 거의 받지 않은 것 같았다. 차곡차곡 들어선 아파트 건물들이 손상 없이 멀쩡하게 서 있었다. 하지만 불빛은 거의 보이지 않았다. 간혹 서너 동 건너 하나씩 흔들거리는 빛이 보이기는 했다. 기름으로 오염되어 까맣게 죽어버린 바다에 홀로 떠 있는 등잔불처럼. 그렇다면 저것이 이 지역 생존자의 전부일까?

알 수 없었다.

신갈과 수원을 지나갈 때도 사정은 별반 다르지 않았다. 마치 이십 년 전의 강원도 산길을 달리는 기분이었다. 사방을 덮고 있는 것은 적막뿐이었다. 누군가가 거대한 손으로 암흑에 적신 큰 수건을 덮어놓기라도 한 것 같았다.

수원을 지나고 나자 사실상 내비게이터는 필요가 없었다. 대전까지는 일방통행이라고 봐도 좋았으니까. 사실 우리에게 가장 위협적인 것은 파손된 도로였다. 홀로 고속도로를 사용하고 있음에도 시속 60킬로미터를 유지하는 이유도 그 때문이었다. 길을 잘못 들면 되돌아 나오면 그만이었다. 교통 정체도, 방해하는 차량도 없었으니까. 하지만 고속으로 도로의 뒤틀림이나 균열과 맞닥뜨린다면 그 결과는 안 봐도 뻔했다. 그 때문에 나는 온 신경을 집중하고 헤드라이트가 비추는 노면을 주시했다.

반면 진환은 따분한 모양이었다. 나에게 내비게이터를 갖고 놀아도 되냐고 확인한 다음 이리저리 만지고 있었다. 라디오와 지상파, 위성파 채널을 번갈아가며 돌리기도 했다. 물론 아무 소리도 들리지 않았다. 그래도 가만히 조는 것보다는 나았는지 내비게이터의 기능 구석구석을 살펴보고 있었다.

차 안에 네 번째 사람의 목소리가 크게 울린 것은 안성과 천안을 지나 청주에 들어섰을 때였다. 이현도 감고 있던 눈을 크게 떴다. 진환은 너무 놀라 내비게이터를 떨어뜨렸다가 얼른 주웠고, 거기서 목소리가 들렸다는 사실을 깨닫자 허겁지겁 볼륨을 낮췄다.

"라디오예요!"

진환이 설명해 주었다. 나는 건성으로 고개를 끄덕이면서 그 내용에 귀를 기울였다.

"본 방송을 듣는 분들께 가장 먼저 알려드릴 것은, 나라 전체의 방송이나 통신 시설이 복구된 것이 절대 아니라는 사실입니다.

여기는 대전 라디오 방송국입니다. 이곳에는 저와 제 동료 둘뿐입니다. 우리는 정부와 어떤 연락도 할 수 없었습니다. 따라서 여러분에게 어디가 안전한지, 어디에 생존자들이 모이고 있는지 알려드릴 수도 없습니다.

그래도 우리는 방송국으로 돌아왔습니다. 최소한 누군가는 이 일을 해야 한다는 것을 알기 때문입니다. 우리는 그동안 다른 지역의 생존자들과 어떻게든 연락을 취하고자 노력했습니다. 그리고 재난 방지 센터 쪽과도 접촉을 시도했습니다. 그 결과 나라 곳곳의 상황을 어느 정도는 알게 됐습니다. 그래서 이것만이라도, 전파가 닿는 곳에 있는 분들께 알려드리고자 합니다.

인천은 바닷속으로 사라졌습니다. 남극 빙하가 완전히 녹았고 그 결과 해수면이 상승했기 때문입니다. 바닷물은 서울까지 흘러들었고, 그 결과 강남을 포함한 서울 저지대 역시 건물 이 층 높이까지 물에 잠겼습니다. 아시는 대로 강남은 대지진의 피해를 가장 많이 입은 곳이기도 해서 생존자는 거의 남아있지 않는다고 합니다. 부산 역시 물속으로 사라졌습니다. 그리고 남서 해안의 해수욕장 지역들 역시 별반 다르지 않은 모양입니다.

강원도 쪽은 이상 건조 때문에 약 100일째 산불이 꺼지지 않고 있다고 합니다. 설악산을 위시한 그 이하 거의 모든 산이 산불 피해를 보았으며 이대로 진화가 되지 않는다면 해당 지역 산림이 전소할지도 모릅니다. 연소 가스와 재 때문에 공기 상태 역시 최악이라고 하며, 화재가 몇몇 화학 공장으로 옮겨가면 폭발 위험이 있다고 하니 혹시 그쪽으로 이동하시는 분들이 있다면 조심하시기 바랍니다.

경상도 대부분 지역은 예측할 수 없는 단기성 폭우와 수시로 발생하는 태풍 때문에 수해의 위험이 큽니다. 십 년 전만해도 8, 9월에만 발생했던 태풍을 이제 4월부터 조심해야 한다는 것은 모두 알고 계실 것입니다. 저희가 모은 소식에 의

하면 올해에만 벌써 네 개의 태풍이 경상도와 강원도 남부를 강타했습니다. 따라서 오랜 가뭄은 논외로 하더라도 해당 지역에는 식수가 바닥난 상태이며 전염병의 발생이 우려됩니다. 하지만 더 두려운 것은, 태풍의 발생 장소가 바뀌었다는 점입니다. 예전 태풍들은 대개 일본 남쪽의 태평양에서 발생했지만, 이제 제주도 남쪽 바다에서도 발생한다는 소식이 들리고 있습니다. 따라서 남쪽 지방 전체가 태풍에서 벗어날 수 없다는 것도 알아두십시오.

이처럼 암울한 소식만을 전해드리게 되어서 저도 마음이 아픕니다. 살아남기에 급급하신 분들이 많을 텐데 굳이 나라 전체의 불행을 알릴 필요가 있겠는가 하고 동료와 논쟁도 했습니다. 하지만 눈을 감는 것보다는 진실을 똑바로 보는 것이 옳다는 것에 동의했습니다. 판단은 방송을 들으시는 여러분께서 내려주시기 바랍니다.

마지막으로, 이 방송은 녹음한 것입니다. 삼십 분 간격으로 송출되도록 해놓고 저희는 방송국을 떠납니다. 어디로 가야 할지 모르지만 적어도 대전은 떠나려고 합니다.

그럼 부디, 살아남으시길 바랍니다."

한편으로는 두서없고, 또 총체적인 환난에 대한 보고라기에는 너무 간결했다. 하지만 이 나라 전체가 어떤 상황에 부닥쳤는가를 전하기에는 부족함이 없었다. 두 아이 역시 방송 내용이 뜻하는 바를 모두 알아들었는지 아무런 말이 없었다. 진환은 내비게이터를 다시 운행 상태로 바꾼 다음 내가 잘 볼 수 있도록 거치대에 얹어놓았다.

"우리가 예상했던 게 맞은 모양이다."

나는 일행에서 유일한 어른 역할을 하려고 일부러 밝은 목소리로 말했다.

"강원도 쪽으로 가지 않길 잘했어. 산불이라니, 맑은 공기는 고사하고 하마터면 불 속으로 뛰어들 뻔했잖니."

진환이 대답했다.

"네. 거기다가 남동쪽은 식수도 구할 수 없다니 결국 남는 곳은 하나뿐이었네요. 달랑 지도 한 장 놓고 짐작한 것치고는 잘 맞췄어요, 우리."

하지만 대화는 거기서 끝이었다. 나는 분위기를 바꿔보고자 차를 멈추고, 이현에게 진통제를 주사했다. 진환은 한 시간 넘도록 웅크렸던 몸을 펴고 있었다.

나는 무심코 하늘을 올려다보았다. 남쪽 지평선 너머에는 근심거리가 먹물처럼 퍼지고 있었다. 하지만 아이들에게는 말을 하지 않았다. 이상 기후란 변덕스럽기 마련이고, 어쩌면 우연의 행운이 따를 수도 있었으니까.

그리고 무엇보다도, 다시 돌아갈 수는 없었다.

*

'첩첩산중'은 예나 지금이나 이런 상황에 잘 어울리는 말이었다.

우연을 관장하는 신은 우리 셋에게 미소를 보여주지 않았다. 남쪽 하늘을 짙게 덮고 있던 먹구름은 대전을 향해 갈수록 그 기세를 확장했다. 게다가 더욱 불길한 것은 열대야의 후텁지근한 온기를 머금은 강풍이었다. 비구름과 강풍이 손을 잡고 할 수 있는 일은 단 하나뿐이었다.

뜨거운 물에 삶은 국수처럼 굵은 비가 사방에 쏟아졌다. 물이 증발하며 주변의 열을 빼앗았던 것도 잠시, 기화열은 옮겨갈 곳이 없자 제자리로 돌아왔고, 순식간에 흥건하게 젖은 고속도로는 언제든지 부글거리며 끓어오를 것 같았다. 반면에 차의 속도는 점점 줄여야 했다. 빗길에 상황도 알 수 없는 도로를 빨리 달리는 것은 자살행위나 다름없었다. 하지만 최악의 상황은 아직 끝나지 않았다. 엔진이 헛도는 소리가 들리는가 싶더니, 마침내 차가 서버리고 만 것이다.

나는 비옷을 두르고 엔진부를 열어보았다. 폭우가 원인인 것 같았다. 엔진 어딘가에 미세한 틈이 있었고, 빗물이 새어 들어 간 모양이었다. 좌우에서 무심하게 뻗어 나가고 있는 헤드라이트 불빛과 김을 뿜고 있는 엔진에 포위된 상태로 무자비하게 들이붓는 비를 맞고 있자니, 오래전에 끊었던 담배 생각이 간절했다.

결국, 차는 포기할 수밖에 없을 것이다. 구난차도, 보험회사도 이제 존재하지 않으니까. 차에 대해 내가 할 수 있는 거라고는 간단한 응급조치뿐이었고 지금의 문제는 그 정도가 아니었다.

하지만 비가 멈출 때까지는 차 안에 있어야 했다. 이제 이

커다란 쇳덩어리의 용도라고는 그것밖에 남지 않았다.

운전석에 올라타고 차 문을 닫자 모든 세상이 이 작은 차 내로 압축된 듯한 느낌이 들었다.

＊

"지고 갈 수 있다니까요, 진짜예요. 아저씨."

진환이 팔을 붙잡으며 매달리다시피 했다. 하지만 나는 매정하게 그 손을 뿌리치고 남은 식량의 절반을 버렸다. 햄과 과일이 들어 있는 깡통들이 고속도로 옆에 생긴 진흙탕 속으로 하나둘씩 날아갔다. 나는 진환이 다시 주워 담지 못하도록 사방으로 나눠서 음식들을 버렸다.

"저걸 모으느라고 얼마나 고생을 했는데 버려요!"

진환은 얼굴이 벌게져서 식식대며 소리쳤다.

"어차피 조금만 걸어가면 대전이야. 거기 가면 먹을 걸 다시 구할 수 있을 테고. 운이 좋으면 새 차도 찾을 수 있을 거다."

"방송에서 들은 기억 안 나세요? 그 사람들 대전을 떠난다고 했잖아요. 먹을 게 있고 살기 좋으면 왜 떠났겠어요?"

나는 남은 식량들을 트렁크에서 꺼내 가방에 넣으며 말했다.

"너나 나도 굶어 죽지 않으려고 여기까지 온 건 아니잖니. 그 사람들도 뭔가 이유가 있었을 거야. 사실 지금 이 식량을 다 버리고 가더라도 아무 문제 없을 거다. 하지만 혹시 몰라서 가져가는 거고, 이만큼이면 충분해. 자, 이 정도면 네가 메고 갈 수 있을 거다."

나는 무게를 가늠해 본 다음 가방을 건넸다. 진환은 입이 댓발 나와 있었지만, 결국은 가방을 받아 등에 맸다. 그리고는 여봐란듯이 펄쩍거리며 뛰어다녔다.

"아 정말, 사십 대 아저씨보다 내가 더 세면 셌지."

나는 아무 말 없이 이현을 업었다. 그리고 옛이야기를 떠올렸다. 노모를 업으면서 그 가벼움에 눈물을 흘렸다는 이야기. 이야기 속의 남자와 지금의 나, 둘 중에 더 슬픈 것은 누굴까. 아니, 그런 것은 비교해서 안 되는 일일까. 하지만 이현의 몸무게는 생각보다 훨씬 가벼웠고, 진환이 보고 있지 않았더라면 나 역시 이야기 속 주인공처럼 눈물을 줄줄 흘렸을지 몰랐다.

밤길을 걷자면 머리와 어깨에 이슬이 내려앉게 마련이었다. 만약 이현이 감기라도 걸린다면 어떻게 해야 할지 알 수 없었기 때문에, 나는 가져온 후드 티셔츠 하나를 칼로 찢었다. 등과 후드 부분만을 남겨놓으니 망토 모양이 되었다.

"자, 이현이한테 씌워줘. 코나 입이 가리지 않도록 조심하고."

"네, 네, 대장님."

진환은 비아냥거리면서도 정성스레 이현에게 옷을 덮어주었다.

"그리고 등산용 지팡이도 꺼내라. 하나는 네가 쓰고."

"우리 산으로 가는 거예요?"

"아니. 하지만 등짐을 지고 두어 시간 걸으면 허리가 아플

거야. 그때부터 지팡이가 필요하지. "

"나 참, 이런 건 늙은이들이나 쓰는 건데."

"늙기 전에 허리부터 구부러지기 싫으면 잔말 말고 들고 가라."

차를 버리고 비가 멎은 고속도로를 걷기 두 시간. 지팡이를 야구 방망이 대용으로, 또는 긴 칼 대신 휘둘러보며 내 주변을 빙글빙글 돌던 진환은 어느새 내 말이 거짓이 아니었음을 알았는지 묵묵히 뒤를 따라왔다. 비록 뒤는 돌아보지 않았지만, 땅을 때리는 똑딱 소리로 볼 때 지팡이를 제 용도로 쓰고 있는 것은 분명했다.

어제의 폭우는 거짓말처럼 멎었지만, 하늘은 여전히 찌뿌둥했다. 언제 또 비가 쏟아질지 모른다는 뜻이었다. 제발 그러지 않기만을 바랐지만, 한 번 사람들을 저버린 하늘은 두 번이고 세 번이고 또 그러는 법이다. 그것 때문에 나는 걸으면서도 비를 피할 만한 곳을 찾아 두리번거렸다.

신탄진을 지나자 대전으로 짐작되는 커다란 밤 그림자가 눈앞에 모습을 나타냈다. 이제 당장 비가 쏟아지더라도 안심할 수 있었다. 제 모습을 고스란히 갖추고 있는 건물들이 남아있었으니까. 진환은 다시 기운을 차렸는지 나를 앞질러 달려나갔다. 지팡이의 손잡이를 목에 걸고, 등에서는 깡통들이 부딪치는 덜그럭 소리를 줄줄 흘리면서.

하지만 십 분쯤 지나 되돌아올 때는 발걸음을 죽이고 있었다. 어딘가 심상치 않아 보였다.

"누가 있니?"

진환은 목소리를 낮췄다.

"아니요, 사람은 안 보여요. 그런데 좀 이상해요."

나는 걸음을 멈췄다.

"이상하다니?"

"뭔가 움직이는 게 있어요. 하나가 아닌 것 같은데요."

어린아이가 시커먼 도시에 들어서면서 두려움 때문에 헛것을 보았는지도 모른다. 하지만 만에 하나 사실이라면 신경을 쓰지 않을 수 없었다. 나는 진환의 소매를 잡고 길 가 쪽으로 잡아당겼다. 그리고 입에 손가락을 대어 보인 다음 진환의 가방을 열어 그 안에서 쌍안경을 꺼냈다.

처음에는 아무 움직임도 눈에 들어오지 않았다. 하지만 찬찬히 살펴보고 보니 진환의 말은 사실이었다. 누군가, 아니 무언가가 몸을 잔뜩 낮추고 건물들을 방패 삼아 움직이고 있었다. 유연하고 재빠른 몸놀림이었다. 그 정체를 깨달은 것은, 몇 겹의 그림자와 밤의 어둠이 덮여있는 지면에서 반짝반짝 불타오르는 몇 쌍의 눈동자를 보았을 때였다.

"뒤로, 진환아. 조용히 도망쳐."

나는 이현의 두 팔을 더 앞으로 당겨 꽉 쥐도록 한 다음 천천히 뒷걸음질을 쳤다. 진환이 내게 바짝 붙으며 물었다.

"뭔데 그래요? 뭘 보셨어요?"

"개야. 한두 마리가 아닌 것 같다. 아마 야생화돼 있을 거야. 광견병에 걸린 놈이 있을지도 모르니 물리면 큰일이야."

그때, 도망치고 있는 우리들의 앞쪽에서 길고 긴 바람이 불었다. 좋지 않은 상황이었다. 아니나 다를까, 개들이 바람결에 실려 간 우리 냄새를 맡았는지 뒤에서 커다랗게 짖는 소리가 들렸다. 곧이어 여기저기서 호응하는 울음소리들이 뛰쳐나왔다.

"이현아, 꽉 잡아."

한 손으론 이현을 받쳐야 했고, 지팡이도 버릴 수 없었다. 야생화된 개들과 맞닥뜨리게 된다면 무기로 쓸 거라곤 그것뿐이었다. 진환도 같은 생각을 했는지 목에 걸고 있던 지팡이를 힘껏 움켜쥐고 있었다.

개들은 끈질겼고, 우리보다 빨랐다. 망원경을 써야 식별할 수 있을 만큼 멀리 있던 개들 중 절반 정도는 포기하고 갔지만 끈기있는 서너 마리는 포기하지 않았다. 나는 이현을 업고 뛴 탓에 진환보다 훨씬 많이 지쳐있었다. 이대로 간다면 모두 다 굶주린 개들의 식사 거리가 될 뿐이었다. 빨리 결정을 내려야 했다.

"이현아, 내려."

진환이 내 말을 듣고 멈춰서 뒤돌아보았다. 이현은 격하게 흔들린 탓에 숨을 할딱이면서도 두 손에 깍지를 끼고 더욱 힘을 주었다. 제 아비와 헤어지기 싫다는 뜻이었다. 하지만 그럴 수는 없었다.

"손 풀어, 얼른! 형이 대신 업어줄 거야."

이현이 아무리 고집이 세다고 해도 결국은 간신히 생명을 유지하고 있는 중환자였다. 자그마한 손가락들은 맥없이 열렸다. 나는 이현의 두 팔을 들어 옆으로 내려놓았다.

"진환아, 이현이 업고 갈 수 있지?"

진환이 쫓아오는 개들과 나를 번갈아 보며 물었다. 나는 지팡이의 아래쪽 끝을 아스팔트에 대고 빠르게 갈기 시작했다.

"어쩌시려고요?"

"저놈들도 어느 정도는 지쳤을 테니 가까운 사람부터 공격할 거다. 그동안에 이현이를 업고 최대한 멀리 가. 부탁한다."

조급한 마음에 손길은 더욱 빨라졌다. 금속과 아스팔트가 자그마한 불꽃을 일으키며 이 가는 소리를 냈다.

"아저씨가 죽으면 이현이는 어떡하고요. 난 자신 없어요."

"그런 말 할 시간 있으면 얼른 도망가!"

아니면 너 혼자라도 도망가라는 말이 차마 나오지 않았던 것은 내가 부족한 사람이기 때문이었을 것이다.

진환이 집어 던진 배낭은 심장이 내려앉는 것과 같은 소리를 냈다. 진환은 그대로 나에게 달려들어서 지팡이를 낚아챘다.

"뭐하는 거야!"

진환은 두 눈을 부릅뜨고 나를 바라보았다. 둘의 키가 비슷했기 때문에 우리는 동등한 높이에서 코가 닿을 듯 마주 보아야 했다. 진환은 후드를 뒤로 젖히고 목덜미를 들이밀었다.

내가 기억하고 있는 지식이 맞는다면 진환의 흑색종은 피부암 2기에서 3기로 넘어가는 단계였다. 이현의 몸에서 풍기는 악취가 고스란히 진환의 등 쪽에서도 흘러나오고 있었다.

나는 멍한 상태로 멀어져가는 진환의 뒷모습을 보고 있었다. 태풍에 엉킨 그물처럼 갖가지 생각들이 엉키며 진환을 붙잡을 순간을 놓치고 말았다. 왜 진환도 피부암에 걸렸을 거라는 사실을 짐작하지 못했을까. 아니, 흑색종을 보았음에도 무의식적으로 외면하고 기억에서 지워버린 것은 아닐까? 왜 약을 나눠달라고 얘기하지 않았을까. 치료받을 희망이 더 많은 것은 자신이었으면서.

내가 이현만을 위하는 것을 보면서 속으로 가슴이 아프지는 않았을까?

이렇게 아무 도움도 안 되는 생각에 허우적거리는 동안에도 시간은 흘렀다. 그 짧고 하얀 시간의 줄기 속에는 핏빛 비명이 흘러나오고 있었다. 진환이 지팡이의 끝으로 개 한 마리를 찌르고 난 뒤 물리면서 지르는 소리였다.

나는 진환을 구하기 위해 남아있던 지팡이를 들고 처참한 현장의 한복판으로 뛰어들었다.

이현이 부러웠던 것은 아마도 이번이 처음인 것 같다. 이현은 진환의 이름을 부르며 울었고, 나는 그럴 수 없었다.

진환은 세 마리의 개 중 한 마리를 죽이고 또 하나에는 큰 상처를 입혔다. 내가 뛰어든 것은 그 후였고, 나머지 하나는 저항할 수 없는 진환을 내버려두고 나에게 달려들다가 깨갱거리며 도망쳤다.

개들이 언제 다시 돌아올지 모르기 때문에 이현을 멀리 둘 수는 없었다. 나는 피투성이인 진환의 시신을 갈무리하고 땅에 묻은 후 개들이 파헤치지 못하도록 열댓 개의 돌을 옮겨 그 위에 눌러놓았다. 이현은 울면서 모든 과정을 지켜보았다.

나는 울 수 없었다.

＊

완공되지 못한 공사 현장을 지나가다가 좋은 재료들을 찾았다. 철제 앵글들이 산더미처럼 쌓여있었다. 나는 이현에게 오늘 낮은 이곳에서 보낸다고 말해주고는 일을 시작했다.

긴 철제 앵글을 두 개 마련하고, 아래쪽에 수직으로 짧은 앵글을 하나씩 연결했다. 그리고 내 등 넓이에 맞춰서 이 둘을 이었다. 그러자 금속으로 만든 간이 지게가 완성되었다. 하지만 이대로는 이현이나 나나 오래 가지 못해 살이 짓무르게 될 것이 뻔했다. 다시 공사판을 이 잡듯이 뒤지자 몇 장의 포장용 천과 비닐을 구할 수 있었다. 그것들을 잘게 찢고 엮어서 이현이 앉을 자리와 멜빵을 만들었다. 지게의 아래쪽 끝에는 철사를 엮어 고리를 만들었다. 식량 배낭을 그 자리에 매달면 될 것이다.

저녁이 되어 식사를 마친 다음 이현을 지게에 앉히고 걸어보았다. 맨 등에 업는 것보다 한결 수월했다. 재밌느냐고 물어보았지만, 이현은 대답하지 않았다.

진환 생각에 잠겨서인지 아니면 약에 취해서인지는 알 수 없었다. 깨어있는 시간 동안 이현이 고통스러워하는 기간은 점점 늘어났고, 그 때문에 약의 투여량을 늘려야 했다. 그 결과 잠에 빠져있는 시간이 다시 늘어났다. 어떨 때는 너무 고요하게 자고 있어 정말 자는 것인지 아니면 이미 숨을 멈춘 것인지 알 수 없을 때도 있었다. 그러면 나는 쭈그리고 앉아서 이현이 몸을 뒤척일 때까지 기다렸다. 확인하지 않고서는 걸음을 뗄 수 없었다.

이번에도 미미하긴 하지만 움직이는 기색을 분명히 느꼈다. 이현은 그렇게 쉽게 죽지 않을 것이다. 진환이 나의 세 번째 다리가 되어 함께 걸어가 주고 있으니까 말이다. 이현은 진환이 손에 쥐고 죽었던 지팡이를 꼭 같이 가져가자고 졸랐고, 나도 순순히 그 말에 따랐다.

*

지팡이를 어디에 놓고 왔는지 기억이 나지 않았다. 이현은 이제 지게에 업힌 채 종일 잤다. 무주를 지나 19번 국도를 타고 산길을 걸었다. 아무 근거도 없이 그저 상식만을 가지고 진환과 내가 내렸던 결론은 옳았다. 아직 지리산까지는 멀고 멀었지만, 공기의 색깔이 아주 맑아졌다는 것은 알 수 있었다. 그리고 무엇보다 뚜렷한 증거는 이현의 숨소리가 한결 부드러워졌다는 점이었다. 그뿐만이 아니다. 물을 마시기 위해 잠시 쉬었을 때 이현은 조금도 머뭇거리지 않고 이렇게 말했다.

"많이 힘드시면 내려서 걸을까요?"

기적은 반드시 크고 분명해야만 하는 것은 아니다. 불치병이 완쾌되어야만 기적이라고 부를 수 있는 것은 아니다. 비록 끝은 정해져 있다 할지라도 뒤로 미룰 수 있다면 그 역시 기적일 것이다. 이현의 생기있는 목소리를 듣자니 그런 생각이 들었다.

하지만 내 몸에는 그런 기적이 주어지지 않는 것 같았다. 지리산에 도착하기 위해서는 아직도 5일, 아니 지금처럼 느린 걸음이라면 일주일은 더 걸릴 것이다. 하지만 내 체력은 이미 한계점을 넘은 지 오래였다. 언제 쓰러져도 이상하지 않았다. 진환이라는 든든한 버팀목마저 사라진 지금, 나는 그저 기계적으로 발을 떼고 앞이라고 생각되는 방향을 향해 나아갈 뿐이다. 조금이라도 무게를 줄이기 위해 내비게이터도, 망원경도 버린 지 오래였다. 이 길이 19번 국도였다고 말해주는 녹슨 이정표만을 믿고서 걷고 또 걸었다.

만약 여기서 멈춘다면 이현이 나를 용서해 줄까? 집도 아니고 종착점도 아닌 곳에서 무의미하게 사라져도 원망하지 않을까?

아니, 용서하지 않을 것이다. 이현과 진환의 어깨를 검은색으로 물들이고 하늘에 무수한 구멍을 뚫은 나와 지상의 모든 어른을 용서하지 않을 것이다. 우리는 만년설을 녹이고 저 넓은 바다를 억지로 덮히며 휘저었다. 그것도 모자라 곤히 자던 태풍이라는 이름의 수마를 억지로 깨워 온 세상에 난동을 부리도록 만들었다. 다음 세대의 아이들에게 고이 물려주고 흙으로 돌아가면 됐을 것을 우리는 도대체 무엇 때문에 그리도 악착같이 짓고, 세우고, 태웠을까. 우리는 뭐에 홀려서 이처럼 아이들에게 용서받지 못할 짓을 저질렀을까.

하지만 나도 끝까지 그 어른들과 다르지 않았던 모양이다. 도저히 다음 발걸음을 내밀 기운이 없었다. 나는 무릎을 꿇고 두 손을 땅에 짚었다. 이현은 옆으로 구르다시피 하며 땅에 내려서 나를 흔들었다. 나는 그조차 버틸 힘이 없었고, 결국 온몸을 미지근한 지면에 뉘고 말았다.

내 발끝은 푸른 가스 불꽃처럼 아득하니 달아오른 밤 속에 담가져 있었다. 그리고 그 깊은 바닥에서 작은 빛 하나가 생기는가 싶더니 차츰 커지기 시작했다.

나는 애들처럼, 죽음이 다가오면 이런가 보다, 생각했다.

＊

운전자는 여성이었다. 군인이라고 했지만, 옷은 사복이었다. 정신이 혼미한 중에 들은 터라 무슨 용무 때문에 무주에 들르는 길이라고 했는지는 금세 잊었다. 사실 이유 같은 것은 아무래도 좋았다. 누군가가 우리를 차에 태워주었다는 것, 그것만으로도 더 바랄 나위가 없었다.

"아이한테 맑은 공기를 맛보게 해주려고 지리산에 가시는 길이라고요?"

세 번째 같은 질문이었다. 나는 그 속에 숨은 의도를 알 수 없었기 때문에 세 번 모두 고개를 끄덕였다. 여자는 그때마다 룸미러를 통해 이현을 들여다보았다.

뭘 생각하는지 입술을 꾹 다물고 있던 여자는 네 번째 질문 대신 이런 말을 꺼냈다.

"도착하게 되면 제 남편이라고 하세요."

나는 아직도 정신을 차리지 못해 헛소리를 들은 줄 알았다.

"네?"

"왜 아저씨하고 아이를 데려왔는가 물어볼 거예요."

"누가요?"

"그건 가보시면 알아요. 어쨌든 꼭 그렇게 말씀하셔야 돼요."

여자는 내 대답은 듣지도 않고 고개를 살짝 뒤로 돌리며 말했다.

"너도 그렇게 말해야 해. 이름이 이현이라고 했지? 꼭 내 아들이라고 해."

이현은 나만큼이나 어리둥절해 보였지만 현명하게도 '네'라고 대답했다.

"약속을 지켜주실 거라고 믿고 말씀드릴게요. 저도 지리산에 가는 길이에요. 거기 가면 사람들이 있어요."

*

함양과 노고산 종주도로를 지나는 길은 꿈만 같았다. 마침내 차가 멈추고, 이현과 나, 그리고 여자가 내렸다. 그래도 꿈은 끝나지 않았다. 그리 멀지 않은 곳에 천왕봉이 보였다. 지리산에 천왕봉이 있다는 당연한 사실마저도 현실이 아닌 것 같았다.

어수선하다는 느낌 자체가 너무나 낯설었다. 2년 동안 먹을 것을 찾아다니며 스쳤던 생존자들을 모두 합친 거보다 세 배는 많은 사람이 그곳에 모여 있었다. 분주하게 짐을 옮기는 사람들은 대부분 군인이었고, 사복을 입은 사람들은 여기저기 모여서 잡담을 나누거나 뒷짐을 진 채 일하는 사람들을 내려다보고 있었다. 몇 시간 전까지 우리 부자를 붙들고 놔주지 않았던 절박함은 이곳엔 없었다. 그 차이가 내게 꿈꾸는 기분을 맛보게 한 것이다.

이현과 나를 남겨두고 사라졌던 여자가, 지은 지 얼마 안 되어 보이는 임시 건물에서 나왔다. 그녀는 우리를 조금 더 작은 건물로 끌다시피 데려갔다. 복도로 들어가니 좌우로 다섯 개씩의 문이 일렬로 서 있었다. 여자는 가장 끝 방으로 우리를 밀어 넣고, 다시 밖으로 나가 노크를 하며 돌아다녔다. 임시 건물 전체가 비어있는가를 확인하는 모양이었다. 그리고는 재빠른 동작으로 방에 돌아왔다.

"대충 눈치채셨죠?"

이현은 내 눈치만 보고 있었다. 나는 여자의 질문에 허탈한 심정으로 고개를 끄덕였다.

"높은 양반들이 여기에 모였다는 거겠죠."

이번에는 여자가 긍정할 차례였다.

"맞아요. 하지만 그리 많지는 않아요. 장성급하고 그 부하들 몇 명, 기업가 조금에 유력 정치인들. 누군지는 말씀드리지 않을게요. 아니, 그건 하나도 중요하지 않아요. 무슨 얘기인지 아시겠죠?"

내가 대답을 하기도 전에 여자가 속사포처럼 말을 이었다.

"중요한 건 여기에 사람들이 모여 있고, 물자가 있다는 거예요. 그리고 아이에게는 산길보다 여기가 훨씬 지내기 편하다는 것. 이게 가장 중요한 점이에요. 가장 조심할 것은, 여기엔 직계가족만 데려올 수 있어요. 무장한 군인들을 세워놓은 것도 그 때문이고요. 그러니까 누가 묻거든 가족이라고 해야 하는 거예요.

사실 저처럼 낯모르는 생존자들을 데려온 사람이 더 있을지도 몰라요. 하지만 아무리 그렇다는 생각이 들어도 절대 입을 다물어야 해요. 아시겠죠?"

여자는 머뭇거리다가 결국 손을 들어 이현의 머리를 쓰다듬었다. 지금까지는 몰랐지만, 제대로 옷을 갖춰 입은 사람의 옆에 앉은 이현은 땟국물에 절어있고 사람이라고 보기 힘들 정도로 바짝 마른 모습이었다.

"우선 아이를 씻기시는 게 좋겠어요. 나가서 왼쪽으로 돌면 계곡 물을 끌어다 쓸 수 있는 간이 샤워장이 있어요. 환부를 제대로 씻어야 진찰을 받을 수 있을 테니까. 다 끝나면 다시 저를 찾으세요. 군의관한테 안내해 드릴게요."

유일한 목표를 달성해버린 탓에 나는 아무것도 생각할 수 없었다. 그저 여자가 시키는 대로 이현을 씻기고, 옷을 갈아입혔다. 그리고 군의관에게 데려갔다. 의사는 보일 듯 말 듯

하게 고개를 저었고, 나는 그조차도 무덤덤하게 받아들일 뿐
이었다. 지리산에 도착한 후 나라는 인간은 뇌의 반쪽이 빠
져나간 것처럼 아무것도 자발적으로 생각할 수가 없었다. 왜
그런지 이유를 따져보려는 생각조차 들지 않았다. 그저 좁은
군용 야전 침대에 이현과 나란히 누워서 그 고른 숨소리를 들
으며 밤을 새우는 것이 전부였다.

✻

갑자기 폭우가 내려도 불어난 계곡 물이 차오르지 않을 곳.
억센 나무뿌리가 손을 뻗지 않을 만한 곳. 그리고 양지바른 곳.
나는 마지막 조건을 제외한 나머지 둘이 해당하는 곳에 이
현의 무덤을 팠다. 만약 죽어서도 저 저주스러운 햇볕을 쬐어
야 한다면 이현은 곱게 잠들지 못할 것이다.
나는 이현이 지옥 같은 지상에 작별을 고하는 순간을 결국
보지 못했다. 이현은 내가 깜빡 잠이 들기 전까지 분명 편안
하게 숨을 쉬고 있었다. 하지만 눈을 떠보니, 한쪽 팔을 내 겨
드랑이에 끼운 채로 더는 숨을 쉬지 않았다. 그 팔을 내려놓
기까지는 정말이지 오랜 시간이 걸렸다. 만약 이현의 얼굴에
한 점의 고통이라도 남아있었다면 나는 영영 그 아이와 이별
할 수 없을지도 몰랐다. 하지만 이현의 얼굴은 편안해 보였다.
봉분이 최대한 단단해지도록 흙을 쌓고 다지는 동안 내가
잃어버렸던 것들이 조금씩 제자리를 찾아 돌아왔다. 나는, 아
니 우리 인간들은 뻔뻔하게 하늘에 프레온 가스를 뿜어대면

서, 쌓여가는 이산화탄소와 각종 배기가스를 넋 놓고 바라보면서 그 속에 인간성을 잘게 찢어 함께 날려 보냈다. 그 모든 행위가 재해와 재앙이라는 형태로 몸을 빚고 되돌아와 우리를 짓밟았을 때도 생존이라는 명목하에 그나마 남은 인간성을 모조리 소모해 버렸다. 그렇게 대책 없이 많은 시간이 흐르고, 결국 가장 아끼던 존재를 잃은 날이 되어서야 그것들은 제자리를 찾아 돌아올 수 있었다.

누군가가 어깨에 손을 얹었다. 군복 입은 여자였다. 이제 완전히 돌아온 나의 인간성은 눈물을 흘릴 수 있게 해주었다. 그리고 오랫동안 잊고 있었던 한 마디를 한숨처럼 뱉었다.

"미안하다, 이현아."

당신은 혼자가 아니에요 ✦

"유은경 씨, 들어오세요."

열은 녹색의 제복을 입은 간호사가 호명했다. 은경이 검은색 인조가죽으로 만든 대기 좌석에서 일어나자 쿵 하는 소리가 바닥을 울렸고, 차례를 기다리던 사람들이 흘끔거리며 그녀를 바라보았다. 은경은 자신도 모르게 아랫입술을 깨물었다.

'왜 긴장하는 거야. 평상시라면 아무 소리 없이 잘 일어나고 앉을 수 있잖아.'

하지만 간호사가 부른 사람은 은경이 아니었다. 동명이인이 있었다. 간호사는 은경에게 다가와 '조금만 더 기다리세요' 하는 몸짓과 함께 직업적인 미소를 지어 보였다.

하지만 후회하기에는 너무 늦었다. 사람들은 이미 그녀의 왼쪽 다리를 마음껏 감상한 다음이었다. 날씬하고, 흉터도 없으며, 완벽한 곡선의 매끄러운 다리. 하지만 정작 다리의 주인은 언제 어디서고 숨기고 싶어 했다. 심지어는 혼자 있을 때도.

가장 번거로운 건 열처리 문제였다. 허벅지와 무릎 관절에는 정교한 자세제어를 위해 피드백 모터가 들어가 있었는데, 지금의 기술로는 공랭과 수랭을 병용해야 그 열을 밖으로 빼낼 수 있었다. 은경의 알루미늄 합금 다리에는 일정 간격으로 구멍이 뚫려있었고, 은경은 긴 치마나 바지로 다리를 가릴 수가 없었다. 그래서 어떻게 해서든 남의 주의를 끌지 않는 것이 소망이었다.

다른 사람을 신경 쓰지 말자. 은경은 고속도로에서의 삼중 추돌 사고 이후 수백 번도 더 반복했던 자신만의 주문을 마음속으로 외웠다.

*

사고가 났을 때, 은경은 애인인 동석과 함께 예약해 놓은 동해안의 펜션에 가던 길이었다. 두 시간쯤 운전했을 때 동석이 피로를 호소했고, 그래서 둘은 휴게소에 들렀다가 자리를 교대했다. 여름의 찌는 듯한 열기에 달궈진 아스팔트가 공기를 구기다시피 아지랑이를 피어 올렸고 차의 에어컨은 쉴새 없이 실내로 냉기를 퍼 날랐다. 무슨 예감이었을까. 에어컨을 잠시라도 끄면 온몸이 땀으로 흠뻑 젖을 날씨였고 온도는 22도로 맞춰 놓았음에도 운전대를 잡은 은경의 팔에 소름

이 돌았다. 그때 맞은편에서 달려오던 컨테이너 트럭이 기우
뚱하며 옆으로 쓰러졌고, 검고 커다란 타이어 두 개가 무언가
거대한 존재의 두 손처럼 은경에게 날아왔다. 은경은 반사적
으로 브레이크를 밟으며 핸들을 꺾어 그 손을 피했지만, 뒤에
서 그들을 쫓아오던 중형 트럭 하나가 갈피를 못 잡고 그대로
운전석을 들이받았다.

은경은 그때 난생처음으로 정신을 잃었다. 무겁고 온몸을
묶어놓은 것 같은 혼수상태에서 은경을 끄집어낸 것은 긴박
한 남자의 목소리였다.

"응급실이 꽉 찼다고요? 제기랄, 벌써 몇 군데째야."

남자가 화를 내며 투덜거렸다. 은경은 허공에 붕 뜬 것 같
은 기분이었다. 하지만 몸이 오른쪽으로 홱 쏠리고 나자 온
몸이 쓰리고 아프다는 것을 깨달았다. 아픔은 마치 내리막길
에서 브레이크가 고장 난 자전거처럼 급격하게 도를 더했고,
은경은 자신도 모르게 신음 소리를 냈다. 그녀가 누워 있는 곳
은 달리는 구급차 안이었다. 운전석에 앉은 구급요원은 아직
도 여기저기의 병원에 연락을 취해보고 있었다. 머리 위에서
는 벽에 걸어놓은 링거 주머니가 흔들거렸고, 오른쪽 옆에는
의자에 걸터앉은 동석이 주머니와 똑같은 리듬으로 흔들거렸
다. 그리고 이상한 착각이었지만, 그가 멀쩡한 것을 보자 자
신도 크게 다치지 않았다고 생각하며 안심이 되었다.

의사는 어쩔 수 없는 조치라고 말했다. 은경의 어머니와 동
석은, 그리고 문병 왔던 친구들은 마치 입이라도 맞춘 것처럼

똑같은 말을 반복했다. 불행 중 다행이라고. 요즘 세상에 다리 하나쯤 절단하는 건 문제도 안 된다는 얘기였다. 물론 은경도 보통 사람들과 똑같이 하루에 두어 시간씩 텔레비전을 시청했고 신문과 뉴스를 꼬박꼬박 보는 편이었다. 그래서 그 단어를 잘 알고 있었다. 사이버네틱스. 이식 부작용도 없고, 완벽하게 제어 가능하며, 기능상 99퍼센트에 가까운 재현이 가능하다는 기술. 과거의 의족과는 비교도 할 수 없는 최신형 다리. 치료비로 보나 앞으로의 장래를 생각하나 어쩔 수 없는 선택이었다. 그리고 의학계의 자랑과 의사의 자신감 그대로 기능은 완벽했다. 3개월에 한 번씩 어긋난 치수를 재조정하고, 바지를 입을 때 냉각을 위해 새 다리 쪽은 완전히 찢어내야 하며, 목욕이나 샤워를 할 때면 방수 커버를 반드시 채워야 한다는 점만 뺀다면, 일상생활에서의 불편함도 그리 크지 않았다.

하지만 중요한 건 그게 아니었다. 의학은 학문이지 법이 아니었고, 사이버네틱스는 기술이지 생활이 아니었다. 친구들이 술자리에서 만날 때마다 다리를 농담거리로 삼는 것도 시간이 지나니 익숙해질 수 있었다. 나중에는 은경이 먼저 '열 빼는 소리 들어볼래?' 하면서 얘기를 꺼내기도 했다. 나이트클럽에서 사이키 조명을 받으며 춤을 출 때면 그녀의 다리는 여름 해를 받은 북극의 얼음처럼 은은하고 아름답게 빛났다.

물론 술에 취했을 때나 그럴 수 있었지만, 술이 있으면 눈물이 날 때도 웃을 수 있었다.

하지만 서류와 증명서들은 달랐다. 법은 언제나 현실보다

느리게 마련이었고, 사람들은 보통 그 점에 대해 불평하게 마련이었다. 하지만 은경만은 그 반대였다. 개정된 의료보험법과 의료기구 착용자에 관한 규정이 발표되었을 때 은경은 숨이 막히는 것 같았다. 그리고 때를 맞춰 주민등록증의 일제 갱신이 있었고, 관공서에서는 신분 증명에 관련된 모든 서류에 새로운 양식을 추가했다. 새 주민등록증은 교통과 은행 관련 업무는 물론 심지어는 전자도서를 대여할 수 있는 도서관 웹사이트까지 통용되는 실로 편리한 물건이었는데, 덕분에 은경은 하루에도 몇 번씩 자신의 처지를 확인해야 했다. 온라인으로 전자백화점에서 물건 하나를 주문할 때도 그녀에게는 일정한 할인율이 적용되었다. 놀이동산에 들어갈 때도, 박물관에서 입장권을 살 때도, 대중교통을 이용할 때도 온갖 전자음과 녹음된 목소리가 은경의 처지를 일깨워 주었다.

*

동석의 어머니가 만나자고 전화를 했을 때, 은경은 이미 어느 정도 대화의 내용을 짐작할 수 있었다. 조용한 야외 카페에서 은경의 인사를 받으며 늙은 여자가 맨 처음 꺼낼 인사말마저도 정확히 맞출 수 있었다.

"몸은 좀 괜찮니?"

은경은 체념한 사람의 미소를 지으며 대답했다.

"네."

"다행이구나. 그 수술 받은 사람들은 꽤 힘들다던데 네 얼굴을 보니 잘 견뎌내고 있는 것 같네."

전혀 힘들지 않아요, 어머님. 하지만 은경은 그 말을 꺼낼 수 없었다.

"우리 동석이는 너처럼 다친 건 아니지만, 걔도 나름대로 많이 힘들어한단다."

뭘 말이죠? 한 달째 전화 한 번 안 할 정도로 힘든 게 도대체 뭐란 말이죠?

"결혼이라는 건 무릇 주변 사람들한테 축복을 받아야 하는 거 아니겠니? 진심으로 말이다."

"그렇죠, 어머님."

"하지만 그…, 나도 어떻게 말해야 좋을지 모르겠구나. 결혼 생활이란 어느 정도 처지가 비슷한 사람끼리 만나야 한다고 생각한단다. 동석이 아버지도 같은 생각이고 말이다."

굳이 그렇게 말로 하지 않으셔도 알고 있어요. 이제 동석이하고 저는 처지가 다르다는 얘기잖아요. 주민등록등본에 찍힌 그 단어 말씀이시죠. '첨단의료기구 착용자 2급'. 그리고 물건을 살 때마다 따라붙는 그 빌어먹을 1.7퍼센트의 할인율 말이죠.

은경은 그 어색한 자리가 끔찍하게도 싫었고, 할 말을 고르느라 이리저리 말을 돌리는 동석의 어머니가 싫었다. 사고를 당했고 그 힘들었던 재활훈련을 거친 자신이 오히려 남의 입장을 생각해야 한다는 게 싫었다. 그리고 화를 내야 함에도 눈물이 글썽거리려 하는 자신이 미웠다.

"어머님, 저 그렇게 답답한 사람 아니에요. 무슨 말씀을 하려고 하시는 건지 잘 알고 있습니다. 그럼 건강하시고요, 죄송하지만 먼저 일어나 볼게요."

은경은 마치 국어책을 읽듯 단숨에 하고픈 말을 꺼낸 다음 자리에서 일어섰다. 일반 사람들과 하등 다를 것 없다는 것을 보이려고 일부러 신경 써서 자연스러운 걸음걸이를 유지하면서.

하지만 무엇보다도 한심스러운 건 자기 자신이었다. 직접 나올 배짱도 없어 비겁하게 어머니를 대신 내보낸 동석을 미래의 동반자라고 생각했던 자신이 끝없이 우스워졌다. 은경은 마마보이라는 단어에 보태 자신이 알고 있는 온갖 욕을 잔뜩 섞어 중얼거렸지만, 그럴수록 더욱 비참해질 뿐이라는 점을 깨닫고는 얼굴을 들어 강렬한 여름 햇살에 눈물이 마르도록 내버려 두었다.

*

잘잘못과 책임을 따져봐야 시대의 흐름 앞에서는 어쩔 수 없는 일이었다. '첨단 의료기구 착용자'의 말머리만 따서 줄인 '첨착자'라는 용어는 어느새 일상어가 되었고, 그것은 하나의 신분이 되었다. 간혹 텔레비전의 토론 프로그램에서 '신기술이 불러온 차별'이라며 얼굴을 붉게 물들이고 흥분하며 문제 삼는 사람도 있었지만, 그것도 그때뿐이었다.

은경은 그제야 알 수 있었다. 사람들에게는 다 같이 묶인

하고 있는 어떤 기준이 존재하며, 자신이 그 기준에서 어긋나지 않는 '정상인'이라는 것을 확인하고 싶어서 '비정상인'을 가려내기 좋아한다는 사실을. '첨착자'라는 차별도 그중 하나였다. 거기에 생각이 미치자 은경은 유일하게 바깥바람을 쐬게 해주는 친구들과 만나서도 단어 하나하나를 놓치지 않고 대화를 유심히 들어보았다.

"그러니까 돈 많은 애들은 그런 생각 안 한다니까. 뭐하러 신경을 쓰겠어?"

"너 마니아야? 어떻게 그런 걸 다 구했어?"

"은경아, 넌 좋겠다, 얘. 1.7퍼센트가 어디니, 응? 은행 이자율도 다르게 적용된다며? 똑같은 대출상품을 두고도 변동금리로 할지 유동금리로 할지 선택할 수 있다며?"

예전이라면 흘려 넘겼을 대화에서 은경은 자신의 생각을 확인할 수 있었다. 어디서고 남의 처지를 규정함으로써 자신의 위치를 '정상'과 '표준'과 '다수'로 생각하려는 말뿐이었다.

하지만 문제는 거기서 끝이 아니었다. 은경은 사람들이 첨착자를 볼 때마다 두 가지 상반된 감정을 동시에 품게 된다는 것을 알게 되었다.

하나는 소름이었다. 치과에서 치아를 갈고 닦기 위해 소리를 내며 고속으로 회전하는 드릴과 그것을 볼 때마다 양팔을 간질이는 그 소름. 이물질이 신체 속으로 삽입되는 것에 대한 거부감. 실제로 은경이 사이버네틱스 부착 수술을 받을 때의 기억은 사랑니를 뽑기 위해 부분마취 주사를 맞은 직후와 별

로 다르지 않았다. 단지 신경과 새 다리의 도선을 연결하는
데에 긴 시간이 걸렸을 뿐이었다. 하지만 사람들은 그녀의 다
리를 보며 그리 달갑지 않은 감각을 상상하고, 별다른 악의
없이 얼굴을 찡그렸다.

다른 하나는 프랑켄슈타인 신드롬이었다. 은경에게는 언
니가 낳은 조카가 둘 있었는데 그중 사내아이이자 맏이인 경
준이 놀러 왔던 적이 있었다. 경준은 어린아이답게 은경의
다리를 보고도 그리 놀라지는 않았다. 처음에는 조금 신기해
했으나 조금 지나자 평상시와 똑같이 먹을 것을 사달라고 조
르고 같이 비디오게임을 하자며 이모를 따라다녔다.

하지만 경준과 함께 집 근처 강변에 나갔을 때는 그렇지
않았다.

"이모, 이모 다리는 로봇 다리니까 다른 사람보다 훨씬 멀
리까지 공을 찰 수 있지? 보여줘, 응? 보여줘."

강변 공원에 나와 있던 사람들은 경준의 목소리가 커지자
모두 그녀를 바라보았다. 사람들의 눈에 떠올라 있는 것은 두
려움이었다. 은경은 그런 경준의 팔목을 잡고 집으로 걸음을
재촉했다. 은경이 자기도 모르게 손에 힘을 주었던지 나중에
경준의 손목에는 시퍼렇게 멍이 들어있었고, 은경의 언니는
자초지종을 듣지도 않고 은경에게 화를 냈다.

은경은 마침내 결론을 내렸다. 문제는 두 가지야. 서류와
눈에 보이는 것. 중요한 건 바로 그거야. 사고는 보상 문제가
끝나면 잊히고, 다치고 다리를 잃었다는 것도 똑같은 기능을

대체할 수 있다면 문제 될 게 없어. 하지만 알게 모르게 새로운 신분을 만들어내는 그 지긋지긋한 신원증명 서류들. 그 흔적은 내가 새로 태어나지 않는 한 지워지지 않을 거야. 그리고 경준이. 경준이가 뭘 알고 그런 말을 했겠어. 하지만 어린 애의 눈으로 봐도 '로봇 다리'라고 알 수 있는 게 문제란 말이야. 적어도 보통 사람의 다리와 같아 보일 수만 있다면 사람들의 눈이라도 피할 수 있잖아. 길거리에 나가서도 사람들을 의식하느라 훨씬 더 피곤해지는 일도 없겠지.

＊

은경이 제일대학 부속병원을 찾아온 이유도 그것이었다. 두 번 다시 경험하고 싶지 않았던 병원 대기실의 연대 의식, 다른 사람들을 흘끔거리며 모두 같은 환자니까 대등하다고 생각하면서도 내가 조금은 더 낫지 않느냐며 위안으로 삼는 사람들의 우울하고 무거운 공기 속으로 다시 걸어들어온 것은 그 때문이었다.

"유은경 씨, 들어오세요."

간호사가 다시 이름을 불렀다. 침착하자. 설마 유은경이란 이름을 가진 사람이 셋씩이나 와 있지는 않겠지. 은경은 천천히 일어서서 간호사의 뒤를 따라 진찰실 안으로 들어갔다.

은경이 환자 진찰용 의자에 앉자 반백의 머리를 깔끔하게 빗어 넘긴 중년의 의사가 편안한 미소를 지었다.

"자, 어떻게 오셨는지 말씀해 보세요."

은경은 의사의 가운 왼쪽 가슴에 붙은 파란 색의 명찰을 보았다. 의학박사 김준호. 은경이 의학소식지의 한구석에서 찾아낸 이름이었다.

"어디가 아파서 온 게 아니에요. 박사님은⋯."

'저를 구해주셔야 해요.' 은경은 턱밑까지 올라온 말을 삼켰다.

"나노머신을 이용한 재활실험에 지원자를 찾고 있다고 들었는데요."

의사는 여전히 미소를 지우지 않고 고개를 끄덕거렸다. 그리고는 회전의자 안으로 깊숙이 몸을 묻었다.

"맞습니다. 지원하고 싶으신가요?"

의사는 모든 것을 이해한다는 듯 은경의 왼쪽 다리를 쳐다보았다. 물론 은경은 그렇지 않다는 것을 잘 알고 있었지만, 상대가 자신의 문제를 해결해 줄 수만 있다면 이해하든 말든 그런 것은 문제 되지 않았다.

"네. 제가 잘못 알고 있는 게 아니라면요. 나노머신을 이용해서 손상된 부분을 원형대로 복구할 수 있다면서요."

의사가 헛기침을 했다.

"기술적인 부분을 전부 생략하고, 가장 이상적인 결론만 얘기하자면 그렇습니다. 물론 나노머신의 기능이란 게 그것만은 아닙니다만."

"그럼 지금도 신체재생실험을 하고 계신가요? 지원자도 받고요? 벌써 정원이 다 찬 건 아니죠?"

은경이 다급하게 물었다.

의사가 천천히 손을 내저었다.

"그렇게 인기 있는 실험은 아닙니다. 일단 일반인들에게 공개적으로 발표한 게 아니니까요. 아, 물론 아무나 받을 수 있는 시술도 아니죠. 어떤 특수한 상황에 처한 분들만 가능하니까요. 인원 걱정은 안 하셔도 됩니다. 음, 솔직히 말씀드리자면 지원자가 넘치기는커녕 턱없이 부족한 형편입니다."

은경이 고개를 갸우뚱거렸다.

"왜죠?"

"유은경 씨 같은 경우 이미 겪어보신 문제일지도 모르겠습니다만, 사람들은 자신의 몸 안에 무언가 인공적인 것이 들어온다는 것을 매우 싫어합니다. 자연스러운 반응이죠."

은경은 팔을 내려다보았다. 하지만 소름은 돋지 않았다.

"사실, 솔직히 말하면 나노재활이라는 게 뭔지 정확히 모르고 왔어요. 하지만 선생님 말씀대로 이미 겪어봤기 때문에, 그렇게 겁이 나진 않는군요."

의사가 쓸쓸한 웃음을 지었다.

"간단히 얘기하자면 이런 겁니다. 유은경 씨의 세포보다 더 작은 기계들을 손상부위에 집어넣는 거죠. 아, 기계라고 해도 반드시 금속성인 건 아니에요. 단지 목적하는 바를 그대로 수행하기만 한다면 유기물이어도 상관없습니다. 반반씩인 경우도 많고, 또 그래야 하니까요. 그것들을 일반적으로 나노머신이라고 부르는 겁니다.

일단 나노머신들이 신체에 들어가게 되면 몸과 여러 가지 정보를 교환하면서 필요한 것만을 체득합니다. 그리고 그것에 바탕을 두고 활동을 시작하죠. 예를 들어 유은경 씨가 시술을 받게 되면, 이전에 있던 다리에 대해서 몸이 가지고 있던 유전적 기록을 찾아내고 그대로 재생하는 겁니다."

"그대로라고요?"

은경의 물음에 의사가 허허 웃었다.

"그대로라고 해서 원래 있던 흉터라거나 사마귀 같은 것들까지 똑같이 생겨나지는 않아요. 유전적인 기록이라는 건 그 이전의 문제니까요. 하지만 중요한 것들은 거의 그대로 재생할 수 있습니다."

은경은 마지막으로 궁금한 점을 물어보았다.

"그게 아플까요? 몸 안에서 나노머신들이 움직이는 동안에?"

"아니요. 그것만은 확실히 말씀드릴 수 있습니다. 전혀 아프지 않을 거예요."

"'그것만'은 확실하다니요? 그럼 다른 문제는 있다는 말씀인가요?"

의사는 이제 웃음을 거두고 진지한 얼굴을 했다.

"네, 만약 지원하시겠다면 서류를 만들어서 정확히 알려드리겠습니다만, 몇 가지 알아두셔야 할 게 있어요."

은경은 아랫입술을 꽉 물었다. 이제는 습관이 되어버린 터였다.

"말씀해주세요."

"아이고, 전쟁터에 나가는 사람처럼 그렇게 큰 각오까지 하실 필요는 없어요. 하지만 어디까지나 검증이 불확실한 기술이기 때문에 반드시 원하시는 결과를 얻을 거라는 보장은 없다는 걸 아셔야 한다는 거죠. 솔직히 말하자면, 다리가 기형적으로 자랄 확률이 있습니다. 게다가 유은경 씨 같은 경우는 더욱 그걸 염두에 두셔야 할 게, 아마도 성공한다면 가장 큰 성과가 될 것 같군요.

"네?"

"지금까지 전 세계에서 나노재활술의 실험에 지원한 사람들은 전부 120명쯤 되거든요. 그중 가장 성공적인 사례는 인쇄소에서 손목이 절단됐던 경우였어요. 은경 씨처럼 다리 전체를 시도한 경우는 아직 없었다는 얘기죠. 그리고 또 하나, 이건 말씀드려야 하나 모르겠는데…."

은경은 눈을 동그랗게 뜨고 의사를 정면으로 바라보았다.

"큰 각오를 하고 오신 것 같으니까 말씀드리죠. 이상한 소문이 있어서요."

"소문이요?"

은경은 내로라하는 병원의 과장쯤 되는 사람에게서 그런 단어가 나올 거라고는 생각도 못 했기에 얼른 되물었다.

"어울리지 않는 말이라는 건 알지만, 소문이라고밖에는 말할 수가 없군요. 나노머신을 신체에 투입한 후에 이상한 부작용이 있다는 얘기가 떠돌고 있습니다. 아는 사람은 별로 많지 않아요. 어떤 부작용이냐고 물으시겠지만, 그게 확인이 안 되기 때문에 소문이라고 하는 거죠. 아까 말씀드린 피술자 120명에게 모두 일대일 상담을 해봤지만 그런 건 없다고 대답들을 했거든요. 재생이 완료된 피험자들에게서 특별히 이상한 신체 증상도 발견된 바는 없어요."

은경은 자신도 모르게 은색의 탄탄한 다리를 쓰다듬었다.

"지원하겠어요."

의사가 천천히 고개를 끄덕였다.

"알겠습니다. 잠시만요. 정 간호사!"

간호사가 의사의 지시를 듣고 열두 장쯤 되는 서류를 들고 들어왔다. 의사는 그것을 받아들고 빠진 것이 없나 대충 훑어본 다음 은경에게 건넸다.

"댁에 가져가셔서 차근차근히 읽어보세요. 그리고도 지원하시겠다면 다시 한 번 찾아오시면 됩니다. 아, 따로 예약 같은 건 하실 필요 없어요. 전화만 한 통 주시면 저희가 알아서 하겠습니다."

은경이 서류를 받아든 채 고개를 저었다.

"지금 여기서 서명하겠어요. 읽어보는 동안 기다려 주실수 있죠?"

"저야 문제 될 게 없습니다만, 시간이 필요하실 텐데요."

은경이 핸드백에서 필기구를 꺼내다 말고 이상한 생각에 물어보았다.

"왜 그러시죠?"

"지금 잘 적응하신 그, 사이버네틱스 의족을 다시 분리해야 하잖습니까."

은경으로서는 생각지도 못했던 얘기였다.

그래도 은경의 마음은 바뀌지 않았다. 은경의 어머니는 딸의 마음을 돌리려고 며칠을 설득하며 눈물로 호소도 해보았지만, 은경은 막무가내였다. 이번 지원은 은경에게 있어서 한 번뿐인 기회였다. 원래의 모습대로 다리를 되찾을 수 있다는 것도 중요했지만, 사실은 그보다 더 큰 장점이 하나 더 있었다. 나노재활술은 아직 시험 단계였으므로 법적으로 하등의 특별한 대우를 받지 않았던 것이다. 따라서 정상인 사람들과 자신을 격리시켰던 모든 표식과 용어들을 떨쳐버릴 수 있었다. 은경은 그 두 가지 짐을 한꺼번에 덜 기회를 놓칠 수 없었다.

"비용 문제는 생각 안 하셔도 됩니다. 아, 그러니까 사이버네틱스 의족을 다시 분리해 내는 비용 말이죠. 저희 쪽에서 부담하겠습니다."

은경이 일단 마음을 굳히고 서명을 마치자, 의사는 그렇게 말해주었다.

＊

물론 쉬운 일만은 아니었다. 몇 년에 걸쳐 새로 들였던 습관을 모조리 지워야 했다. 게다가 정작 그렇게도 싫어했던 기계 다리가 없어지자 삶의 불편은 이루 말할 수가 없었다. 의사는 기초적인 형태의 의족도 안 된다고 말했던 것이다. 하지만 몸은 거북했어도 은경의 마음만은 어느 때보다 편했고, 무엇보다도 희망이 있었다. 은경은 목발이 너무 힘들어 휠체어를 타면서도 공공관청을 일일이 찾아다니며 자신의 신분증명에서 '첨착자'라는 단어를 모조리 삭제하도록 만들었다. 대신 '장애인(임시)'라는 말이 새로 붙었는데, 은경은 그 '임시'라는 말조차도 마음에 들었다. 임시라는 말은 곧 지워버릴 수 있다는 암시라는 생각 때문이었다.

재생용 나노머신의 투입은 전혀 고통스럽지 않았고 마취도 필요 없었다. 3일 동안 미열이 있었고 거부 반응을 억제하기 위해서 6개월 동안 약물치료를 받아야 했지만, 그쯤은 아무것도 아니었다. 이미 더 큰 고통을 겪어봤던 몸과 마음이었다.

3개월이 더 지나자 기계 다리를 잘라냈던 부위가 심하게 가려워 오기 시작했다. 처음에는 대수롭지 않게 넘어갔으나 증상이 더욱 심해졌고, 마침내 은경은 다시 병원을 찾아가야 했다.

얘기를 들은 의사는 마치 자기 일 인양 기뻐해 주었다.

"좋은 징조예요, 유은경 씨. 나노머신들이 이제 재생을 시작한다는 증거니까요. 전에 말씀드린 적이 있죠? 머신들이 전부 실패하고 죽어버리든가 아니면 활동하기 시작할 거라고요. 이제 됐습니다. 입원 수속을 밟지요."

"입원이요?"

"네. 이것도 말씀드린 적이 있는데 잊어버리셨나요? 나노머신들이 재생에 집중하게 되면 몸의 다른 부분에서 영양소와 에너지원을 상당히 많이 가져다 쓰거든요. 그러면 전체적인 저항력이 극도로 떨어져서 질병에 걸리기 쉬워요. 그 상황이 계속되면 나노머신들도 결국은 작동을 중단하게 됩니다. 작은 부위만 재생하는 거라면 상관없지만, 유은경 씨 같은 경우는 그렇지 않으니까요. 아, 비용은 걱정하지 않으셔도 돼요."

은경은 잊지 않고 꼬박꼬박 돈 이야기를 덧붙이는 의사의 말에 착실하게 따랐다. 병원에서는 24시간 내내 링거를 통해 은경에게 양분을 공급했고 고단백, 고열량, 고칼슘의 식사를 하루에 다섯 번 제공했다. 사고 나기 전에 이렇게 먹고 꼼짝없이 누워만 있었다면 금세 뚱뚱해졌겠지. 그러면 동석 그 개자식은 즉시 떠났을 거야. 은경은 이제 동석의 이름이 떠올라도 웃을 수 있었다. 하지만 은경의 체중은 거의 불어나지 않았다. 나노머신들이 여분의 에너지를 모조리 소비하기 때문이었다.

은경이 꼼짝할 수 없는 이유는 또 하나 있었다. 새 다리가 자라날 부분에 속이 텅 빈 다리 모양의 기계를 달았기 때문이었다.

"유은경 씨의 오른쪽 다리 모양을 근거로 해서 거의 완벽하게 추산해 낸 틀이에요. 혹시나 생길지 모르는 기형을 조금이라도 막기 위해서죠. 그리고 이제부터는 나노머신들의 활동을 항상 모니터해야 해서 일종의 감지장치도 들어있어요."

은경은 생각보다 복잡한 과정 탓에 슬슬 두려움이 앞섰다. 의사는 그런 은경을 보며 안심시키려는 듯 말했다.

"이제 마지막 단계예요. 이걸 무사히 넘길 수 있다면 그 다음엔…."

의사는 입을 우물거리다가 말을 이었다.

"너무 큰 희망을 드려서는 안 되겠지만, 정상인으로 돌아가실 수 있을 거예요."

*

은경은 다리를 모두 드러낸 핫팬츠를 입고 실내 수영장으로 향했다. 거리의 남자들이 흘끔흘끔 시선을 던지는 것을 느낄 수 있었다. 8월의 매미는 배가 터져라 큰 소리로 울어댔고 가로수 이파리들은 녹아떨어질 것처럼 푸르기 그지없었다.

은경은 병원에서 퇴원하기 두 달 전에 처음으로 발가락을 움직였던 감각을 잊지 못했다. 그리고 마침내 틀을 떼어내던 날 마술처럼 새로 생긴 다리를 바라보았을 때, 결국은 참지 못하고 커다란 소리로 울음을 터뜨렸다. 비록 발육상태가 완벽하지 않아 바짝 마른 다리였지만 그런 것은 시간으로 해결할 수 있는 문제였다. 물리치료와 그에 따르는 운동이라면 이제 의사보다도 은경이 더 잘 알고 있었다. 은경의 성공으로 김준호 박사를 위시한 의료진들은 전 세계의 의학계에 이름을 널리 알리게 되었고, 곧 나노재활술이 각국의 병원에서 공식적인 치료법으로 인정될 거라는 소식이 돌았다.

두 가지 문제는 그렇게 한꺼번에 해결되었다. 이젠 은경 자신조차도 양쪽 다리의 차이점을 구분해 낼 수 없었다. 은경은 여봐란듯이 짧은 미니스커트를 입고 다시 한 번, 이번엔 마지막이기를 빌면서 보건청을 찾아갔다. 민원 창구의 여직원은 한동안 말없이 그녀의 다리를 바라보다가 '장애인(임시)'라는 단어를 삭제해 주었다. 그리고 은경은 확인 겸 운동 겸 수영장에 이용신청을 했다. 온라인 신청서에 입력을 마쳤을 때 화면의 어느 곳에서도 일반인과 다른 조항을 찾아볼 수 없었다.

그리고 한때 끔찍하기까지 했던 '국가 정책에 의거, 상기의 할인율을 적용합니다'라는 문구도 찾아볼 수 없었다.

은경은 실내 수영장에 도착하자 여느 때와 마찬가지로 수영복으로 갈아입기 위해 탈의장으로 향했다. 할당받은 회원용 옷장에 옷을 넣으려고 열쇠를 꺼내고 있는데, 탈의장 벽에 어제까지만 해도 없던 주의사항이 붙어 있었다. 수영장 측에서 새로 붙여놓은 모양이었다. 은경은 아무 생각 없이 내용을 읽어나가다가 어느 한 줄에서 시선이 멈췄다.

'일부 예민한 분들은 소독약의 부작용으로 눈이 충혈될 수 있으니 꼭 물안경을 착용하고 입수하시기 바랍니다.'

은경은 맨 처음 나노재생 실험에 지원하기 위해 병원을 갔던 때를 떠올렸다. 그리고 의사가 얘기해 주었던 '소문'이 떠올랐다.

"…부작용이 생긴다는 소문이 있습니다."

하지만 은경이 멀쩡한 두 다리로 퇴원한 것도 3개월이 넘어가고 있었다. 그리고 부작용이라고 할 만한 것은 아무것도 없었다. 하지만 갑작스러운 호기심이 은경을 사로잡았다. 과연 그 소문은 뭐였을까. 뭐기에 있다는 소문만 나고 내용은 알려지지 않았던 걸까.

「아직 모르고 있었나요?」

은경은 깜짝 놀라서 좌우를 살펴보았다. 마침 탈의장에는 그녀 혼자뿐이었고, 누군가 이상한 목소리로 벨 소리를 지정한 휴대전화를 옷장 안에 넣고 간 걸 거로 생각했다.

「그렇지 않아요.」

이게 부작용일까? 은경은 '환청'과 '이명'이라는 용어들을 떠올렸다.

「앞에 모습을 드러내고 얘기한다면 얼른 믿을 텐데, 당신이 어디 있는지를 모르니 찾아갈 수가 없네요.」

소리는 은경의 머릿속에서 들려오고 있었다.

「당신, 나노머신으로 치료를 받은 거 맞죠?」

"네." 은경이 대답했다.

「바로 이게 그 부작용이에요.」

"이거라뇨?"

「주변에 아무도 없나 보군요. 그렇게 입을 써서 말하지 않아도 괜찮아요. 그냥 생각하세요. 그럼 들을 수 있으니까요.」

은경은 어수룩한 사람들을 상대로 꾸며진 사기에 당하고 있는 것 같은 기분이었지만, 결국 목소리의 주인이 시키는 대로 그에게 할 말을 생각해 보았다.

「이렇게요?」

은경은 상대가 웃는 모습을 보는 것 같은 기분이 들었다.

「잘했어요. 이제 알 수 있겠죠?」

「당신 말은, 나노머신 때문에 이렇게 생각을 전달할 수 있다는 건가요?」

「네. 정확해요.」

「하지만 어떻게…. 나를 담당했던 의사는 아무런 이상도 없다고 했는데요.」

「나도, 아니 우리도 정확한 이유는 몰라요. 하지만 나노머신이 머릿속 어딘가로 흘러들어 가서 뇌의 어떤 기능을, 그러니까 보통 사람들은 사용하지 못하는 능력을 일깨우는 거라고 짐작할 수 있을 뿐이에요.」

은경은 몸이 오슬거리는 것을 느끼며 다시 옷장을 열어 티셔츠를 꺼내 입었다.

「하지만 왜 이런 사실이 알려지지 않았던 거죠?」

머릿속의 상대는 잠시 동안 아무 말도 하지 않았다.

「당신도 잘 알고 있을 거라고 생각했는데요.」

은경의 팔에 갑자기 소름이 돋았다. 물론 은경은 알고 있었다. 시술 결과를 기다리는 내내 깊이 잠들지 못하는 밤마다 악몽 속에서 되뇌던 생각이었으니까. 아무것도 달라지지 않으면 어떡하지? 이젠 다른 방법도 없는데. 한 번 불의의 사고를 당한 인생인데 두 번 다시 원래대로 돌아갈 수 없다면 어떡하지? 그런데 이제 그 꿈들은 현실이 되었다. 이렇게 괴상망측한 부작용이 생겼다는 걸 사람들이 알면 똑같은 상황이 또 반복되겠지. '침착자'에서 '나노이식자'로 단어만 바뀔 뿐 모든 것이 그대로. 아니, 어쩌면 더 안 좋아질지도 몰라. 이전에는 문제가 있는 부위만 감추면 그만이었지만 이제는 사람 자체를 이상하게 볼 테니까.

「그래서 우리가 함구하고 있는 거예요.」

은경은 모든 노력과 인내가 한순간에 물거품이 되는 것을 느끼며 탈의장 바닥에 주저앉았다. 수영장의 풀 쪽에서는 희미한 소독약 냄새가 무관심하게 흘러나오고 있었다. 은경은 무슨 일이 있어도 참으려고 했지만, 처마 끝에서 줄줄 떨어지는 비처럼 눈물이 흘러내렸다.

「당신도 가까운 곳에서 나노이식자를 느끼면 꼭 알려주세요. 절대 다른 사람에게 얘기하지 말라고.」

「이래서는….」

은경이 울음을 꿀꺽 삼키고 생각했다.

「이래서는 달라진 게 없잖아요. 정상인으로 돌아갈 수가 없잖아요.」

은경의 말에 누군지도 모르는 상대가 이렇게 얘기했다.

「우리, 기다려보기로 해요. 당신도 이젠 알잖아요. 바뀌어야 할 건 우리가 아니라 사람들이에요. 언젠가는 달라질지도 모르잖아요? 그리고… 적어도 한 가지는 확실하게 달라졌잖아요. 당신은 이제 더 이상 혼자가 아니에요.」

파수 ✦

정채는 여느 때처럼 아무런 외부 자극이 없는데도 눈을 떴다. 가장 먼저 시야에 들어온 것은 나무를 엇대어 만든 천장이었다. 껍질만 간신히 대패로 제거하고 물에 불렸다가 말린 다음 건축재로 사용한 목재들이었다. 채색은 전혀 돼 있지 않았다. 자연 그대로의 모습이었고, 자신의 집 지붕이었지만 정채는 그 어떤 평안도 느낄 수 없었다.

정채는 최대한 작은 몸짓으로 옆을 돌아보았다. 톱니와 스프링으로 만든 시계의 바늘이 7시 24분을 가리켰다. 그 아래에는 손톱만 한 숫자패들이 역시 기계식으로 돌아가며 시계의 남은 수명을 알려주고 있었다. 428. 숫자 8은 절반쯤 뒤로 넘어가 뿔이 난 0처럼 보였다. 앞으로 427일 뒤에는 시계를 부수고 새로 만들어야 했다. 탄성계수, 마찰력, 발열. 그런 단어들이 정채의 머릿속을 빠르게, 반사적으로 흘러갔다.

더 이상 잠이 오지 않았지만 일어나지 않았다. 아직은 그럴 수 없었다. 정채는 가만히 드러누워 천장을 이루고 있는 나무 속살의 패턴을 눈으로 곱씹었다. 무늬의 경계는 한없이 불분명했다. 빛과 어둠을 손가락으로 마구 저어놓은 모습 같았다. 조금 전 자면서 꾸었던 꿈에서도 비슷한 모습을, 양상을 본 것 같았다. 정채는 짧지만 한없이 희미한 기억을 악착같이 더듬어보았다. 굳이 말하자면 그 꿈의 맛은 동경이었다. 단 한 번도 살아보지 못한 과거를 향한 동경. 이야기로만 전해 들었던 옛이야기와 오래전의 삶들. 물론 지어낸 이야기란 항상 과장과 생략을 담고 현실과 대조되게 마련이다. 꿈은 그 어떤 이야기보다 강한 허구다. 하지만 그 모든 걸 고려한다 해도 과거가 현재보다 나았을 것 같았다. 상식으로 재단해 보더라도, 정채가 알고 있는 지식으로 보더라도 그랬다. 옛날이 지금보다 더 나쁠 리는 없다. 특정 지식의 역사를 거슬러 올라가면 발견 당시의 삶을 짐작할 수 있게 마련이다. 그런 의미에서 옛사람들이 지금보다 여유롭게 살았다는 것은 확실하다.

여유?

낯선 단어가 떠오르자 밥 안에 든 돌을 씹은 것 같았다. 물론 그 말 자체는 지금도 종종 사용했다. 식탁 다리를 만들려면 이 정도 여유는 두고 잘라야지. 여유 있게 짜 맞추지 않으면 습기가 올라왔을 때 끼운 부분이 뒤틀릴 거야. 하지만 이제 그 누구도 '느긋하고 차분한 태도나 상태'를 가리켜 여유라고 하지는 않았다. 만약 현대어 사전이라는 것이 존재한다면 그 자리를 '여분'이 차지하고 반대말 자리에는 '낭비'가 들어갈 것이 분명했다.

정채가 생각에 잠겨 있는 동안 그리 멀지 않은 곳에서 짧고 깊은 종소리가 들렸다. 기상 시간인 아침 7시 30분을 알리는 소리였다.

미리 잠을 깨도 정해진 시간에 맞춰 잠자리에서 나오는 것이 중요했다. 인간의 체온은 잠들면서 내려간다. 그리고 깨어나 활동을 하면 운동의 결과로 열이 발생하여 정상 체온으로 돌아온다. 그 작은 열의 출입이 세상에 끼치는 영향을 무시할 수 없다. 그래서 정채는 몸의 열이 헛되이 발산되지 않도록 보온성이 좋은 이불을 목까지 끌어올린 채 종이 울리기를 기다리고 있었다. 낭비가 쌓이면 결국 저 멀리 존재하는 파멸로부터 삶의 터전을 지켜주는 '파수'가 무리해서 작동할 수밖에 없고, 그럴수록 멸망은 빨리 다가올 것이다.

규칙을 따라야 생을 연장할 수 있다.

정채는 가장 간소한 동작으로, 덮었던 이불을 개어 한편으로 치웠다. 그리고 온도계의 수은 기둥을 보았다. 실내 온도는 섭씨 17도로 주간 계획과 정확히 일치했다. 이대로라면 열 배급량을 늘리거나 줄일 필요는 없을 것 같았다. 정채는 방 한구석에 기대어놓은 대리석 판으로 시선을 돌렸다. 그 위에는 땔감을 태우고 남은 검정 재로 써놓은 오늘의 일정이 적혀 있었다.

지평선 검사와 수련생 교육. 250J
목재를 구할 것. 24×40×200. 400J
투표에 참가할 것. 80J

첫 일정은 정채의 첫 번째 직업에 따른 일이었다. 정채는
파수들이 서 있는 지평선을 매일같이 검사하는 파수꾼이었
다. 어찌 본다면 이 세계를 온전히 유지하는 데에 있어 가장
중요한 일이었다. 또한 아무나 할 수 없는 일이기도 했다. 열
역학과 파수의 작동 원리를 올바르게 이해하고 있는 사람은
'세계'를 통틀어도 정채를 포함해 48명뿐이었다. 한 명이라도
줄면 즉시 보충 인원을 채워야 했다. 그런 이유로 교육을 받
는 예비 인원이 다섯이다. 정채는 오늘 그중 한 사람을 가르
칠 예정이었다.
　두 번째 일정은 정채의 두 번째 직업, 목수와 관련된 것이
었다. 이 세계에서 나무를 하나 베는 것이 얼마나 중대하고
복잡한 일인지를 모르는 사람은 없었기에 새 가구나 의자를
만드는 일은 그리 많지 않았다. 하지만 집이란 아무리 소중하
세 나루어도 결국은 낡고 닳게 마련이고, 오래 쓰다가 다리가
부러진 가구는 간단한 보수만으로는 재활용할 수가 없었다.
따라서 목재의 수요는 많지는 않았지만 끊이지도 않았다. 딱
한 번 막대한 양의 나무를 벤 적이 있었다. 혼자 감당하기에

는 벅차서 다른 직업인들의 손을 빌려야 했다. 어느 부부가 불을 잘못 관리해 집 한 채가 완전히 타버렸던 것이다. 그때 정채를 비롯해 수많은 사람이 본래의 일정에서 손을 놓고 다급히 움직여야 했다. 열에너지가 화재 때문에 급격히 이동했고 공기 중의 산화물이 크게 증가하며 세계의 대기가 요동쳤다. 그뿐 아니라 불이 번지지 않도록 예정에도 없던 물을 끌어다 부어야 했다. 당연하게도 세계의 연간 에너지 운용 계획은 완전히 틀어졌고, 정채는 자신이 맡은 파수를 일일이 조정해야 했다. 또한 새집과 세간을 최소한이라도 만들어야 했으므로 삼림 운용 또한 크게 수정해야 했다.

하지만 이번에 필요한 목재는 조금 달랐다. '24×40×200'은 관의 크기였다. 정채가 기억하는 바에 따르면 근 천 년 동안 이번 같은 목적으로 나무를 사용한 적은 없었다. 관은 죽은 사람에게 필요한 물건이다. 그리고 같은 기간 동안 죽은 사람은 없었다. 파수가 세계를 지키고 유지하게 된 이래 인구가 줄어드는 이유는 단 한 가지뿐이었다. 세계의 인구 집계에서 제외된 사람들이 제 발로 걸어서 파수를 지나 세계의 지평선을 넘어갔다. 그리고 아주 당연한 얘기지만, 그 사람들은 두 번 다시 돌아오지 않았다. 지평선은 이 세계의 끝이었다. 그들에게는 관이 필요치 않았다. 죽지는 않았으니까. 하지만 이번만은 여느 때와 상황이 달랐다. 문제의 인물은 아마도 관을 쓸 것이 분명했다. 세계에 사는 어느 누구도 그 점을 믿어 의심치 않았다. 그래서 사람들은 지난 며칠간 세계에 단

하나뿐인 휴게실에서 의견을 모으고 결론을 내렸다. 그 마지막 날 정채는 회의 시간보다 훨씬 늦게 휴게실에 들렀다. 의사이자 석공이며 친구이기도 한 순규가 결정 상황을 요약해 전해주었다. 정채는 이야기를 처음부터 끝까지 들은 다음 담담하게 동의했다.

순규가 말했다.

"그러니까 관을 만들어줘. 필요한 나무의 양은 네가 잘 알테니까 계산 결과도 알려주고. 파수 조정은 네가 할 거지?"

정채는 그렇다고 대답했다. 이야기가 생각보다 길어졌고 세계의 모임 시간은 곧 끝났다. 정채가 일어서자 순규가 어깨를 붙잡고 낮은 목소리로 속삭였다.

"당사자는 모르도록 해."

정채는 쓸데없는 다짐이라고 생각하면서 다시 한 번 알았다고 대답하고는 휴게실을 나섰다.

그리고 오늘, 그 관을 만들 나무를 베기 위해 도끼 두 개를 꺼내 가죽 가방에 넣었다. 파수와 지평선을 검사하는 것이 우선이었지만 집으로 되돌아올 시간이 없었으므로 한 번의 외출로 두 가지 일을 다 처리해야 했다. 정채는 오늘 자신이 써야 할 에너지의 총량을 잊지 않도록 다시 한 번 암기했다. 총 730줄(Joule). 만약 생각보다 벌채가 어려울 경우 730줄을 넘지 않는 선에서 일을 마치고 다음 날로 미뤄야 한다. 그러지 않으면 세계의 안정은 위기를 맞을 것이 분명했다.

정채는 집 안의 모든 불씨가 다 꺼졌는지 거듭 확인하고 일터를 향해 떠났다.

*

세상의 끝에서는 연경이 기다리고 있었다. 파수 관리를 배우는 다섯 중 한 사람이었다. 연경은 내리막길을 걸어오는 정채와 눈이 마주치자 가볍게 목례를 했다. 정채는 마주 인사를 하고는 곧바로 가장 가까운 파수를 향해 앞장섰다. 연경과 실제로 만나는 것은 처음이었지만 할 일이 많은 하루였기에 어정쩡하게 보낼 시간이 없었다.

걸어가며 뒤따라오는 연경에게 물었다.

"교육에 할당받은 에너지가 얼마죠?"

갓 열여덟을 넘어 정채보다 열 살가량 아래인 연경이 대답했다.

"100줄요."

그리 많은 양은 아니었다. 정채는 첫날인 만큼 간단한 배경만 설명해야겠다고 마음먹었다. 머릿속으로 에너지양의 분배를 계산하는 동안 두 사람은 목적지에 도달했다.

그렇게 정채와 연경은 세계의 끝 앞에 섰다.

세계와 파멸을 가르는 경계는 눈에 보이지 않았다. 경계가 가느다란 선인지 아니면 폭 넓은 강과 같은지, 명확히 아는 사람도 없었다. 하지만 지표는 있었다. 바로 파수였다. 파수들은 4킬로미터 간격으로 줄지어 서서 무저갱과 이 세계를 구분하고 있었다. 그 너머로 가지 말라는 경고판은 없었다.

그런 것을 제작하는 행동 자체가 에너지 낭비이기 때문에. 하지만 세계에 사는 사람이라면 누구나, 이제 갓 말을 배운 어린아이조차 함부로 경계 너머로 가는 행위가 얼마나 사악하고 치명적인지 알고 있었다. 그리고 파수가 정상적으로 작동하는 한 그런 일은 불가능했다.

정채는 파수 조정 때문에 매일같이 이곳에 와 세계의 끝 너머에 있는 냉기와 공허함을 직접 느끼곤 했다. 파수의 조정판에 손가락을 얹으면 바로 세 걸음 앞에서 시작해 광활히 펼쳐지며 세계를 제외한 전 공간을 덮고 있는 파멸의 무게감이 생생히 전해왔다. 한계를 모르고 끝없이 얼어만 가는 진공의 바다는 상상할 수 있는 범위까지 넘어 냉혹하고 무겁게 정채를 압박했다. 머나먼 옛날부터 우주를 채웠던 빛들은 이제 힘을 잃고 그 찌꺼기만이 남아 온전히 '세계'까지 도달하지 못했다. 그래서 잔광만이 어렴풋이 세계의 벽을 두드리다가 하릴없이 부서졌고, 천천히 출렁거리는 적색 안개가 되어 만물의 끝을 애도하는 장송곡을 부르고 있었다.

정채는 첫 번째 파수로 다가가서 뿌옇게 내려앉은 먼지를 손으로 훔쳐내고 수치를 읽었다.

−8.432

오차를 고려한다면 예상 수치에서 벗어나지 않는 양이었다. 정채는 파수를 등 뒤로 하고 연경에게 말했다.

"에너지를 위해서, 오늘은 상식적인 수준만 설명할게요."

연경이 당연하다는 듯 동의했다. 정채는 이야기를 이어

갔다.

"여기 보이는 이 작은 기계, 이게 우리가 만질 수 있는 파수의 전부예요. 엄밀히 구분하자면 이건 진짜 파수가 아니라 조정판에 불과하죠. 파수의 본체는 태양에 하나, 그리고 여기서 3광년 떨어진 블랙홀에 하나 자리 잡고 있어요. 옛 조상들은 그렇게 근접한 옆 우주에서 에너지를 가져다가 썼어요. 그 우주를 구성하는 입자의 조성이 우리와 달랐기 때문에 변환을 통해서 끌어올 수 있었던 거죠. 하지만, 아마 연경 씨도 잘 알고 있겠지만, 그 우주와 우리 우주는 생각보다 훨씬 나이를 많이 먹었던 거예요."

정채는 시선을 아래로 내렸다.

"그리고 뒤늦게 깨달았죠. 시간이 그리 많이 남지 않았다는 걸. 미래를 이어가려면 우리 우주가 계속 팽창해서 에너지가 사라지기 전에 또 다른 우주로 이주해야 했어요. 하지만 그러려면 오랜 시간에 걸쳐 연구하고 개발하고 생산을 해야 해요. 거기에는 막대한 에너지가 필요하죠. 옛사람들이 계산해 본 결과 남은 에너지는 충분하지 않았어요. 처음에는 그 결과에 승복하지 않는 사람들도 많았지만 결국은 모두 동의한 거예요. 남은 것을 최대한 아끼고 또 아껴서 하루라도 더 사는 것만이 남은 길이란 사실에."

연경이 살짝 손을 들고 물었다.

"아주 먼 옛날에 우리가 여기 지구에만 머물렀을 때, 생태계와 열역학의 순환을 이해 못 한 사람들이 에너지를 마구 낭비했다고 들었어요. 그래서 온난화와 이상기후가 지구를 덮쳤다죠. 말하자면 지금은 우주 전체가 그런 상황이란 거죠?"

"그렇게 이해해도 크게 틀리지 않아요. 그때는 위기를 극복할 수 있었지만 지금은 불가능하다는 점만 빼면요."

연경은 얇은 입술을 굳게 다물고 고개를 살짝 흔들었다. 정채는 파수로부터 한 걸음 물러나서 연경의 머리 너머 세계 쪽을 바라보았다. 세계의 중심부와 파수들이 그리는 지평선 사이에는 그리 두텁지 않은 '외면의 숲'이 있었다. 외면의 숲은 정채가 벌채를 하는 터였다. 정채는 나무를 자르고 쪼갤 때마다 세계인들의 공포심을 막아주는 눈가리개를 조금씩 잘라내는 기분이었다. 그 숲을 넘어 바깥으로 나오는 사람은 오직 파수꾼들뿐이었다. 파멸로부터 조금이라도 멀리 떨어져 있고 싶은 것이 모두의 소박한 바람이기 때문이다. 외면의 숲은 늘 그렇듯 소리를 흡수했고, 지금도 둘 외에는 아무도 없었기 때문에 주변은 한없이 고요했다. 정채는 쓸데없이 목소리를 높이는 것도 에너지 낭비라는 생각이 들어 조금 더 낮게 얘기했다.

"현재 세계 인구는 2,458명이에요. 그리고 우리 세계는 반경 187킬로미터의 원이죠. 파수는 이 세계를 유지하기 위해서 우주에 남은 에너지의 찌꺼기들을 끌어오고 있어요. 다른 말로 하면 우주에서 이 작은 원을 뺀 나머지는 무에 아주 가까운 파멸이란 얘기예요. 하지만, 아마도 직업상 잘 알고 있겠지만 에너지란 끌어오기만 한다고 되는 게 아니에요. 열은 순환하지 않으면 발생하지도 않아요. 파수는 파멸과 세계 사이에서 그 순환을 조절할 수 있어요. 연경 씨가 앞으로 해야 할 일도 그거예요. 균형이 어느 한쪽으로 기울면 파수를 제어할 수 없죠. 그러면 세계와 파멸은 더 이상 구분될 수 없을 거예요. 따라서 출력과 입력을 항상 조정해야 해요."

정채는 너무 이론 설명만 한다는 생각에 얼른 현실적인 업무 얘기로 돌아왔다.

"매일 일과가 끝나는 시간에 물리학자, 생물학자, 식품공학자들이 다음 날 소비할 에너지와 발생하는 열량을 계산해서 우리에게 넘겨줘요. 그걸 기반으로 해서 나 같은 48명의 파수꾼들이 파수의 수치를 조절하는 거예요. 자, 이걸 봐요."

정채는 말아놓은 가죽 두루마리를 가방에서 꺼내어 조심스럽게 폈다. 그 위에는 기름 섞인 검댕으로 적어놓은 수치들이 빽빽하게 들어차 있었다. 연경이 두루마리를 받아들고 한동안 유심히 들여다보았다.

"그게 어제 받은 계산 결과예요. 맨 밑에는 48명 각자가 맡은 파수의 예상 수치가 적혀 있죠. 여기 와서 직접 보고 그 수치가 다르면 저기 보이는 다이얼로 조정하면 되는 거예요. 사실 진짜 중요한 부분은 16개의 다이얼을 조작해서 원하는 수치를 얻는 방법인데, 거기에 대해서는 내일 설명할게요. 오늘 허용 에너지양으로는 거기까지는 무리니까."

연경은 여전히 두루마리에서 눈을 떼지 않았다. 그 모습을 보고 떠오른 바가 있어 정채가 말을 덧붙였다.

"기본적으로는 학자들이 알려준 대로 수치를 맞추면 되지만, 간혹 그렇지 않은 경우가 있어요. 그래서 파수꾼들도 계산 방법을 알아두면 좋아요. 아무리 우주 전체가 식어 가고 있다고 해도 작은 요동이 치는 경우가 있으니까요. 그럴 때 계산법을 알면 위기 상황에 빨리 대처할 수 있죠."

연경은 두루마리를 조심스럽게 말아 정채에게 돌려주며 물었다.

"지금 이 파수의 수치가 −8.432죠?"

"그래요."

"조정해서 −7.757로 맞춰야 하고요."

"맞아요."

연경은 정채와 나란히 숲을 바라보며 말했다.

"제가 잘못 계산한 게 아니라면 지금 세계는 너무 많은 에너지를 소비하고 있군요. 파수 조절로 허용할 수 있는 한계를 넘어서."

정채는 잠시 기다렸다가 대답했다.

"그래요."

"정확히 한 사람 분량이고요."

정채는 더 이상 대답하지 않았다. 연경도 더 이상 묻지 않았다. 정채는 내려놓았던 가방을 도로 어깨에 걸었다. 암산 속도로 보아 연경은 파수꾼의 자질이 충분했고, 하루 수업 분량도 그 정도면 충분했다.

"오늘은 이만하면 됐어요. 에너지도 딱 맞게 소비했으니까. 다음 교육 시간은 사흘 뒤죠? 그때는 실제 조정법을 가르쳐줄 테니…."

연경이 무심코 눈을 돌리다가 정채의 어깨 너머에서 무언가를 발견하고는 저도 모르게 목소리를 높였다.

"저… 저게 뭐죠?"

정채는 연경의 눈이 점점 커지는 것을 일부러 무시하고 말을 맺었다.

"…같은 시간에 이리로 나오세요."

"저것 좀 보세요. 세계 바깥에 저런 게 있을 리가 없는데."

정채는 여전히 눈을 돌리지 않았다. 파수꾼들 가운데 몇 사람은 '있을 리가 없는' 무언가를 파멸 속에서 본다는 것을 알고 있었다. 정채도 그 가운데 한 사람이었다. 하지만 파수꾼들은 공공연히 그런 얘기를 꺼내지 않았다. 연경도 파수꾼이 된다면 결국은 알게 될 사실이다. 하지만 정채는 자신의 입으로 그 얘기를 꺼내고 싶지 않았다.

연경은 암산뿐 아니라 눈치 역시 빨랐다.

"저한테만 보이는 게 아니군요. 그렇죠?"

연경이 재삼 묻더니 단호한 얼굴로 말했다.

"저게 뭔지 알려주시기 전에는 안 가겠어요."

에너지 낭비를 무기 삼아 누군가를 협박하는 것은 가장 무례한 행동이었다. 정채는 한숨을 쉬고 돌아서서 파멸을 마주했다. 파장이 긴 적색 빛들이 아까와 마찬가지로 느릿하게 넘실거리며 운무처럼 넓디넓게 퍼져 있었다. 하지만 그 속에 조금 더 복잡한 형상이 자리하고 있었다. 좁은 가로선은 어깨였고 똑같은 각도로 구부러진 것은 두 팔이었으며 하늘거리는 것은 머리채였다. 부드러우면서도 단호한 의지를 담은 두 구멍은 눈이었고 주기적으로 뻐끔거리는 것은 작은 입이었다. 사나흘에 한 번씩 4년째 봐오는 모습인데도 처음 마주쳤을 때와 마찬가지로 정채의 가슴 한구석이 대패로 깎아내듯 아파져 왔다.

붉게 물든 수현이 세계의 끝 너머에서 파멸에 몸을 담근 채 무언가를 얘기하고 있었다. 정채는 수현을 힘겹게 바라보며 연경의 질문에 대답했다.

"세계와 파멸의 경계면은 순전히 파수의 힘으로 지탱되고 있어요. 하지만 양쪽의 차이는 단순히 에너지 준위만이 아니에요. 우주가 나이를 먹으면 입자들이 붕괴하죠. 우리 세계는 인공적으로 그걸 막고 있고요. 즉 이 바깥의 물질들은 구조가 다른 거예요. 확실히 밝혀진 건 아니지만 그 가운데 일부는 가까이 다가간 사람들의 뇌파에 영향을 받는 것 같아요. 그래서….."

연경은 뒤늦게 깨달은 바가 있어 정채의 말을 막았다.

"더 얘기하지 않으셔도 돼요."

하지만 정채는 계속했다. 어차피 알게 될 사실이라면 실무 투입 후 당황하지 않도록 미리 가르치는 것이 좋을 수도 있다.

"파수꾼이 깊게 생각하는 것의 형상이 나타나는 일이 있어요. 지금 저 사람은… 저 모습은 내 아내예요. 장애인이었기 때문에 4년 전에 파멸로 걸어나갔어요. 정상인보다 훨씬 많은 에너지를 소모하면서 생산적인 일은 덜 하기 때문에 세계의 멸망을 촉진시킨다고 해서. 그래서….”

정채는 지우려고 애썼지만, 아내 수현의 모습은 계속 나타났다. 아니, 원인과 결과가 반대였다. 마음에서 내몰지 못했기 때문에 수현은 파멸 속에 계속 등장해서 무언가를 말하려 했다. 정채는 수현의 환영을 볼 때마다 사죄했다. 내가 대신 걸어나가려고 했어, 수현아. 하지만 나 한 사람만큼의 에너지가 남아도 네 소비분량을 상쇄하기에는 모자란다고 했어. 내가 가면 그만큼의 일을 할 사람이 없다고도 했어. 하지만 그건 정당화에 불과했어. 나도 알아. 그래도 너와 함께 나갔어야 했는데. 난 그러지 못했어. 널 홀로 파멸에 보내지 말았어야 했는데. 거긴 정말 차갑고 쓸쓸할 텐데.

미안해. 정말 미안해.

정채는 오늘도 그렇게 사죄했다. 하지만 수현의 모습은 조금도 희미해지지 않았다. 수현은 정채의 머릿속에 어제와 똑같이 남아 있었다. 정채는 내일도 모레도 그러리라는 사실을 알고 있었다.

“연경 씨도 알고 있어야 해요. 이 일을 계속한다면 언젠가 연경 씨도 무언가를, 누군가를 파멸 속에서 볼지도 몰라요. 하지만 세계에 남아 있는 한 그게 싫다고 해서 이 일을 거부할 수는 없어요. 그에 맞는 자질이 있어서 뽑힌 거고, 그래야 다 함께 살아갈 수 있으니까. 수현이를… 저 사람들을 계속 보면서 세계의 종말을 막는 것이 파수꾼의 일이에요. 미리 마음의 준비를 하는 것도 좋을 거예요."

연경은 무언가를 마음에 깊이 새겨두려는 듯 하반신이 없는 수현의 환상을 들여다보더니 이윽고 숲 쪽으로 시선을 돌렸다. 정채는 그만 가 봐도 좋다고 말했다. 연경은 순순히 따랐다. 외면의 숲에 난 작은 오솔길로 들어서기까지 연경은 두어 번 더 뒤를 돌아보았다. 정채는 어린아이를 나무라는 어른의 표정을 하고 연경의 모습이 숲으로 완전히 사라질 때까지 기다렸다가 다음 파수를 향해 걸음을 뗐다.

*

관에 필요한 나무를 베는 일은 힘들었다. 점찍어둔 나무들이 있었기에 고르는 데에는 그리 많은 시간이 걸리지 않았다. 하지만 수목들이 생각보다 수분을 많이 함유하고 있어 도끼날이 원하는 대로 깊이 파고들지 않았다. 세계의 물 조절이 계산대로 되지 않는다는 뜻이었다. 정채는 환경학자들에게 그 사실을 보고하자고 마음먹으면서 베고 쪼갠 나무들을 숲의 가장자리까지 옮겨 놓았다. 본래 예정대로라면 작업장에 더 가까이 두어야 했지만 그러다가는 에너지 허용량을 초과할 것이 뻔했다. 정채는 몸 밖으로 흘러나간 나트륨을 보충하기 위해 준비해 간 소금을 약간 먹고는 더 이상 체온이 발산하는 것을 막기 위해 옷의 단추를 목까지 여미고 휴게실로 향했다.

휴게실에는 어느 때보다 많은 사람이 모여 있었다. 세계 인구 2,458명 가운데 유아, 청소년, 성인 여섯 명을 제외한 전부가 휴게실에 들어차 있었다. 정채는 이마에 맺힌 땀을 면 수건으로 닦으면서 휴게실의 가장 뒤쪽에 자리를 잡고 섰다. 문가에서 입장하는 사람 수를 세던 남성이 앞쪽으로 신호를 보냈다.

사회를 보기 위해 연단에 올라간 것은 정채에게도 낯익은 인물, 순규였다. 목소리를 증폭시키는 기계 같은 것은 없었기 때문에 순규는 최대한 목소리를 키웠다. 2천여 군중들은 에너지를 낭비하지 않는 습관 때문에, 그에 더해 순규의 말을 잘 듣기 위해 조금의 잡음도 내지 않았다. 덕분에 순규의 말을 정확히 알아들을 수 있었다.

"제비뽑기로 선발된 강순규입니다. 이 시간의 진행을 맡아보겠습니다. 투표 때문에 여러분을 모셨다는 것은 잘 아시리라 생각합니다. 표결에 앞서, 현재 우리가 처한 상황을 간단히 정리하겠습니다.

우리가 살아가는 데에는 몇 가지 중대한 원칙이 있습니다. 허가받지 않은 사람이 파수를 만지지 말 것. 파멸에 다가가지 말 것. 허용된 에너지를 초과하지 말 것. 자신의 에너지는 자신이 계산하고 맞출 것. 열의 균형을 깨뜨리는 원인은 제거할 것. 이 원칙들은 그 어떤 가치보다도 앞섭니다. 이를 어기면 즉각적으로 세계가 위기에 처하고, 장시간 그 상태가 계속되면 파수에 과부하가 걸려 세계가 붕괴하기 때문입니다.

그에 따른 세부 규칙들도 있습니다. 어린아이들을 제외한 모든 이는 반드시 둘 이상의 직업을 가져야 합니다. 백여 년 전에는 그럴 필요가 없었다고 합니다만, 지금의 세계는 그때보다 더욱 축소되었기 때문에 계산 결과 이는 피할 수 없는 결론입니다. 지금 이 자리에 모이신 여러분들 중에도 예외는 없을 겁니다. 또한, 가급적 먼 미래에 대해 얘기하지 말아야 합니다. 지금 당장 하루하루의 노동을 해나가는 것이 무엇보다 중요하며 밝지 않은 앞날을 미리 걱정하는 것은 부정적인 영향을 미칠 뿐입니다. 물론 거기에 에너지를 낭비하지도 말아야 합니다."

순규가 한 말은 너무나 당연한 사실이면서도 세계의 운영을 간단하게 요약하고 있었다. 따라서 거의 모든 사람이 고개를 끄덕이며 수긍했다.

"유감스럽게도 축소는 느리나마 계속 진행 중입니다. 규칙에 따라 먼 미래에 어떻게 될지는 얘기하지 않겠습니다. 하지만 아무리 계산을 다시 하고 여러분 모두의 삶을 재설계해도 결단을 내려야만 하는 순간이 옵니다. 열여덟 살이 되어 갓 투표권을 얻으신 분들은 무슨 얘기인지 모르실 수도 있습니다만, 다시 말해서 인구를 줄여야 세계를 유지할 수 있는 때가 오고야 맙니다.

이것은 세계의 이치, 즉 물리입니다. 세계의 인원을 줄이고 싶은 사람은 아무도 없을 것입니다. 하지만 파수의 성능과 세계의 한계를 생각하자면 피할 수 없는 결론입니다. 다행인지 불행인지는 모르나 우리에게는 분명한 기준이 있습니다. 임의로 정한 것이 아니라 계산에 따라 자연스럽게 도출된 결과입니다. 예전에 소비하는 에너지에 비해 생산 활동의 비율이 가장 적은 사람을 줄이자고 강력하게 주장한 사람이 있었고, 몇 가지 우여곡절이 있었으나 결국 사리에 맞다고 생각하여 전체가 여기에 동의했습니다. 그 이후 이 기준은 굳건했고, 우리는 모두 모여 투표를 하기에 이르렀습니다."

정채는 순규가 일부러 그 사람의 이름을 얘기하지 않는다는 것을 눈치챘다. 대다수의 사람도 정채와 크게 다르지 않았다. 그런데 누군가가 조용히, 재빠르게 손을 들었다. 정채는 기대고 있던 나무 벽에서 등을 떼고 그게 누구인가 살펴보았다. 아침에 자신에게 교육을 받은 연경이었다. 열여덟이 된 연경이 처음 투표를 하러 왔다는 사실을 정채는 새삼 깨달았다.

순규는 조금도 서두르지 않고 침착하게 발언권을 주었다.

"손든 분 말씀하세요."

연경이 또렷한 목소리로 말했다.

"지금 모두 모인 게 맞나요. 당장 제가 아는 사람도 참석하지 않았는데요."

순규는 예상했다는 듯 지체하지 않고 대답했다.

"맞습니다. 안 그래도 이제 막 말씀드리려고 했습니다. 오류 가능성을 없애기 위해 각 분야를 전문으로 하는 아홉 분이 모여 세 번씩 계산하고 검산했습니다. 그 결과 투표의 대상이 되는 사람은 셋입니다. 그 세 사람은 지금 다른 곳에 있습니다. 적당한 이유를 대고 또 다른 세 사람이 한 명씩 맡아 붙잡아두고 있지요. 이 여섯 명에게는 지금 이 자리의 투표 과정이 끝난 후 표를 받을 예정입니다."

연경의 얼굴이 딱딱하게 굳었다. 정채가 먼 거리에서도 알
아챌 정도였다. 하지만 연경은 말을 이어갔다.

"불공정한 것 아닌가요. 제가 알기로 투표라는 것은, 아니
하다못해 재판이라고 해도 피의자에게 강변할 기회를 줄 텐
데요. 지금 이대로라면 재판보다도 더한⋯."

연경이 적절한 단어를 찾지 못해 말을 더듬자 순규가 대
신해주었다.

"그럴지도 모릅니다. 어쩌면 지금 여기서 벌어지는 일은 투
표가 아니라 유죄판결보다 더 가혹한 행위일지도 모릅니다.
저도 뭐라고 불러야 할지 모르겠습니다. 하지만 혼동하지 말
아야 합니다. 우리는 단죄하러 모인 사람들, 옛 용어로 말하
자면 배심원이 아닙니다. 계산한 수치가 거의 차이 나지 않
는 사람 중 누구를 골라야 하는지 결정하러 모인 것입니다.
오차범위라는 게 있으니까요. 그들이 의식주에 필요한 생산
활동에 어느 정도 참여하는지, 그에 비해 소모하는 에너지는
얼마인지⋯."

"하지만⋯."

연경이 다시 한 번 순규의 말을 막았다. 정채는 연경의 지
인이 투표의 대상인 모양이라고 짐작했다. 정채도 4년 전에
그랬다. 딱 하나 차이가 있다면 그때는 표결 과정조차 없었
다. 전통적인 대표 선발과정에 따라 뽑힌 인물이 '다수를 위해
소수를 희생하자'고 대의를 반복했고, 후보를 지목했다. 거기

에 수현의 이름이 있었다. 정채는 대신해서 파멸로 걸어가겠노라고 나섰다. 하지만 그 의견은 채택되지 않았다. 수현은 혼자 힘으로 자유롭게 움직일 수 없었고, 도와주기 위해서는 누군가가 그만큼의 생산 활동을 포기해야 했다. 정채가 대신 사라진다고 해서 해결될 문제가 아니었다.

"하지만 사람의 가치는 계산으로만 결정되는 게 아니잖아요."

그 말에 정채는 어딘가 이상하다고 생각했다. 지금 이 세계에서 사람이 갖는 가치는 계산으로 결정된다. 에너지 효율이 낮은 사람은 위협적인 존재였다. 그리고 계산 결과에 따르면 후보 세 사람의 수치는 대동소이하다고 했다. 하지만 지금 연경은 자신의 지인이 뽑힌 것처럼 행동하고 있었다. 정채는 혹시나 싶어 조용히 자리를 옮겨 연경의 얼굴을 다시 한 번 자세히 살펴보았다. 오전에는 눈치채지 못했지만 지금 보니 낯익은 구석이 있었다. 정채가 평생 잊지 못할 누군가의 얼굴과 닮은 점이 있었다.

순규가 말했다.

"저도 그 말이 무슨 뜻인지는 잘 알고 있습니다. 그건 옛날이라면 통하는 원리였을지 모릅니다. 하지만 지금 이 세계는 다릅니다. 우리는 수치로 환원할 수 있는 가치만 따질 수밖에 없습니다. 위에서 타인을 내려다보고 판단할 수도 없습니다. 그럴 수 있는 상황이 아니니까요. 우리는 그냥 에너지라는 숫자를 소비하는 또 다른 숫자입니다. 눈에 보이지 않고 손에 잡히지 않는 가치는 가늠할 수 없기에 논외로 할 수밖에 없는 겁니다. 사실 그렇기 때문에, 당사자들의 감정적인 호소나 변호가 전혀 필요 없기 때문에 괜한 소동을 막아 에너지 낭비를 줄이려고 이 자리에 동참시키지 않은 겁니다."

연경은 말문이 막혔는지 더 이상 아무 말도 하지 않았다. 정채는 저러다가 뛰쳐나가지 않을까 생각했지만, 연경은 그대로 자리를 지켰다.

"더 이상 질문이나 이의가 없으시면 절차를 진행하겠습니다. 취침 시간이 다가오니까요."

정채는 연단 뒤의 대리석 판을 덮고 있던 천을 걷었다. 거기에는 후보 세 사람과 관련한 수치들이 적혀 있었다. 한 사람은 팔순이 넘은 노인이었고 또 한 사람은 낙석에 한쪽 팔과 다리를 잃은 사람이었다. 나머지 한 사람은 나이도 그리 많지 않고 사지와 두뇌가 멀쩡해 보였다.

정채는 연경의 지인이 누구인지 곧바로 알 수 있었다. 왜 연경의 얼굴에서 익숙한 부분을 찾았는지도 알 수 있었다. 연경이 왜 그처럼 해묵은 논쟁거리를 다시 들먹였는지도 알 수 있었다.

순규가 군중들을 위해 설명을 시작했다.

"첫 번째 이환용 씨는 고령과 노환으로 인해 더 이상 정상적인 거동이 힘든 분입니다. 두 번째 최지웅 씨는 불행한 사고로 활발한 생산 활동이 불가능합니다. 세 번째 김경환 씨는 앞의 두 분과 달리 육체적으로는 아무 이상이 없는 분입니다만, 다른 분들과 달리 두 가지 직업을 겸임하지 않고, 앞으로도 하지 않겠다는 분입니다. 따라서 세 분의 계산 결과는 거의 동일한…."

연경이 벌떡 일어섰다.

"아버지는 지금도 북쪽 농장에서 일을 거들고 계세요. 생산 활동을 안 하시는 게 아니라고요! 게다가, 2천 명이 넘는 사람들을 지휘감독하고 대표자 역할을 하는 것이 어째서 또 하나의 직업이 아닌가요!"

순규는 말을 억지로 막을 생각이 전혀 없었기 때문에 연경을 그대로 두었다. 투표시에 불편한 상황을 최대한 막으려고 모두가 노력하긴 했지만, 투표에는 사람을 정하는 절차 외에 또 다른 기능이 있었다. 투표란 파멸로 걸어 들어가도록 선발된 사람의 가족이나 지인들이 그 상황을 피치 못한 것으로 받아들이는 의례이기도 했다. 지금 연경은 그 좁고 아픈 터널을 짧은 시간 안에 통과하고 있었다.

연경은 가슴 속에서 무언가가 북받쳐 올라 다음 말을 잇지 못하고 입을 우물거릴 뿐이었다. 순규는 제비에 뽑힌 불운을 속으로 저주하면서도 부드러운 목소리로 말했다.

"저희는 정해진 절차대로 후보자 세 분과 대화를 나눴습니다. 앞의 두 분은 현재 상황을 개선할 길이 없습니다. 하지만 김경환 씨는 달랐습니다. 만약 그분이 적극적으로 두 가지 직업을 고르셨다면 오늘의 투표는 이렇지 않았을 겁니다. 김경환 씨의 본래 직업이 뭐던가요. 정치인이었습니다. 다른 말로 하자면 김경환 씨는 이 세계에서 전문적인 일을 단 하나도 할 수 없는 사람입니다. 따라서 단순 노동으로, 그것도 상당한 중노동으로 보충해야 합니다. 만약 이와 같은 계산 결과에 승복한다면, 그리고 적극적으로 노동에 참여한다고 가정할 경우 김경환 씨는 에너지 소모량 대비 1.4인분의 생산에 기여할 수 있습니다. 그러면 나머지 두 후보 가운데 한 분을 뽑아야 했을 겁니다.

하지만 김경환 씨는 거부하셨습니다. 지도자로서 세계에 큰 공헌을 했으니 그걸로 상쇄되지 않느냐고, 소일거리로 농사는 거들 수 있지만 하수처리 같은 더러운 일은 할 수 없다고 하시더군요. 그건 일반인들이나 하는 거라고요. 그래서 오늘 이 투표를 하게 된 겁니다."

정채는 김경환이란 이름을 잊을 수 없었다. 그가 주도했던 조치에는 이른바 '대의'가 있었다. 그럼에도 불구하고 아내 수현을 파멸 속으로 내던진 것은 지도자였던 김경환의 결정이라는 생각을 떨칠 수 없었다. 김경환은 정상인이 살기 위해, 더 많은 에너지를 소비하는 장애인들을 제일 먼저 내보내야 한다고 강력하게 주장했다. 그의 결론은 방금 순규가 했던 말과 크게 다르지 않았다. 세계 유지에 해가 되는 자를 내보내라. 정채는 처지가 같은 사람들과 함께 강변했다. 무엇이 해란 말인가. 왜 내가 대신 나가겠다는데 그마저 막는가. 하지만 정채는 그때 자신이 핵심을 지적하지 못했다는 사실을 알고 있었다. 그걸 왜 너희들이 정하는가. 너희들은 공포심을 이용해 내키는 대로 사람을 재단하려 드는 것 아닌가. 그렇게 말했어야 했다. 그러지 못해 정채는 지금 세계 속에 있으며 수현은 정채의 기억과 죄책감 속에서, 파멸 속에서 검붉은 조명을 뒤집어쓰고 하체가 없는 유령처럼 너울거리고 있다. 그렇게 세계인들은 서로의 처지를 동정하고 못 본 척하면서 공동체를 이루고 살아갔지만, 정치인들은 달랐다. 이처럼 세계가 작아져도 스스로를 예외로 두려 했다. 적어도 김경환은 그런 인물이라는 것이 밝혀졌다. 아무 일을 하지 않아도 대표자라는 직함 하나만으로 남들보다 더한 가치가 있다고 생각했다.

"계산 결과가 궁금하신 분들은 투표 전에 자유롭게 앞으로 나오셔서 여기 적힌 수치들을 확인하시면 됩니다. 의문이 있으시다면 뒤에서 대기 중인 학자들께 물어보십시오. 최대한 쉽게 설명해드릴 겁니다. 그리고 혹시나 하는 마음에 한 가지 더 설명해드리겠습니다. 이번 계산인단 아홉 명은 김경환 씨를 마지막으로 앞으로 별도의 정책 결정자가 필요하지 않다는 결론을 내렸습니다. 계산은 물리에 맞춰 행합니다. 즉 개인이 어떤 일을 얼마나 하고 무엇을 누릴 수 있는지는 열역학과 세계의 환경이 결정한다는 뜻입니다. 무언가 근본적으로 다른 사실이 발견되어 우리가 이 상황을 벗어나지 않는 이상 그 사실은 바뀌지 않을 것 같습니다."

정채는 세부적으로 하나도 기억나지 않는 어젯밤의 꿈을 떠올렸다. 분명히 옛날은 지금보다 나았으리라.

순규가 입술을 축이고 말했다.

"그럼 앞에 계신 분들부터 투표를 시작하겠습니다. 투표소 안에 필기구가 있으니 나눠드린 나무 조각에 번호를 적고 넣으시면 됩니다. 참가하지 않으시면 기권으로 처리하겠습니다."

사람들이 웅성거리며 자리에서 일어났고 장내가 혼란스러워지기 시작했다. 정채는 무리에서 약간 떨어진 구석에 서 있었기 때문에 인파에 휩쓸리지 않았다. 그리고 모두와 반대 방향으로 움직여 재빨리 휴게소를 벗어나는 연경의 모습을 흘낏 볼 수 있었다.

*

두 번째 교육 시간은 투표일로부터 사흘 뒤였다. 정채는 연경이 나오지 않으리라 생각하고 세계의 끝에 서서 파수의 수치를 확인했다. −2.760. 세계와 파멸의 열이동은 균형상태에 가까워졌다. 인구가 한 사람 줄었기 때문에 나올 수 있는 숫자였다. 정채는 16개의 다이얼을 세심하게 조정해서 파멸 속에 존재하는 뉴트리노의 붕괴를 약간 촉진시켰다. 그대로 서른두 개의 파수를 더 조작하면 세계는 조금 더 안정될 것이 분명했다.

적어도 당분간은 그랬다.

다음 파수로 이동하려던 정채는 인기척에 깜짝 놀라 뒤로 돌았다. 연경이 서 있었다. 마지막으로 보았을 때보다 한층 수척하고 눈가에는 깊은 그늘이 져 있었지만, 정채는 그 점을 따로 언급하지 않았다. 쓸데없는 동정에 에너지를 쓰는 것은 그 누구에게도 도움이 되지 않았다.

정채가 가죽 두루마리를 가방에 넣자 연경이 입을 열었다.

"첫 번째 파수는 다 만지신 모양이네요."

깊게 쉰 연경의 목소리에 정채가 대답했다.

"그래요. 조작법을 알려주려면 다음 파수까지 가야겠네요."

정채는 그렇게 말하고 천천히 걷기 시작했다. 슬픈 일이 있을 때는 곧바로 일에 뛰어드는 것도 한 가지 방법이다. 더 정확히 말하자면 세계를 유지하기 위해서라도 그래야만 했다. 이제 세상은 너무나 좁아져서 감정으로 인한 지체는 끼어들 자리가 없었다. 파멸은 그렇게 사람들을 압박하고 있었다.

연경이 말했다.

"여유 에너지가 얼마나 있으세요?"

정채는 얼른 암산을 하고 대답했다.

"20줄 정도?"

연경이 고개를 끄덕였다.

"잠깐만 앉았다가 가도 될까요?"

정채는 대답 없이 그 자리에 앉았다. 작업 도구가 들어 있는 가방이 파멸로 굴러 내려가지 않도록 무릎 위에 얹어놓고서. 연경도 그 곁에 앉았다. 연경은 머리를 숙였다가 천천히 들어 주홍색으로 세계를 끌어안고 있는 나락의 끝을 바라보았다.

"투표가 진행되는 동안 전 아버지한테 달려갔어요. 결말이 나기 전에 생각을 바꾸시면 상황이 바뀔 수도 있겠다 싶어서요. 전 말씀 드렸어요. 이제 세상은 달라졌다고. 앞으로도 달라질 거라고. 아버지는 그런 분이 아니시잖냐고도 했어요. 살아갈 수 있다면 못할 일이 뭐겠냐고. 남들도 다 그렇다고. 하지만 아버지는 한결같았어요. 당신의 생각은 절대로 그르지 않다고 하셨어요. 당신은 신념을 밀고 나가면서 일생을 살아왔고, 그걸 포기하느니 죽는 게 낫다고 하셨어요. 그 신념이 뭐냐고 물어봤죠. 지도자와 나머지는 다르다는 거예요. 결코 동등하지 않다고. 자신을 뽑아주고 내치는 사람들이야말로 저급하며 배신자들이라고."

정채는 아무 반응도 하지 않고 대리석 판처럼 요지부동으로 연경의 얘기를 들었다.

"그래서 다른 말로 설득하려고 했어요. 나를 다시 못 봐도 괜찮으시겠냐고. 날 세계에 혼자 남겨두실 거냐고. 잠깐이나마 주저하시더군요. 하지만 곧 더욱 완강해지셨어요. 혈육의 정보다 더한 가치가 있다고 하시더군요. 그때 깨달았어요. 더 길게 얘기해 봐야 우리는 서로를 이해하지 못한다는 걸요."

연경은 몸을 기울여 정채의 어깨에 이마를 기댔다. 정채는 연경의 몸이 흔들리는 것을 느낄 수 있었다. 연경은 억지로 눈물을 참고 있었다.

"열 발생을 줄이려면 울지 말아야 하는데… 끝내 저까지 저버린 아버지인데… 어젯밤에 사람들이 왔어요. 세계의 끝까지 모셔다드리겠다고. 직접 걸어나가시는 게 좋지 않겠냐고. 아버지는, 아버지는 절대 갈 수 없다고 했어요. 누가 그런 권리를 주었느냐고. 사람들은 아버지를 설득했지만, 소용이 없었고… 저는 끌려 나왔어요. 한동안 요란한 소리가 들리더니 모든 게 조용해졌어요. 사람들이… 사람들이 힘들게 관을 들고나오더군요."

연경은 그렇게 조금을 더 울다가 격한 감정이 사그라졌는지 자세를 바로 했다. 정채는 위로의 말을 꺼내지도 않았고 연경의 어깨에 손을 얹어주지도 않았다. 정채가 할 수 있는 말은 아무것도 없었다.

"아마 그 사람들이 저보다 아버지를 더 잘 알았나 봐요. 그러니까 관을 미리 준비했을 테고, 그만큼 나무를 베려면 미리 자원소모량을 계산했겠죠."

그 관을 만들기 위해 나무를 베고 대패질을 하고 못을 박은 이는 바로 정채였다. 하지만 정채는 그 사실을 말하지 않았다.

에너지가 풍족했던 시절에도 지도자나 대표는 필요 없었는지 모른다. 모두가 세상이 어찌 돌아가며 무엇이 소수만의 이득이고 무엇이 전체의 손해인지 제대로 알았더라면 대표를 뽑을 필요가 없었을지 모른다. 결코 어려운 일이 아니었다. 하지만 사람들은 소소한 평온과 생계라는 미명하에 게으름 쪽을 택했고 그 결과 남에게 의사결정을 맡겼다. 하지만 이제야, 우주가 죽어가는 마당에야 뒤늦게 답을 깨달았다. 지도자나 대표는 나태로 인해 벌어진 틈에 꾸역꾸역 몰려들어 자라난 독버섯이었고, 에너지의 낭비였다. 김경환은 훨씬 오래전에 세계 밖으로 보내야 했다. 그러면 다른 한 사람이 더 오래 살 수 있었다.

정채는 그렇게 생각하면서도 연경에게 말하지 않았다.

연경은 염료로 물들이지 않은 웃옷의 소매로 두 눈가를 훔치더니 일어섰다. 그리고 이번에는 그리 놀라지 않으면서, 아무런 규칙 없이 흔들거리는 파멸 속에서 작은 질서를 유지하는 형상 하나를 바라보았다.

"아내 되시는 분… 얘기 들었어요. 4년 전에 아버지가 앞장서서 내린 결정이라죠."

정채는 긍정도 부정도 하지 않고 정면으로 눈을 들어 반투명한 수현의 환영을 바라보았다. 또 한 사람이 관에 담겨 파멸 속으로 사라져도, 세계가 다시 짧은 안정을 찾아도, 인류의 역사에 더 이상의 지도자가 존재하지 않아도 수현은 그 자리에, 기억과 붉은 심연과 입자의 묶음 속에 그대로 남아 있었다. 그리고 여전히 무언가를 말하기 위해 입을 열었다 닫고 있었다.

두 사람은 한동안 수현의 모습을 바라보다가 그 자리를 떴다. 그리고 다음 파수가 있는 곳으로 걸어갔다. 정해진 기상 시간에 맞춰 일어나야만 하는 내일이 존재할 수 있도록 조정하기 위해.

그날 내내 수현은 두 사람을 따라다녔다. 하지만 김경환의 환영은 끝내 나타나지 않았다. 그를 그리워하는 사람은, 아무도 없었다.

나는 별이다

나는 별이다.

지극히 무덤덤한 상태였기 때문에 나는 잠시 동안 내게 집중된 카메라들을 보고 이야기의 맥락을 놓친 건가 싶었다. 그 즉시 로그 파일을 띄우고 되짚어 본 결과 생각하던 바가 밖으로 흘러나갔다는 사실을 확인했다.

"나는 별이다."

로그 파일에는 분명 그런 내용이 기록되어 있었다.

이상한 일은 아니다. 분명히 그 시점에서 그런 생각을 하고 있었으니까. 그리고 생각하던 바가 외부로 송출된 이유도 알 수 있었다. 너무 오랜만에 외부 사람을 맞이한 터라 송출 모드를 끄고 켜는 순간을 제대로 맞추지 못한 것에 불과했다.

하지만 조사관이 문제가 있다고 생각하면 번거로워질 뿐이라 나는 말을 이었다.

"그런 생각이 든 건 오래전부터입니다."

조사관을 담은 원격 드론은 바퀴 여섯 개를 움직여 몸을 반 바퀴 돌리고 말했다.

"우리를 구성하는 물질은 별을 구성하는 물질과 똑같다, 그런 뜻에서 한 말인가요? 틀린 말은 아니지만 정말 오랜만에 듣는군요. 그 말이 유행한 건… 인류가 태양계를 벗어나기도 전일 텐데요."

거짓으로 답할까 잠시 망설인 다음 나는 솔직하게 대답했다.

"아니요. 그런 뜻이 아닙니다. 설명해 드려도 될까요?"

조사관을 담고 있는 드론의 카메라 셋이 서로 간격을 조금 벌렸다. 마음대로 하라는 뜻이었다. 하지만 그는 내 말 한 마디 한 마디를 분석할 것이다. 애초에 그는 케플러 64 항성계 제3행성의 상태를 점검하기 위해 왔으며, 행성의 상태에는 나의 상태도 포함하고 있었으니까.

"지금 저와 함께 걷고 계시는 이 통로를 짓던 때의 일이었습니다. 통로에는 일정 간격으로 투명한 창이 있는데, 마침 바깥에서는 기온이 급히 떨어지며 수분이 응결된 참이었습니다. 사방이 안개였죠. 탁한 물속에 잠긴 것처럼 한 치 앞도 볼 수 없었는데, 그 대신 통로의 조명을 받은 제 그림자가 마치 다른 사람인 것처럼 밖에 서 있었습니다. 외부 카메라나 탐사용 드론에 초점을 맞추고 있었다면 그런 생각이 들지 않았을 겁니다. 하지만 마침 제 초점은 통로 공사용 드론에 있었고, 이 행성에 지적인 존재라고는 나와 내 그림자뿐이라는 데에 생각이 미쳤던 겁니다. 만약에 지성을 가진 존재가 있어야 별의 의미가 완성된다면, 제가 곧 이 별인 셈이죠."

"엄밀하게 따진다면 여긴 행성이지 별은 아닙니다만."

나는 조사관의 딱딱한 반응에 다소 마음을 놓았다.

"이를테면 그렇다는 말입니다."

조사관이라는 직업에는 검색으로 드러나지 않는 기준이 있음이 분명했다. 그는 내가 케플러 64 항성계에 근무하면서 세 번째 맞이하는 조사관이었는데, 전임자들과 마찬가지로 모순된 기대를 품고 있었다.

행성의 기지는 순전히 나 혼자의 힘으로 운영되고 있다. 내가 원격으로 조종할 수 있는 드론은 47대, 그중 내가 직접 탑승할 수 있는 드론이 12대. 세 번째 조사관이 방문한 지금, 나는 그 12대 중 한 대를 금속 육체로 삼아서 안내를 하고 있다. 나머지 11대는 창고에서 안전하게 절전 상태에 들어가 있으니 나는 총 36대의 드론을 실시간으로 관리하는 셈이었다. 물론 그 가운데 35대는 잠시 내 의식의 초점 밖에 있기 때문에 간단한 인공지능 프로그램들이 알아서 관리하고 있었다.

따라서 나는 늘 조사관을 포함한 다른 사람들과는 달리 '편집 상태'에 있어야 한다.

모순된 표현이기는 하지만 그보다 적합한 표현을 찾을 수가 없다. 마지막으로 전송받은 소식에 따르면 나와 같은 환경에서 살아가는 사람은 다섯 명에 불과하고, 편집 상태로 생활하는 사람도 그 다섯뿐이기 때문이다. 누구든 마음만 먹는다면, 아주 독하게 마음을 먹는다면 편집 상태로 살 수는 있다. 나처럼. 하지만 그럴 필요가 있을까? 삶이란 무릇 다른 이들과의 관계에서 비롯된다. 우리가 생물학적인 육체에서 자유의사에 따라 떠날 수 있게 된 것이 벌써 수천 년 전의 일이긴 하지만, 기계 몸에 싣는 정신 코드에도 얼마든지 감정을 담을 수 있다. 비록 단백질 사이를 오가는 전기신호나 호르몬의 변덕이나 혈압의 변화는 없을지라도.

하지만 여기 케플러 64의 제3행성에서는 엄격한 편집 상태가 필요하다. 나는 곧 별이기 때문이다. 이 행성에, 이 항성계에 지성을 가지고 사는 존재는 나뿐이기 때문이다. 감정은 사치이고 자칫 일의 효율을 떨어뜨릴 수 있는 장애이다. 나는 그 모든 사실에 동의했기 때문에 지금 이곳에서 근무하고 있다.

그런데도 조사관들은 올 때마다 모순된 질문을 던진다. 이번 조사관도 예외는 아니었다.

"육체는 잘 보관되고 있죠?"

조사관은 신분만 입력하면 제3행성 기지의 모든 정보와 상황을 곧장 내려받아 분석할 수 있다. 그런데도 굳이 질문을 송신했다. 일종의 압박이다. 나는 무덤덤하게, 실시간으로 냉동 탱크의 상태를 재확인한 다음 대답했다.

"예. 세 개의 육체가 아무 이상 없이 보존돼 있습니다. 필요한 상황이 되면 여섯 시간 만에 해동할 수 있습니다. 제가 육체로 돌아가는 데에 세 시간 정도가 걸리니까 열 시간쯤이면 모든 과정을 끝낼 수 있습니다."

조사관은 더 이상 묻지 않았다. 만족했다는 뜻이다. 그의 관심은 이제 내게서 떠나 케플러 제3행성 기지가 존재하는 이유, 다시 말해서 통로의 끝에 있는 '등대'로 향했다.

*

등대는 인류가 유인원 시절부터 품었던 공포와 호기심과 기대와 어리석음을 모두 상징하고 있었다.

어리석다는 건 '등대'라는 단어 그 자체 때문이다. 나도 이 일에 자원하면서 검색을 거듭해 알게 됐지만, 등대란 수면 위로 이동하는 교통 기관을 불빛으로 인도하는 원시적인 장치를 가리킨다. 우리가 육체를 마음대로 들락거릴 수 있게 된 때보다 최소한 1천 년은 더 과거에 사용했던 장치다. 지금은 장거리 여행을 하려면 교통 기관에 올라타는 것이 아니라 우리가 곧 그 교통 기관이 된다. 정신 코드만 제대로 복사해 넣으면 우주선을 수족처럼 (이것 역시 아주 오래된 관용 표현이지만) 부리면서 직접 우주를 떠다닐 수 있다. 그런데 아직 작동 원리마저 완전히 파악하지 못한 기계를 "등대"라고 부른다니, 비록 뜻하는 바가 뭔지 안다고 해도 어리석은 호칭이라는 생각을 지워버릴 수가 없다.

공포란 당연히 등대의 주인이 누군지 알 수가 없으므로 생겼다. 등대의 외부 구조로 보아 주인의 대략적인 외형은 짐작할 수 있었다. 등대는 지상으로 30미터 가량 돌출된 합금 구조물이다. 꼭대기에는 강력한 신호를 보내는 일종의 송신부가 있다. 지상 구조물은 송신부를 포함한 기다란 탑과, 넓은 원형 건물로 이뤄져 있다. 건물에는 네 개의 입구가 있다. 지상을 이동하는 교통 기관이 보이지 않았기 때문에 입구의 크기가 등대 주인을 짐작하는 첫 번째 단서가 되었다. 만약 등대 주인이 어떤 형태로든 보행하는 생물이라면, 또는 우리처럼 정신을 코드로 바꿔 기계 몸에 탑승하는 단계에 이르렀다면, 그의 육체가 기계 몸체는 최소한 3미터보다는 작을 것이다. 입구의 높이가 3미터이기 때문이다.

그리고 등대 주인이 속한 종족은 과학과 기술을 상당한 수준까지 발전시켰을 것이다. 등대의 존재 이유는 아직도 명확히 밝혀지지 않았지만, 지하 1천5백 미터까지 뻗어 있는 등대의 뿌리가 동력을 제공하고 있는 건 분명했기 때문이다. 주변의 지형과 암석 변형을 분석한 결과 주인은 열과 진동을 이용해 지면을 파고 등대를 세웠다.

그게 약 3천 년 전의 일이었다.

하지만 내가 기지를 세우고 살기 전까지 케플러 64에 지적인 존재가 세운 인공 설비는 등대 하나뿐이었다. 그리고 현재 케플러 64에 사는 지적인 존재는, 그 등대를 어떻게 켜고 끄는지도 모르는 나 한 사람뿐이었다.

조사관은 투명한 통로 끝에서 더 나아갈 생각이 없었는지,

드론의 카메라로 등대를 한참 동안 관찰하다가 물었다.

"분해파였습니까, 관찰파였습니까?"

뜻밖의 질문이었다. 예전에 방문했던 조사관들은 이런 걸 묻지 않았기 때문에 나는 준비해놓은 대답이 없었다. 등대를 부숴서 주인의 기술 수준과 등대의 용도를 알아보자는 쪽이었느냐, 그렇지 않으면 인내심을 갖고 관찰만 하자는 쪽이었느냐는 질문이었다. 나는 조금이라도 생각할 시간을 벌기로 했다.

"저는 당시 표결에 참여할 권한이 없었습니다."

"만약 권한이 있었다면요?"

이 정도면 충분했기 때문에 나는 감정 코드를 최대한 걸러낸 다음 대답했다.

"관찰파였을 겁니다. 그쪽이 덜 파괴적이니까요."

나는 두 번째 문장을 송신하고 나서야 조사관의 의도를 알아챘다.

"당신 이력을 생각한다면 다소 의외군요."

나는 탑승 중인 드론을 우로 90도 회전시켜 조사관의 카메라를 똑바로 바라보며 말했다.

"군인도 한 종류만은 아닙니다. 직업으로는 하나지만 사람으로는 그렇지 않죠."

조사관이 아무 말도 하지 않았기 때문에 나는 한 마디를 덧붙였다.

"그리고 군인을 그만둔 지도 벌써 200년이 넘었습니다."

"지금도 그 생각은 변함이 없습니까?"

이 질문에는 금세 답할 수 있었다.

"예."

조사관의 카메라가 제 몸에 달린 바퀴를 내려다보았다.

"여기서 이렇게 원시적인 드론을 사용하는 이유는 잘 압니다. 그래야 고장이 적고, 유지 보수도 쉽기 때문이죠. 말하자면 당신은 다른 사람들과 세계로부터 한없이 멀리 떨어진 곳에서, 나쁘게 말하자면 시대와 기술로부터 유폐되다시피 살고 있는 거죠. 그런데 아직도 관찰파임에는 변함이 없다는 겁니까? 지금 당장 저 등대를 분해하자는 결론이 나고 기술 요원들이 몰려오면 유폐를 끝내고 돌아갈 수 있는데도요?"

내용만 보자면 날이 잔뜩 서 있고 함정이 도사린 얘기였지만 이상하게도 조사관은 별 악의가 없는 것 같았다. 연극이라는 생각이 들 정도였다.

나는 다시 같은 대답을 했다.

"예. 나는 이렇게 기다리는 게 맞다고 생각합니다. 그렇지 않았다면 애초에 지원하지도 않았을 겁니다."

조사관이 카메라를 위아래로 움직였다. 그가 얼마나 답답할지 생각해 보니 즐거웠다. 아마도 고개를 끄덕인답시고 그런 모양인데, 여기서 사용하는 원시적인 드론에는 그처럼 섬세한 감정을 표현하는 기능이 없었다.

"나는 당신을 선발할 당시 심사 위원이었습니다. 그러니 과거에 어느 편이었냐고 물어본 건 일종의 수사적인 질문이라고 생각해주면 고맙겠습니다. 그리고 아직도 변함없이 관찰파라는 사실을 확인해서 기쁩니다. 이제 바깥세상 얘기를 조금 해드려도 될 것 같군요."

"잠시만요."

나는 비상 신호를 받고 잠시 초점을 조사관에게서 드론들로 돌렸다. 광물을 캐고 있던 7번 드론이 조난 신호를 마지막으로 연락을 끊었다. 7번 드론은 바퀴가 아니라 다관절 다리를 사용해 이동하는 모델이었다. 마지막으로 전송된 화면으로 보건대 7번은 돌풍을 맞고 돌을 잘못 밟아 갱도 깊은 곳으로 떨어진 것 같았다. 나는 비행형인 9번 드론을 확인차 보낸 다음 내 기계 몸으로 초점을 회수했다.

"사소한 문제가 생겨서 처리했습니다. 바깥세상 얘기라고 하셨던가요?"

"예. 본래대로라면 이미 정기 통신을 통해 당신도 알고 있어야 할 얘기인데, 이번에는 내가 직접 전달하러 왔습니다. 이곳과 똑같은 등대가 넷 더 있잖습니까. 그 가운데 하나는 행성의 지각 변동으로 파괴됐습니다. 파괴되기 직전에, 평상시와는 다른 신호를 개미굴로 보냈다고 하더군요. 아마 방금 당신이 처리한 7번 드론처럼 비상 신호를 보냈을 거라고 생각하고 있습니다. 그리고 나머지 세 등대가 있는 행성들이… 분쟁 지역에 휘말렸습니다."

반사적으로 편집 상태가 강화되고 감정 절제 코드가 작동했다. 하지만 내 질문은 코드가 작동을 완료하기 직전에 송신됐다.

"전쟁이 벌어졌다는 겁니까?"

"예. 자세한 얘기가 궁금한가요?"

전쟁. 내가 인류에게서 가장 멀리 떨어진 케플러 64의 근무를 자처한 건 전쟁으로부터, 비유적으로든 현실적으로든 가장 멀리 떨어지고 싶었기 때문이다.

"아니요. 어차피 정기 다운로드를 검색하면 알게 될 테니까요."

"알겠습니다. 여하튼 지금 그 일대에선 세 항성 국가가 치열하게 전쟁을 벌이고 있습니다. 그리고 유감스럽게도 그 세 국가는 등대 보존에 별 관심이 없습니다. 적극적으로 등대를 파괴하자고 주장하는 나라도 있고요. 등대 주인 종족이 돌아온다면 새로운 위협이 될 거라는 얘깁니다. 잊을 만하면 돌고 도는 주제죠."

나는 옛 기억을 조금 복기하고 말했다.

"그걸 전쟁의 빌미로 삼기도 했겠죠."

"비슷합니다. 그래서 케플러 64의 등대가 중요해졌습니다. 우리가 지금까지 찾아낸 것 중에서는 마지막 등대니까요. 나는 돌아가서 보고하고 의견을 내야 합니다. 아마 내 의견이 곧장 결정으로 이어질 가능성이 큽니다. 아직 기회가 있을 때 등대를 분해해 볼 것인가, 아니면 지금처럼 관찰하고 기다릴 것인가. 내 의견은 당신과 얘기를 나눈 다음에 정하기로 했었고요."

나는 아무 말도 할 수 없었다. 처음부터 지금까지, 살아 있는 동물이라고 부를 만한 것은 전혀 존재하지 않는 제3행성에서, 실시간으로 감정을 편집하고 배제할 수 있는 군용 코드의 도움을 받아가며, 그리 길지 않은 기간마다 드론을 수리하거나 새로 만들어 가면서, 개미굴을 향해 주기적으로 날아가는 등대의 신호와 함께 200년을 산 나로서는 달리 할 수 있는 말이 없었다.

"그래서 돌아가기 전에 한 번 더 확답을 받아야겠습니다. 별다른 일이 생기지 않는 한 계속 케플러 64의 등대를 관찰할 생각인가요?"

*

먼 옛날 인류가 암흑물질이라고 대충 명명한 새 입자들의 토양에는 수많은 미세 웜홀이 있었다. 공식 명칭은 따로 있었지만, 군대에서는 미세 웜홀을 개미굴이라고 불렀다. 개미굴을 통해 함대를 보낼 수는 없었지만, 작은 우주선과 정보를 전달할 수는 있었다. 그 덕분에 인류는 좁디좁은 태양계에서 벗어나 우주로 진출했다. 그 과정은 케플러 64의 제3행성에 등대를 관찰할 기지를 세운 과정과 다르지 않았다. 먼저 우주선보다는 드론에 가까운 무인기들을 보내고 관찰한다. 그다음 코드 중계기와 공장 설비를 보낸다. 공장 우주선은 정해진 원칙에 따라 코드 수신장치를 만들고, 해당 항성계에서 필요한 자원을 모은다. 나는 그처럼 기본적인 시설이 모두 만들어진 다음에 마지막으로, 개미굴을 통해 코드의 형태로 제3행성에 도착했다.

행성의 공전 주기로 20여 년 전에 방문했던 세 번째 조사관은 계속 관찰하자는 의견을 냈고, 의견은 받아들여졌다. 적극적으로 수용됐다기보다는 무관심의 결과였다고 보는 편이 좋았을 것이다.

조사관은 잊을 만하면 정기 통신에 여러 정보를 실어 보내 주었다. 이유는 분명히 알 수가 없지만 20년 전에 방문하면서 무언가를 봤기 때문일 것이다. 아마도 나에게서. 케플러 64에 인류가 관심을 가질 만한 것은 등대뿐이다. 등대는 주기적으로 개미굴에 신호를 보냈다. 해독은 불가능했고, 그 신호는 수억 개에 달하는 개미굴의 어느 입구를 통해 주인에게 무언가를 전달했을 것이다.

이렇게 은하계 속으로 뛰어들었건만 인류는 아직도 외계인을 만나지 못했다. 상당히 과학이 발달한 외계 문명이 있었다는 건 분명하다. 하지만 그들이 살던 행성도, 찬란하게 피었다가 진 문명의 흔적도 찾아내지 못했다. 증거는 단 하나, 등대와 어느 개미굴로 날아가는지 정확히 알 수 없는 신호뿐이었다.

우리는 외계인과 만나기를 바라고 있을까? 항성간 여행의 자유를 어느 정도 확보한 지금에 와서 그 문제는 무의식 수준으로 외면당하고 있었다. 더 현실적인 문제, 거주 가능한 행성 및 자원의 확보와 우주 전쟁이 더 급하기 때문이었다.

나는 절전 상태에서 깰 때마다 그런 사실을 상기해야 했다. 그러지 않으면 사람이 살지 않는 고급 휴양지에서 눈을 뜬 것 같은 안락함에 빠지기 때문이다. 전쟁에 몸을 담고 있을 당시 내 소망은 단 하나였다. 인간의 손가락이 거미줄처럼 끌어당기지 않은 어느 장소에서, 허물어져 가는 집을 보수하고, 무한하게 반복될 것 같은 밤하늘의 회전을 멍하니 감상하며 살고 싶었다. 하지만 내 연봉으로는 그 정도의 자원과 기회를 확보할 수가 없었다. 그래서 나는 전역을 앞두고 개미굴 네트워크를 미친 듯이 검색했고, 그 결과 등대지기 자리를 알게 되었다.

고독을 확보하고 지키기 위해서는 해야 할 일이 많다. 끊임없이 보수하고, 반복하고, 케플러 64 제3행성의 풍화작용에 맞서 일을 해야만 한다. 감상 코드들이 벌레처럼 터를 잡지 못하도록 끊임없이 편집 상태를 작동시키고 일에만 집중해야 한다. 절전 상태를 끝내기 위한 회상은 그 정도면 충분했다. 작년에 보내 두었던 탐사용 드론이 철광맥을 새로 찾아냈으니 당분간은 광산 설비를 갖추는 데에 전념해야 했다.

*

맑디맑았던 밤하늘은 거짓말처럼 사라지고 눈보라가 나를 진정시키기 위해 쏟아붓고 있었다.

눈이 쌓여가는 설원에서 잠시 마음의 준비를 할 생각이었기 때문에 비행 드론은 이용하지 않았다. 나는 다관절 드론의 기억장치를 최대한 확보한 다음 정신 코드를 복사하고 눈구름이 있는 지역으로 여행을 했다. 드론의 추진 장치가 과열되면 잠시 눈 속에 몸을 묻어 식히기를 반복하면서. 하나의 항성계 안에 혼자 존재한다는 사실은 그 무엇보다도 내게 행복이었다. 하지만 나는 별이고, 별과 똑같은 물질로 구성되어 있다. 우주는 무한하지 않고, 별은 영원할 수 없다. 그러니 나의 행복 역시 끝없이 유지될 수는 없을 것이다.

그리고 끝이 보이지 않을 때 영원이라 믿었던 것도 끝이 오면 찰나에 지나지 않을 것이다.

나는 여덟 개 다리의 무릎까지 쌓인 눈더미에서 사흘을 서 있다가, 나흘 전에 조사관과 나눈 통신 기록을 복기했다.

"계약에서 가장 중요한 항목이 뭔지 기억하고 있지요?"

저장된 자료는 퇴색되지 않기 때문에 나는 어제 일처럼 또렷하게 떠올릴 수 있었다.

"예."

"복제 육체는 잘 보존되고 있습니까?"

"마지막으로 방문하셨을 때와 똑같습니다."

"내가 코드 전송으로 직접 찾아가지 않고 통신하는 이유를 짐작하시겠습니까?"

짐작하지 못할 리가 없었다. 개인적인 염원과는 무관하게, 내가 광산 일곱 개와 발전소 다섯 개를 지으며 대기해왔던 임무 실행의 순간이 다가왔다는 뜻이었다.

"인류가 만들지 않은 우주선이 개미굴을 통과하고 있습니다. 목적지는 마지막 등대가 있는 행성으로 보이고요."

그 행성이란 바로 내가 있는 케플러 64의 제3행성이었다.

"지금까지 우리가 알아낸 걸 정리해보죠. 전쟁 중에 등대가 일부 파괴된 덕분에, 과연 우연인지 아닌지는 알 수 없습니다만 등대가 단순한 신호 발생기이고, 그 중심부에는 어떤 자료가 보관되어 있을 뿐이라는 건 알아내지 않았습니까. 그게 무언지는 여전히 해독할 수 없지만 말입니다."

"그렇죠."

"등대 주인의 의도가 무엇인지, 등대에 보관된 자료가 무엇인지 이제는 더 이상 추측할 필요가 없어졌습니다. 곧 알게 될 테니까요."

과연 말처럼 그렇게 쉬울지는 의심이 들었다. 등대 주인이 보관해 둔 자료도 해독하지 못하는데, 정말로 행동의 의미나 의도를 금세 알아낼 수 있을까?

나는 짐작 가는 바가 있었지만, 말을 하지 않았다.

"우리는, 그러니까 모든 항성 국가들은 개미굴과 케플러 64에서 최대한 물러서 있기로 했습니다. 오해를 사고 싶지는 않으니까요. 따라서 주인이 방문할 때 등대에는 당신 혼자 있게 될 겁니다."

오해를 사고 싶지 않다는 말에는 여러 가지가 함축되어 있었다. 공포와 호기심과 어리석음이….

하지만 입장을 바꿔놓고 생각해봐도, 최초로 외계인과 만나는 자리는 조용하고, 고독하고, 한적할수록 좋을 것이다.

"또한 우리는 등대 주인과 처음으로 만나는 방법에 대해서도 최초에 정했던 원칙에 따르기로 했습니다. 가장 먼저 복제 육체의 상황을 물은 것도 그 때문입니다."

조사관은 잠시 말을 끊었다. 나는 그 공백을 가속해서 다음 대화로 곧장 넘어가지 않고 실시간으로 기다렸다.

"괜찮으시겠습니까?"

"괜찮지 않더라도 해야 할 일이잖습니까."

"생물학적 육체로 돌아가는 작업은 결과를 예측하기 힘듭니다. 아무리 정밀하게 조절하고 코드를 맞춘다고 해도, 음, 옛 인간은 그런 존재였으니까요."

나는 거기서 통신 복기를 멈추고 드론의 머리를 한 바퀴 돌려 주변을 보았다. 광각 렌즈로 단숨에 보는 게 아니라, 시야 각이 150도밖에 되지 않던 옛 육체의 한계를 흉내 내듯 일반 렌즈로 천천히, 돌아가면서.

영원과 행복을 끝내는 일이 쉬울 거라고 생각한 적은 없다. 하지만 나 역시 등대 주인을 만나며 확인해야 할 일이 있기 때문에, 결국 대답은 정해져 있었다.

"그것도 알고 있습니다."

＊

첫 번째 복제 육체는 관자놀이에서 피를 흘리고 쓰러져 있었다. 나는 두 시간 뒤에 가까스로 두 번째 육체에 탑승하고 다가가서 첫 육체의 생명 활동이 끊어졌다는 걸 확인했다.

드론들과 연결이 완전히 끊어질 것은 예상하고 있었지만, 문제는 그게 아니었다. 코드로 만든 감정은, 그게 인간의 뇌 활동을 완전히 복사한 코드라고 해도 육체와 결합된 감정과는 달랐다. 육체로 들어오고 두뇌가 작동을 시작하는 순간,

전장에서 내가 파괴했던 기계 몸체들의 모습이 생생하게 떠오르면서 그 하나하나마다 살인이라는 이름표가 붙었다. 두 동강이 나 불그스름한 빛을 뿜으며 흘러가는 전함은 대량살상의 다른 이름이었다. 복수심과 명예심처럼 불필요하고 거추장스러운 감정이 여과 장치 없이 샘솟는 바람에 심장이 빠르게 뛰었다. 그리고 온도 감각이 널을 뛰면서 체온이 급격하게 떨어질 것 같은 위기감이 나를 휩쓸었다.

나는 심하게 몸부림을 쳤고, 무언가 날카롭고 강한 것이 귀 위쪽을 강타했고, 잠시 뒤 두 번째 육체에 들어와 있었다. 일단 옛 육체에 들어가게 되면 드론이나 기지의 컴퓨터와 직접 연결할 수 없기 때문에, 간이 인공지능에 복구 절차를 입력하고 제어를 일임한 덕분이었다.

첫 번째 육체는 뾰족한 철제 탁자의 모서리에 관자놀이를 심하게 부딪쳤고 과다 출혈로 정지했다. 기계 몸체에 살았을 때는 별문제가 되지 않던 모서리였지만 육체에겐 위험했다.

반면에 정신의 적응력은 대단했다. 아직도 체온이 오르내리기는 했지만 조금 전과 같은 감정의 폭풍은 몰아치지 않았다. 그 대신 편집 상태로 감정을 자르고 붙일 수가 없었기 때문에 자기 합리화를 있는 대로 쥐어짜야 했다. 나는 아무 이유 없이 인간을 죽인 살인자가 아니다. 전쟁이었기 때문에 당연한 활약이었고, 수많은 죽음의 책임은 사령부와 국가에 있었다. 내가 케플러 64에서 모든 인간과 동떨어져 살려 했던 것도 그 책임의 일부를 인정하고, 자신에게 조금이라도 벌을 주려 한 결과였다.

그 합리화가 어디까지 진실이든 간에 효과는 있었다. 육체 속에 살던 인류는 본래 합리화를 통해 정신 상태를 유지할 수 있는 생물이었으니까.

하지만 탁자 모서리에 머리를 부딪쳐 한 번 죽고, 육체를 가진 인류의 역사상 거의 모든 정치인이 발휘했던 더러운 자기 합리화와 변명의 연극을 한바탕 벌이고 나서, 나는 한 가지 의문에 대한 실마리를 발견할 수 있었다. 아무 증거도 없었고, 뿌리가 조금도 겹치지 않은 완전히 다른 종족의 행동 이유를 짐작한다는 건 터무니없는 짓이긴 했지만.

나는 온도를 마음대로 조절할 수 없고 불필요한 움직임이 많은 옛 육체를 욕하면서, 체온저하 현상을 막기 위해 미리 준비해 둔 보온복을 걸쳤다.

*

3초마다 습기를 유지하기 위해 눈꺼풀로 닦아줘야 하는 안구는 불편하기 짝이 없었다. 시야는 터무니없이 좁았고, 무엇보다 다양한 드론과 카메라를 통해 실시간으로 상황을 관찰할 수 없다는 게 갑갑하고, 불안했다.

물론 기지의 인공지능은 내가 육체에 들어와 있는 동안 대부분의 임무를 문제 없이 수행할 것이다. 그리고 조사관은, 수많은 항성 국가의 주민들은, 기계 몸체에 살고 있는 인류는 거의 실시간에 가깝게 이 광경을 지켜보고 있을 것이다.

나는 상황을 중계하면서 만일의 사태에 대비하고 있는 드론 네 대와 함께 통로의 끝에 섰다. 등대 주인의 우주선은 파도를 타듯 구름을 넘었고, 썰매를 타듯 눈발 사이를 가로지르더니 등대 위에 정지했다.

그리고 모종의 신호와 정보가 오가기에 충분한 시간이 지나고 나서, 등대가 3천 년에 걸친 잠을 깨고 지금까지와 다른 소리를 내기 시작했다. 드론들은 카메라를 연신 움직이며 촬영하기에 바빴고, 등대의 전자기 변화는 기지를 경유해서 전 인류에게 전달되었다.

"추후에 변동 사항을 고지하기 전까지는, 만약 등대를 세운 외계인과 만날 경우 반드시 옛 육체를 이용할 것."

계약서의 중심 조항을 만든 이들이 정말로 무슨 생각이었는지는 알 수 없다. 명목상으로는 학자들의 제안이었다고 한다. 우리 은하계에서 최초로 외계인과 만날 때는 본 모습이어야 한다는 게 그들의 주장이었다.

하지만 본 모습이란 무언가. 진화를 거친 직립 보행 동물이 우리의 본 모습일까? 이제 우리에게 옛 육체란 언제든지 물질을 조합해 다시 만들 수 있는 옛 옷에 불과한 것 아니었나? 어쩌면 군부의 겁쟁이들이 혹시나 등대 주인에게 우리의 과학 수준을 들킬까 봐 겁이 나서 그런 조항을 강요한 건 아니었을까?

그 둘 다였을 것이다. 그렇게 등대는 공포와 어리석음과 호기심을 동시에 불러들이는 제단이었다. 정작 오래전 감마선 폭발의 여파로 생물이 멸종하기에 이른 불모의 행성에 그

제단을 세운 주인은 무얼 염두에 뒀는지 알지도 못하면서, 인류는 오래전에 퇴역한 기계 몸뚱이 군인에게 그렇게 민감한 임무를 맡겼다.

아마도 그 퇴역 군인이 욕망과 감정을 버리고 죽음과 한없이 가까운 고독을 벗 삼는 자였기 때문에 그랬을 것이다.

3천 년 동안 열려 있던 등대 건물의 문이 닫혔다. 그리고 세 시간 뒤에 열렸다. 나는 그 세 시간 동안 쥐가 나는 다리를 주물러가며, 카메라와 개미굴의 뒤에 숨은 인류를 대표해서 기다렸다. 마침내 문이 개방되자 지금까지 그 누구도 본 적이 없는 생물의 그림자가 휘청거리면서 등대를 나왔다.

피부가 번들거리고 키는 3미터 가량 되는 생물과 나는 한참을 말없이 마주하고 서 있었다. 과학자와 군인들이 전혀 다른 사실을 밝혀낼지도 모르지만, 나는 첫 번째 육체를 죽이고 두 번째 육체에 들어간 순간에, 등대가 무엇이고 등대 주인이 어떻게 등장했는지 한 가지 가설을 세웠다. 등대 주인의 문명은 우리처럼 기술적 특이점에 도달했고 더 먼 우주로 나아갔을 것이다. 그리고 등대에 저장되어 있던 자료란 아마도, 우리가 그랬던 것처럼, 역사에서 완전히 지워버리지 못한 옛 육체를 재조립할 수 있는 정보였을 것이다.

그리고 등대 주인과 나는 지금 생물학적 육체가 주는 생존의 쾌감과 구속력을 동시에 맛보면서, 서로 외계 지성체의 눈치를 살피고 있었다.

마음껏 우주를 날아다니는 우리에게 고향이 있다면 그건

우주에서 발생한 생물학적 육체일 수밖에 없었다.

등대 주인과 나는 귀향한 자의 복잡한 감정을 맛보며, 근육이 한계에 도달할 때까지 한 자리에 서 있었다.

모자를 벗지 않는 사람들

적이 살의를 품고 있다는 건 총탄의 궤적으로 확실히 구분
할 수 있었다. 탄환들은 조금 전까지 윤환의 머리가 머무르던
곳을 관통했다. 윤환은 벽 뒤에 몸을 숨기고 총의 배터리와 남
은 탄환의 숫자를 확인하면서 한숨을 쉬었다. 수동으로 명중률
을 높이려면 반드시 호흡을 조절해야 했다. 그는 오 년이 지나
고 나서야 그 사실을 육체에 새길 수 있었다. 그가 들고 있는
총의 자동 조준 장치는 주인의 요구를 충족시켜주지 못했다.
　짧게 끊어서 세 번 숨을 내쉬고, 코로 들이쉬면서. 방아쇠
를 반쯤 눌렀다가 다시 힘을 주면….
　윤환이 발사한 총탄은 원하는 곳에 전부 명중했다. 군복을
입은 세 사람이 각자 다른 자세로 쓰러지거나 넘어졌다. 한

명은 무릎 아래쪽이 부서지면서 앞으로 고꾸라졌고, 다른 한 명은 방아쇠울에 달라붙어 있던 손이 날아갔고, 마지막 사람은 왼쪽 가슴 부위가 통째로 몸에서 이탈했다.

윤환은 다른 인기척이 없는지 확인하느라 잠시 더 기다렸고, 벽 뒤에서 걸어 나와 바닥에 널브러진 육체들을 물끄러미 바라보았다. 터지고 찢어진 세 사람의 혈관에서 피가 쏟아지며 웅덩이를 만들고 있었다. 윤환은 피로 그득한 가마솥 속에서 팔다리가 새로 만들어지는 것 같은 착각을 맛보았다. 그는 머리를 세차게 내저어 그런 환영을 떨쳐버렸다. 그런 다음 가마솥 한복판에 한쪽 무릎을 꿇고 앉아서 희생자들의 베레모를 살펴봤다. 유탄이나 파편에 맞아 손상된 모자는 없었다. 의도한 그대로였다. 그는 안도의 한숨을 쉬고, 슬픔으로 입술을 깨물며 생각했다.

죄가 셋 늘었군.

죄는 이렇게 셀 수 있지만, 벌은 어떻게 계측할 수 있을까. 우리는 아직도 그 문제를 해결하지 못했지만, 유형지 사람들은 오래전부터….

윤환은 세 개의 육체에 등을 돌렸다. 지금 이 순간 멈춰야 할까? 아니면 마지막 목표를 향해 앞으로 나아가야 할까? 다수의 선택이 옳은 걸까? 아니면 지금 내가 육체를 파괴하고 있는 이자들의 생각이 옳은 걸까. 그 두 가지 선택 사항은 원만히 타협을 보는 법이 없었다. 윤환은 그럴 때마다 자신에게 햇빛과 양분을 공급하는 대지를 평계로 삼았다. 유형지에 있으니 유형지의 법을 따라야지. 이곳 사람들은 이럴 때 포기하고 그만두는 법이 없으니까.

윤환은 셋 가운데 누구도 죽지 않았다는 걸 확인하고 베레모 세 개를 주워 가방에 넣은 다음 이어지는 복도로 이동했다.

*

더 이상 움직이지 못하는 육체를 몇 개 더 늘리고, 죄를 그만큼 더 쌓고 나서 윤환은 마지막 복도 끝에 있는 문 앞에 섰다. 문에 설치된 자물쇠는 전혀 작동하지 않았다. 광활한 이 나라 영토에서 가장 깊고 은밀한 장소이건만, 그 문에 도착할 때까지 잠긴 곳은 하나도 없었다. 윤환은 사진과 영상으로만 확인했던, 높고 견고하며 이국적인 복도를 곁눈질로 살피면서 한 손으로 문을 밀었다.

문이 열리자 사람 형체 둘이 그를 맞이했다. 한 명은 의자에 앉아서 윤환을 지켜보고 있었고, 다른 한 명은 건반악기라도 연주하려는 것처럼 특수한 목적에 사용하는 탁자에 손을 얹고 있었다.

의자에 앉은 사람이 말했다.

"왔군요, 재판장. 소거법을 충실히 지켰을 테니 정확히 스물두 개의 죄를 더하고서. 이제 하나만 추가하면 모든 사태가 정리되겠죠."

윤환은 그 사람에게 부여된 두 개의 이름을 동시에 떠올렸고, 규칙에 따라 이 땅에서 새로 부여받은 이름으로 지칭하기로 마음먹었다. 의자에 앉은 사람의 이름은 '진양'이었다. 하지만 서 있는 또 한 사람의 이름은 알 수 없었다.

윤환은 보푸라기가 잔뜩 붙어 있는 회색 비니를 고쳐 쓰고 말했다.

"둘이겠지. 저기 서 있는 사람까지."

진양은 고개를 젓고 손가락을 들어 가리켰다.

"저 육체를 총으로 쏜다고 해서 죄가 추가되진 않을 겁니다. 잘 보세요. 모자도 제대로 쓰고 있지 않잖아요. 저건 말 그대로 도구에 불과합니다. 핵미사일을 발사하려면 두 사람이 동시에 레버를 돌려야 하거든요. 저게 할 수 있는 행동이라고는 내 신호에 맞춰서 레버를 돌리는 것뿐이에요."

"하지만 저걸⋯ 저 육체를 죽여도 죄가 되지 않는다면 우리가 여기서 해왔던 모든 일을 부정하는 거나 마찬가지야."

진양이 윤환에게서 눈을 떼고 살짝 고개를 돌렸다. 진양의 얼굴이 창백해지더니 반사광을 냈다. 윤환은 자신이 도착하기까지 그가 영상을 보고 있었다는 걸 깨달았다. 이렇게 중요한 순간 봐야 할 영상이라면 하나밖에 없었다. 앞으로 이 행성에 사는 모든 이들의 행동에 영향을 줄 영상. 두 번 다시 보고 싶지 않았지만 모든 이에게 공개할 수밖에 없는 영상.

그 영상이 공개되었다는 건 진양을 추적하기까지 너무 오랜 시간이 걸렸다는 뜻이기도 했다. 윤환은 본래 예정된 공개 시간 이전에 임무를 완수하고 니샤를 찾아갈 생각이었다.

윤환은 영상이 떠오른 화면을 돌아보기 전에 거의 기계적으로 진양의 손을 관찰했다. 진양의 두 손은 무릎 위에 얌전히 올라가 있었다. 고개를 돌려 영상의 내용을 확인하는 순간 그가 총을 쏜다면 윤환은 피할 수 없었다. 하지만 그는 진양이 아직 마음을 정하지 않은 거라 짐작했다. 철저하게 저항을 계획했다면 방어가 이리 허술하지 않았을 테고, 자물쇠가 전부 잠겨 있었을 테고, 윤환이 문 안으로 들어오기 전에 두 개의 레버가 동시에 돌아갔을 것이다.

지금 여기서 멈출 것인가. 그렇지 않으면 끝까지 나아갈 것인가.

유형지 사람들이라면 후자를 선택했을 테고, 진양은 아직도 마음을 정하지 않고 있었다.

윤환과 마찬가지로.

윤환은 총구를 아래로 내리고 천천히 돌아섰다. 소리 없이 움직이는 그림이 눈에 들어왔다. 화면 좌우에는 이제 자연스럽게 해석할 수 있는 문자와 숫자가 흐르고 있었다. 유형지 네트워크가 닿는 곳에서 많은 사람들이 똑같은 영상을 보고 있을 터였다. 윤환은 이어지는 내용을 아주 잘 알고 있었기 때문에 눈을 감았다.

진양의 목소리가 들렸다.

"그렇지 않아요. 나도 저 사건을 부정하자는 게 아닙니다. 당신과 나는, 우리는 모두 저 때까지도 하나였으니까. 우리는 엄청난 사건에 원인을 제공했습니다. 그것도 하필이면 우리가 추구하던 목표에 정확히 반대되는 일을 저지른 셈이잖습니까."

윤환은 굳이 육체를 통해 보지 않아도 영상의 내용을 처음부터 끝까지 떠올릴 수 있었다. 그가 쓰고 있는 비니와 그 속에 있는 자그마한 뇌 속에서는 나머지 영상이 저 혼자 재생되고 있었다. 그 안에는 일어나서는 안 되었을 일, 일어날 확률이 그야말로 0에 가까운 그 일이 정확히 기록되어 있었다.

이제 영상 속에서는 이곳, 유형지, 지구에서 태어난 모든 이를 태운 거대 우주선이 궤도를 막 벗어났겠지. 승무원들의 기대와 불안은 최고조에 달했을 테고, 관성 비행 상태에 도달하기만 하면 한시름 놓아도 된다는 의견이 슬슬 돌겠지. 그렇게 해서라도 안심해야 멀고 먼 여행을 떠날 수 있을 테니까. 뒤에 남겨놓은 것들을 잊고 앞날만을 생각하려면 기나긴 시간이 필요할 테고, 불안한 세월의 피로를 조금이라도 줄이려면 그럴 수밖에 없었겠지.

그때 우주선 측면에서 조금씩 일그러지기 시작한 시공간이 뭘 뜻하는지 깨달은 사람은 얼마나 됐을까. 진로를 바꿔야 한다고 생각한 사람은 몇이었을까. 능동추진에서 관성추진으로 전환하는 순간 방향을 바꾸는 게 과연 가능한지 계산해본 사람이 있기는 했을까?

그랬다 한들, 무슨 일이 일어난 건지 파악할 시간이 있었을까?

드론들의 기록에 따르면 지구에서 태어나 지적인 활동을

할 수 있는 모든 이들이 탔던 우주선은 3.75초 만에 분해되었다. 시공간의 일그러짐은 거의 영향을 받지 않고 확장되어 제대로 웜홀을 형성했다. 바로 그 순간 지구는 유형지가 되었고 윤환과 모자를 벗을 수 없는 모든 사람의 죄가 시작되었다.

진양은 눈을 감은 윤환이 무엇을 떠올리는지 잘 알고 있었다. 한때 그도 윤환과 하나였으니까. 진양은 의자 옆에 붙어 있는 총에 손을 뻗지 않고 기다렸다. 지금 윤환을 쏘고, 핵미사일 제어장치 앞에 선 육체에 신호만 보내면 강력한 무력시위를 시작할 수 있었다. 지구인답게. 하지만 진양은 머뭇거렸고, 그 머뭇거림이 이미 승복했다는 신호임을 새삼 곱씹었다.

윤환이 눈을 떴고 진양이 입을 열었다.

"우리가 뒤를 이으면 안 되는 겁니까? 재판관, 당신도 이해는 하잖습니까. 내가 왜 이런 지하 방호소까지 와서 지도자가 되려 했는지. 저들은 실패할 겁니다. 하지만 우리는 다를 겁니다. 그런데도 안 되는 겁니까?"

윤환은 진양을 똑바로 마주 보았다. 물론 그는 진양을 이해했다. 그리고 공감하지 않았다. 이해와 공감은 전혀 다른 행위였다. 지구의 희망을 전부 담았던 우주선 '신성호'가 그런 최후를 맞지 않았다면 공감했겠지만, 과거는 바꿀 수 없고 죄와 벌 역시 번복할 수 없었다.

"바로 그 점에 동의할 수 없었기 때문에 내가 여기까지 찾아온 거야."

윤환은 총을 들고 방아쇠를 네 번 당겼다. 그럴 필요까지는 없었는데도. 그는 한 발 대신 네 발을 발사한 행동에 다분히 감정이 섞였음을 스스로 시인했다. 좋지 않은 징조였다. 모자를 벗을 수 없는 사람이라면 다 마찬가지였지만 특히 윤환은 그러지 말아야 했다. 그는 재판관이고 집행관이기 때문에. 진양은 반격할 생각도 하지 않은 채 차분히 사선에서 기다렸고, 두 팔과 두 다리가 끊어졌다. 그의 몸은 피 때문에 천천히 미끄러지더니 결국 의자에서 떨어졌다.

더 늦기 전에 마무리를 지어야 해. 또 이런 일이 벌어지면 나는 상대의 얘기를 끝까지 들어보지 않고 총을 쏠지도 몰라.

윤환은 느린 동작으로 진환의 육체에서 베레모를 회수했다. 그리고 핵미사일 발사 시스템이 가득한 방의 전원을 모두 내렸다.

그가 방에서 나가는 동안 제어장치 앞에 서 있는 육체는 꼼짝도 하지 않았다. 그 육체는 누군가가 다시 찾아와 조종하지 않는 한, 근섬유의 긴장이 풀어지고 무너지기 전까지 그대로 멈춰 있을 터였다.

*

니샤는 아삼 차에 감초와 생강을 넣은 다음 연유와 물로 농도를 맞췄다. 이미 수백 번 만들어 본 짜이였기 때문에 냄새만으로도 맛이 어떨지 예상할 수 있었다. 혼자 마실 짜이라면 생강을 넣지 않았겠지만, 그녀는 윤환이 유별나게 생강을 좋아한다는 걸 알고 있었다.

회색 비니를 깊이 눌러 쓴 윤환은 저도 모르게 입맛을 다시면서 니샤가 건넨 찻잔을 받아들었다. 니샤는 뒤로 조금 물러선 다음 힘줄이 불거진 손으로 자신이 앉을 의자를 잡아당겼다.

니샤는 세 번 머뭇거리며 단어를 고르다가 마침내 말을 꺼냈다.

"보통 실내에선 모자를 벗는 게 예의라고 하더군요. 어제 데이터베이스를 조사해보고 그 사실을 알았어요."

윤환은 본론을 곧장 꺼내지 않고, 그렇다고 무관한 얘기를 꺼내며 횡설수설하지도 않는 니샤를 새삼 기쁜 마음으로 바라보며 대답했다.

"그래요. 우리는 그럴 수 없지만. 그 차이점을 제대로 이해한다면 이제 배울 건 별로 남지 않았겠군요."

니샤는 자신보다 피부색이 옅고 근육량이 많은 윤환의 몸을 물끄러미 쳐다보다가 손을 뻗었다. 윤환은 눈을 조금 치켜뜨고 손톱에 흙이 끼어 있는 니샤의 손가락을 보았다. 그녀는 가끔 호미를 들고 건물 옆에 있는 텃밭을 직접 손질했는데, 화나는 일이 있을 때면 더 오랜 시간 동안 호미를 격하게 휘두르다가 제 손을 상하곤 했다.

지금 니샤의 손에는 갓 생긴 상처가 많았다.

그녀가 물었다.

"만져봐도 돼요?"

"몸을?"

"예."

"좋을 대로."

니샤는 윤환의 팔을 쓰다듬었다. 솜털이 느껴지자 조금 소름이 돋았지만, 그녀는 움직임을 멈추지 않았다. 그녀의 손끝은 윤환의 팔에서 겨드랑이로, 가슴에서 복부로 이동했다. 그리고 다리를 더듬다가 사타구니 근처에서 머뭇거렸다.

윤환이 미소를 지으며 물었다.

"거부감이 있죠?"

"예."

"아주 좋아요. 이로써 걱정거리를 하나 더 덜었군요."

"거부감을 느끼는 게 자연스럽단 얘기군요."

윤환은 차를 한 모금 마시고 생강의 자극을 음미한 다음 말했다.

"그래야 해요. 그리고 거부감은 모두에게 똑같지는 않을 거예요. 앞으로 그런 거부감이 전혀 없는 사람을 만날 수도 있을 테고요. 혹시 저 탁자에 있는 뜨거운 물을 나에게 끼얹고 싶은 생각은 들지 않나요? 그보다 더 격한 감정도 상관없어요. 내게 상처를 입히고 싶은 생각은?"

니샤는 손을 거두고 의자에 몸을 묻으며 화를 삭였다.

"그래야 자연스러운 건가요?"

"그건… 우리가 대답할 수 없는 질문이에요. 스스로 느끼고 결정해야겠죠. 점검 목록에 있긴 하지만 당신에게 암시를 너무 많이 줄 순 없어요. 그랬다간 모든 게 무의미해지니까."

윤환은 찻잔을 내려놓았다. 이번엔 니샤가 생강 대신 꿀을 넣은 짜이를 조금씩 마셨다.

윤환이 말했다.

"니샤. 하고 싶은 얘기가 있으면 해요. 우린 그런 사이 아닌가요?"

니샤는 아랫입술을 깨물다가 찻잔을 거칠게 내려놓았다.

"그저께 네트워크에 퍼진 동영상은 당신들이 올린 거죠?"

윤환은 여러 해 동안 가르치고 의견을 나눴던 니샤의 반응을 천천히 살핀 다음 그녀의 자제력에 만족하며 대답했다.

"맞아요. 그걸 올리자는 결정에 나도 참여했어요."

"영상이 퍼지면서 하루 동안 아주 많은 글이 올라왔어요. 지금은 거의 모든 사람들이 그 얘기만 하고 있죠. 이상한 건 말이죠. 처음에는 주의를 끄는 영상이 아니었어요. 컴퓨터 그래픽으로 작업한 영상들이야 얼마든지 있으니까요. 그런데 몇 사람이 그 영상에 이상한 설명들을 붙이기 시작했어요."

니샤가 윤환을 똑바로 바라보았다.

"그 설명엔 당신들에 관한 얘기도 있었어요."

윤환이 말했다.

"어떤 설명이 제일 그럴듯하던가요?"

니샤는 질문을 잘 생각해 보았다. 윤환은 어떤 설명을 믿느냐고 묻지 않고 어느 것이 제일 그럴듯하냐고 물었다. 진실보다 설득력이 중요하다는 뜻이었다.

"우리가 정말로 솔직히 털어놓는 사이라면 그런 질문보다는 사실을 얘기해줘요. 지금까지는 당신이 너무나 많은 걸 가르쳐줬기 때문에, 나를 늘 평가해도 별다른 말을 하지 않았어요. 그럴 만한 이유가 있을 거라 생각했죠. 하지만 이제는 상황이 달라졌다는 걸 느낄 수 있어요. 질문에 대답해 주세요. 그 설명이 사실인가요?"

윤환은 마지막으로 생강 냄새를 음미한 다음 서운한 표정으로 자리에서 일어섰다. 마음에 드는 냄새를 기억하는 것과 직접 맡는 것은 분명히 달랐다. 이제 짧은 시간이 지나고 두 번 다시 회색 비니를 쓸 수 없게 되더라도 생강 냄새라는 자료는 영원히 남겨둘 수 있었다. 하지만 냄새를 직접 맡을 기회는 영영 돌아오지 않을 터였다.

"니샤, 우리와 당신들의 차이를 아는 대로 얘기해줘요."

"내 질문에는 답하지 않을 건가요?"

"그것만 얘기해주면 나도 대답할게요."

니샤는 조금 불안한 심정으로 말했다.

"당신들은 아주 많은 걸 알고 있어요. 우리에게 더없이 친절했고, 뭐든지 가르쳐줬죠. 사실 당신들과 우리를 구분하게 된 것도 그리 오래전 일은 아니잖아요? 각자가 아는 지식에는 차이가 있고, 배우는 사람이 있으면 가르치는 사람도 있는 법이니까. 하지만⋯ 모자가 달랐어요. 우리는 모자를 벗지 않는 사람들이 있다는 걸 알게 됐죠. 이를테면 나는 모자를 마음대로 쓰고 벗을 수 있지만, 당신은 절대로 그 낡은 비니를 벗지 않잖아요. 실내에서든, 바깥에서든. 그리고⋯ 당신도 소문은 알고 있죠? 당신들은 모자를 벗으면 죽는다는 소문."

윤환은 잠시 생각에 잠겼다가 대답했다.

"다들 그렇게 알아주면 고맙겠군요. 하지만 당신과 친구들은 달라요, 니샤. 그동안 공부하면서 사람에게는 지도자가 필요하다는 걸 배웠죠? 우린 당신이 이 나라의 지도자를 맡았으면 좋겠어요. 그래서 당신은 진실을 알고 있어야 해요."

니샤는 그동안 윤환에게서 비슷한 암시를 여러 차례 받았다. 당신은 달라야 해요. 더 멀리 내다보세요. 사람들의 반응을 먼저 생각하세요. 그 조언에 대해서도 물어볼 게 많았지만, 니샤는 윤환의 말을 막지 않고 기다렸다.

"우리는 모자를 벗어도 죽지 않아요, 니샤. 모자가 곧 우리니까. 우리를 죽이려면 모자를 태워야 해요."

니샤는 멍하니 그의 얘기를 듣다가 긴장이 풀리는 바람에 실소를 터뜨렸다.

"말도 안 돼요. 모자는 말을 할 수 없잖아요?"

그녀는 함께 웃어달라는 표정을 지으며 윤환을 바라봤지만, 그는 얼굴을 딱딱하게 굳히고 발코니로 이어지는 문을 노려보았다.

"여긴 답답하군요. 바람 좀 쐴까요?"

윤환은 니샤의 대답을 듣지 않고 일어서더니 발코니로 나가 난간 앞에 섰다. 니샤는 여느 때와 다른 분위기 때문에 더 이상 농담을 하지 않고 윤환의 옆에 자리를 잡았다.

윤환은 거리에서 분주하게 움직이는 사람들을 유심히 바

라보다가 입을 열었다.

"우리는 당신들에게 아주 많은 걸 가르치고, 여러 가지 얘기를 들려줬어요. 하지만 그건 본래 당신들의 재산이고 당신들의 이야기예요. 이번에는 조금 다른 얘기를 해줄게요. 드레이크 방정식은 알고 있죠? 당신은 그쪽에 흥미가 많으니까."

니샤는 다시 불길한 예감에 휩싸이기 시작했다. 이틀 전 퍼진 문제의 동영상 설명도 비슷한 얘기로 시작했기 때문이다.

"인간과 교신할 수 있는 지적인 외계 생명체의 수를 계산하는 방정식이죠. 아주 관념적이고 추론에 근거하고 있어서 방정식이라고 볼 수도 없는…."

"맞아요. 거기서 제일 중요한 변수가 뭐죠?"

"동영상 설명이라면 나도 여러 번 읽었어요. 그게 진실인지 아닌지 얘기해주세요."

"니샤, 당신이 정말로 진실을 이해하고 우리에게 조금이라도 공감하려면 내가 말하는 순서를 따라와 줘요. 드레이크 방정식에서 가장 중요한 변수가 뭐죠?"

"…L이죠. 그 모든 조건을 충족하는 외계 문명이 존속하는 기간."

"통신이란 쌍방이 주고받아야 이뤄지니까 반대편에서 보기에도 마찬가지겠죠? 즉 통신은 지구와 외계 문명이 공존하는 기간에, 상대성 원리의 제약을 받는 통신 시간을 더한 기간 동안만 이뤄질 수 있어요. 따라서 L값이 아주 작으면 이 우주에 꽤 많은 문명이 발생했다 한들 모두 외롭게 죽어갈 테고요."

니샤는 네트워크에 올라온 세 가지 설명을 되새기며 말했다.

"인생이란… 원래 외롭다고 수많은 철학자들이 말했죠. 당신이 가르쳐줬잖아요. 우주라고 다를 리가 없죠."

"그걸 바꿔보자고 생각한 사람들이 있었어요. 처음부터 그럴 생각은 없었지만, 기술이 빠르게 발전해서 생화학적인 육체를 벗어나 전자기 형태로 옮겨간 사람들이었죠. 그들은 우주에 필연적으로 깃들어 있는 외로움의 간격을 줄여보자고 생각했어요. 당신은 그들의 사고방식에 공감하지 못하겠지만, 그 사람들은 확률과 숙명을 동시에 믿고, 그렇게 기술이 발달했으면서도 죄와 미덕, 벌과 보상을 정량화시키는 데에 어려움을 겪었어요."

니샤는 윤환의 이야기가 네트워크에 올라온 동영상 설명들보다 조금 더 상세하다는 사실을 알아챘다. 윤환은 말을 이어갔다.

"어쨌든 그 사람들은 인공 웜홀을 이용해서 광속의 한계를 돌파하고 은하계를 누볐어요. 외계 문명의 징조가 있는 곳이라면 어디든지 갔죠. 한창 발달하고 있거나 잘 생존하는 문명을 찾으면 기록만 남기고 떠났어요. 멸망을 앞둔 종족이 있으면 최후를 맞지 않도록 최소한의 도움을 제공했고요. 하지만 이미 사멸한 종족은 그대로 뒀어요. 죽은 문명을 되살린다는 건, 본래대로 되돌리는 게 아니라 본질 자체를 바꾸는 거니까. 적어도 그 사람들은 그렇게 생각했어요.

그리고 어느 날, 그 사람들은 이곳 태양계에 웜홀을 만들고, 우주선 안에 전자기 육체를 담고 날아왔어요. 그 순간 확률이 0에 가까운 일이….”

니샤는 지금까지 윤환이 해준 얘기와 네트워크에서 크게 관심을 끌고 있는 영상을 결합시켜보았다. 윤환이 자신을 공격하고 싶은 욕구가 생기지 않느냐고 물었던 것도 떠올랐다.

니샤는 바싹 말라가는 입술을 핥으며 말했다.

“‘그 사람들’이라고 부르지 않아도 돼요.”

윤환은 그녀를 바라보고 고개를 끄덕였다.

“지구인들은 멸종을 눈앞에 두고 있었어요. 흡혈 곤충을 매개체로 삼고, 생식행위로 전염되는 자이카 바이러스 때문이었죠. 지구인들은 생태계 전체를 조율할 만한 기술이 없었고, 기후 변화 때문에 흡혈 곤충이 행성 전체를 뒤덮은 상태였어요. 자이카 바이러스에 감염된 인간 성체는 소두증이나 무뇌증에 걸린 신생아밖에 낳을 수 없었어요. 지구인들은 목성의 위성에 무인 개척지를 만든 다음 거대한 우주선에 타고 이주하기 위해 출발했어요. 그때 ‘우리’가 열었던 웜홀이… 그럴 확률은 정말 0에 가까웠는데… 우리는 측량할 수 없는 죄를 짓고 말았죠.”

니샤는 영상 속 우주선이 소멸하기까지 채 5초도 걸리지 않았던 것을 기억했다.

“지구에는 지적인 활동을 할 수 있는 인간이 한 명도 남아 있지 않았어요. 대신 지구인들이 냉동해서 반영구적으로 남겨둔 소두증 신생아들이 있었죠. 비록 의도적으로 저지른 일은 아니지만, 우리는 한 종족을 전멸시킨 죄를 갚기로 했어요. 지구 문명을 되살리기로 한 거죠. 우선 지구인들이 '모기'라고 부르는 흡혈 곤충을 생태계에서 없애고, 자이카 바이러스와 그 돌연변이들을 박멸했어요. 그리고 소두증에 걸린 신생아들을 인공적으로 생장시켜서 모자를 씌웠어요."

니샤는 제힘으로 걸어 다니는 인간이 단 한 명도 없는 지구를 상상해 보았다. 그다음 뇌가 거의 없고 모자를 쓴 인간의 육체들이 행성 전역을 돌아다니며, 지구의 문화와 기술을 이해하려 애쓰는 광경을 떠올려보았다.

"현재 지구 인구는 7천5백만 명이잖아요. 그럼 당신들은 멸종했던 인류를 유전공학으로 이 수준까지 회복시켰다는 건가요?"

윤환은 습관처럼 회색 비니를 끌어내리면서 난간에 등을 기대고 니샤를 바라보았다.

"그렇게 표현할 수도 있겠죠. 하지만 우린 최후의 지구인 2만 명을 단숨에 죽인 살인마이기도 해요. 그 2만 명이 무사히 목성의 위성에 있는 개척지에 도착했다면 지구 인류는 다시 번성했을지도 몰라요. 우리는 행성에 거주하는 종족 전체를 학살한 죄를 갚으려고 최대한 노력했어요. 3.75초 만에 정지했던 지구 문명이 바로 그 순간부터 이어질 수 있도록 최선을 다해 유전자를 조립했고…."

주전자와 찻잔이 남아 있는 방 안에서 신호음이 요란하게 울렸다. 니샤의 휴대용 단말기가 내는 소리였다. 신호음이 끊이지 않는 것으로 보아 사람들이 갑자기 네트워크에 수많은 글을 올리는 게 분명했다. 니샤가 단말기를 가져오려고 몸을 돌리자 윤환이 손을 내밀어 그녀를 막았다.

"우선 내 얘기를 먼저 들어줘요. 시간이 별로 없어요."

니샤의 심장이 점점 빠르게 뛰기 시작했다. 네트워크에 글이 몰린다는 건 그만한 반응을 일으킬 수 있는 사건이 일어났거나 그에 상응하는 뉴스가 퍼졌다는 뜻이었다. 윤환이 지금 이런 얘기를 하는 것과 때를 맞춰 글이 폭주한다는 게 과연 우연일까? 니샤는 그럴 리가 없다고 생각했다.

윤환이 말했다.

"니샤, 낯설고 단절된 문명을 다시 잇는 건 몹시 어려워요. 완전히 다른 환경에서 발생한 문명을 이해한다는 것 자체가 어려우니까요. 게다가 당시에는 인간 성체의 표본이 없었어요. 우리는 당신 조상들이 구축해 둔 게놈 자료 등을 최대한 이용했지만, '인간처럼' 생각하는 유전자와 시냅스를 단숨에 만들 수 없었어요. 그래서 시뮬레이션을 돌렸죠. 소중한 생명을 만들고 실험에 낭비할 수는 없잖아요. 그 결과 불연속성을 느끼지 못할 만큼 '인간적인' 후손을 만들면… 결국은 전쟁으로 자멸하고 만다는 결론이 나왔어요."

니샤는 질문을 하는 대신 손가락을 들어 자신을 가리켰다. 그게 우리인가요? 윤환은 보이지 않을 만큼 살짝 고개를 끄덕였다.

"우리 종족은 지구식으로 표현하자면 불간섭주의에 가까워요. 거대 운석이나 혜성과 충돌하게 돼 있는 문명은 여러 번 구해줬어요. 그들에게 알리지 않고 운석이나 혜성을 파괴한 다음 떠나면 되니까. 그게 원칙이었죠. 그런데 이번에는 지구인의 시뮬레이션 결과를 확인한 우리 종족 몇 개체가 그 규칙을 어기려 들었어요. 겨우 되살려낸 종족이 자멸하게 둘 수는 없다고 주장했죠. 그건 진심이었을 수도 있고, 당신들에게 조상의 문화를 가르치는 과정에서 거꾸로 물든 결과일 수도 있어요. 그중 몇 사람이 이 나라의 핵무기 관제소를 장악하려 시도했어요. 핵 제어권을 독점해서 멸망을 막아보겠다는 주장이었지만 우리는 그게 잘못됐다는 판결을 내렸고, 집행관이 그들을 모두 회수했어요."

윤환은 그 집행관이 자신이라는 사실을 말하지 않았다. 의견은 다수가 모으지만, 죄를 짓는 사람의 수를 줄이기 위해 판결과 집행을 하나의 개체가 담당한다는 사실은 굳이 설명할 필요가 없었다.

"회수라면…?"

이번에는 윤환이 손가락을 들어 비니를 두드렸다.

"시간이 흐르면 더욱더 지구인에 가까운 사람들이 생길 거예요. 조직적으로 지구의 권력을 획득하려는 사람들이. 그래서 우린 더 늦기 전에 남은 죄를 갚고 당신들과 작별하기로 했어요."

단말기가 더 요란하게 울리고 있었다. 니샤는 한 번 더 그

쪽을 바라보았고, 윤환도 이번에는 그녀를 막지 않았다.

니샤는 단말기를 집고 발코니로 돌아오면서 실시간으로 공감이 폭주하고 있는 글을 찾아 내용을 읽어보았다. 글의 제목은 '지금 당장 모자를 벗어라!'였다.

모자를 벗고 거리로 나오라! 지구 문명을 단절시키고 우리를 세뇌했던 적들은 모자를 벗을 수 없다. 모자를 벗고 거리로 나와 모자를 쓴 사람들을 죽이자! 더 이상 세뇌되기 전에 그들을 죽이고 지구를 되찾자!

니샤는 단말기에서 눈을 떼고 윤환을 보았다. 그는 여닫이 문으로 이용할 수도 있는 난간의 고리를 풀었다. 그리고 조금씩 더 모여드는 사람들을 바라보았다.

니샤는 갈라져 가는 목소리로 물었다.

"시뮬레이션을 돌렸다고 했죠. 지구인에 가장 가까운 후손을 만들었다고 했고요. 그럼 진실을 발표했을 경우 이런 일이 생긴다는 것도 예측했나요?"

윤환은 문을 연 다음 대답했다.

"우리는 확률과 인과관계와 죄를 믿는 종족이에요. 하지만 아직도 벌을 정량화할 수가 없어요. 그래서 네트워크에 세 가지 설명을 올렸어요. 지구인들이 우리에게 내릴 벌을 직접 결정할 수 있도록. 아마 지구인들은 우리가 모자로 정체를 감춘 사악한 외계인이라는 설명을 선택한 모양이군요. 그게 바로 우리가 받아야 할 벌이에요."

윤환은 평온한 얼굴로 비니를 가리키며 덧붙였다.

"니샤, 혹시라도 저 사람들이 내 소뇌증 육체만 파괴하거든 꼭 모자를 태워줘요. 그리고 가능하다면 지도자가 돼서 시뮬레이션이 틀렸다는 걸 증명해줘요. 우리가 할 수 있는 속죄는 이게 전부예요."

그는 말을 마친 다음 성이 나서 고함을 지르고 있는 군중에게 빠른 걸음으로 다가갔다. 니샤는 손을 내밀려다가 동작을 멈췄다. 그리고 눈앞에서 펼쳐질 잔혹한 행위를 예상하며 차마 발을 떼지 못한 채 그의 뒷모습을 바라보았다. 이상하게도 조금 전 자신이 별생각 없이 내뱉었던 말이 떠올랐다. 인생이란 원래 외로운 거예요. 우주라고 다를 게 없죠. 외로움은 니샤에게도, 윤환에게도, 군중에게도 있었다. 얼마나 가까이에 있든, 얼마나 많이 모여 있든 상관없이. 그 외로움의 원인은, 윤환이 말했던 것처럼 확률과 숙명과 죄와 벌이었다.

니샤는 난간을 움켜쥐고 서서 군중에게 뒤덮이는 윤환의 모자를 바라보았다.

*

달의 뒷면에 머물러 있던 외계인의 우주선은 지구에 내려가 있던 모든 모자의 신호가 끊긴 것을 확인했다. '신성호'가 웜홀에 휘말리고 지구 인류가 멸종할 당시 우주선을 조종하던 책임자들은 그로써 죄를 갚고 벌을 받았다. 집행관이 수거

한 반대의견자들은 절대영도 상태로 수감되었고, 그들의 행위는 자료의 일부가 되었다.

전자기 육체에 머무는 외계인들은 규칙을 어겼던 단 한 번의 예외를 철저하게 기록하고 보관했다. 그리고 다음 목적지를 향해 새로운 웜홀을 열고 태양계에서, 사라졌다.

해설 · **박상준** 서울SF아카이브 대표

감성 하드 SF 작가의 시대가 온다

김창규 작가의 작품집이 드디어 선을 보인다. 개인적으로 무척 반갑고 각별한 심정이다. 오랜 빚을 마침내 덜게 되는 느낌이기 때문이다.

예전에 SF 전문출판 '오멜라스'를 맡고 있을 때 김창규 작가의 책을 내려고 했지만 여러 사정이 겹쳐 이루지 못했다. 그 뒤로 꽤 시간이 흐르도록 김창규 작가는 우리나라를 대표하는 SF작가 중의 한 명으로 위상을 점점 더 굳혀가면서도 정작 단독 창작서 출간 기회를 좀체 잡지 못했다. 최근 몇 년 사이 심해진 출판계의 불황에다 작가 개인으로도 일상에 치이는 생활이 계속되는 사정을 알고 있었지만, 그래도 그의 작품이 실리는 단행본 앤솔로지나 그밖에 여러 매체들이 매년마다 수시로 선을 보이는 점을 감안하면 납득하기 어려울 정도였다.

그래서 늦게나마 김창규 작가의 작품집이 나온다는 사실이 한 명의 독자로서 갖는 뿌듯함에 더해 같은 분야 종사자로서 특히 반갑다. 이 책에는 21세기를 사는 한국 독자들에게 진작부터 널리 읽혔어야 할 이야기들이 담겨 있다.

김창규 작가는 2005년에 과학기술창작문예 공모전 중편 부분에 당선되면서 본격적으로 이름을 알리기 시작했다. (이 공모전은 당시 한국과학문화재단에서 2004년부터 단 3년 동안만 시행했지만 김보영, 김창규, 박성환, 배명훈 등 오늘날 한국 창작 SF계를 대표하는 작가들 다수를 배출한 바 있다.) 그러나 그의 작품 활동 경력은 그보다 더 오래 전으로 거슬러 올라간다.

나는 아직도 20대 초반 시절의 김창규 작가를 기억한다. 큰 눈의 강렬한 인상에 늘 어두운 계통의 옷을 입고, 평소 말이 없는 편이지만 일단 입을 열면 신랄하고 예리한 관점이 두드러지던 사람. 그리고 무엇보다도 스토리텔링에 대한 열정이 누구보다도 깊고 진지했던 이였다. 90년대 초반 PC통신 시절부터 SF동인 활동에 참여했던 그는 90년대 중반에 출간된 창작 SF 작품집인《창작기계》(서울창작, 1993)와《사이버펑크》(명경, 1995) 등에 이미 여러 편의 작품을 발표하며 지금껏 일관되게 작가의 길을 걸어왔다.

또한 번역가로서 그의 공헌 역시 한국 SF계에서 빠뜨릴 수 없는 부분이다. 아마 웬만한 SF팬이라면 그가 번역한 SF를 한 권이라도 읽지 않은 사람은 없을 것이다. 특히 사이버펑크를 포함한 하드 SF 분야에서 그의 진가가 드러난다. 해외의 최신 하드 SF들이 보여주는 과학기술적 묘사를 이해할 사람은 꽤 있겠지만, 그게 SF 스토리텔링과 결합된 맥락을 잘 이해하고 우리말로 매끄럽게 옮길 수 있는 사람은 많지 않다.

그리고 바로 이 점이 번역가가 아닌 SF 창작자로서 김창규 작가의 강점이자 특징이기도 하다. 그는 IT분야를 중심으로 여러 과학기술 분야에 전문적인 식견을 탄탄하게 갖추고 있으며, 이를 감동적인 스토리텔링과 결합시키는 솜씨 또한 상당한 경지에 올라 있다. 우리나라의 대표적인 하드 SF작가라 하면 주저 없이 김창규 작가를 꼽을 수 있는 이유이다.

게다가 그의 작품들에는 적잖은 세월 숙성된 삶과 시대의 더께가 느껴진다. 이따금 '머리로만 쓴 SF'의 가벼움이 감지되는 작가들이 있지만, 김창규 작가의 작품들은 읽다보면 어느 새 이성보다는 감성으로 이야기를 따라가게 되는 경우가 많다. 혹시라도 그의 작품들이 하드 SF계열이어서 부담을 느낀 독자가 많았다면 생각을 달리 할 일이다.

과학적인 수사로 표현하자면 김창규 작가의 작품세계는 비열이 높을 것 같다. 달아오르는 데 꽤 긴 세월이 걸린 만큼 쉽게 식지도 않을 것이다. 과학기술이 가속 발달하는 21세기를 함께 살아가는 사람으로서, 그가 앞으로도 계속 내 놓을 SF 스토리들에 관심과 기대가 크다. 이 작품집을 시작으로 김창규 작가에게 새로운 지평이 열리기를 기원한다.

박상준(서울SF아카이브 대표)

SF, 세상에서 가장 멋진 거짓말

이 작품집을 엮기 위해 원고들을 다시 다듬는 동안 멀게는 2007부터 가깝게는 2016이라는 연도가 눈에 들어왔다. 하지만 그런 숫자와 시간은 예상과 달리 내게 '지난 삶'이나 '옛 시간'이란 이름의 도장을 찍어주지 않았다. 나는 조금 당황해서 회한이나 달달한 감상을 불러일으키려 애써 감정을 시뮬레이션 해봤지만 아무 효과가 없기는 마찬가지였다.

그 대신 각 이야기들이 다양한 차원 속 세계를 하나씩 차지하고 앉아서는 날카로운 손톱이 달린 팔을 내게 뻗어오기 시작했다. 나는 시험 삼아 그 가운데 하나를 붙들어 보았다. 그러자 당시 내가 포기했던 이야기 속 또 다른 가능성과, 단편이라는 제약 때문에 잘라내고 허물어야 했던 작품 속 세계의 다른 지도가 생생하게 떠올랐다. 내가 그것들을 상상하면서 얻었던 즐거움까지 포함해서 말이다.

그처럼 줄지어 선 글의 연대표란 연속성 그래프가 아니라 이산적이고 독립적인 세계의 모음이었다.

적어도 나에게는 그렇다.

*

모든 허구는 작가가 조성한 세계 속에서 펼쳐지게 마련인데, SF 또는 과학소설은 그 세계의 무게감이 다른 어느 소설보다 유독 중하고 크다. '과학과 지어낸 이야기'라는 조합에서도 알 수 있듯 작중 세계에 과학적인 가능성을 심기 때문이다. 그 가능성은 두 가지 방향으로 작용한다. 첫째, 작품 속 세계가 이질적이면서도 개연성을 획득하는 모순된 효과를 낳게 한다. 둘째, 과학적 가능성을 든든한 후원자로 삼아 다른 곳에서는 허용되지 않는 상상을 마음껏 조립할 수 있다.

대략 이쯤에서 SF 작가는 성향과 선호하는 정서에 따라 여러 스펙트럼 중 어느 한 곳에 위치하게 된다. 누군가는 경계소설이나 사변소설이라는 어중간한 용어로나 지칭할 수 있는 기이한 영역을 오가고, 어느 작가는 기를 쓰고 사랑과 SF를 섞기 위해 분투하기도 한다. 나는 최대한 다양한 SF를 만들고 싶고, 판타지와 SF의 경계가 질서있게 무너지는 혼종도 쓰겠다는 생각으로 키보드를 만지작거려왔다.

하지만 '세상이 어디 제 뜻대로 되겠느냐'는 말은 이야기를 만들고 글을 쓰는 일에도 적용되는 법이다.

얼마 전 지인 한 사람이 내 글들을 '하드 SF'라고 칭했다. 다른 사람으로부터 연달아 같은 말을 들었다. 나는 손사래를 쳤지만 그리 부르는 이유를 듣고는 쓴웃음을 지을 수밖에 없었다. 그들은 내 글이 '비교적' 하드 SF와 가깝다고 생각하는 모양이었다. 진정한 하드 SF가 어떤 작품들인지 잘 아는 입장에서 동의할 수 없는 판단이기도 했지만, 그런 평가는 다른 이유 때문에 내 가슴 한 구석을 찔렀다.

나는 언제부턴가 특정한 상상의 바큇살에만 걸터앉아 있었던 건 아닐까.

여러 해 전 SF라는 주제 하에 장르 문학을 다루는 웹사이트 분들과 함께 모여 인터뷰를 진행한 적이 있었다. 인터뷰 주체는 아마 공중파였을 것이다. 우리는 무료 예방주사를 맞으려고 줄을 선 사람들처럼 호명을 기다렸다가 앞으로 나아가 한두 마디를 제공하고 카메라를 쩨려본 다음 물러났다. 그때 나는 얼떨결에 즉흥적인 답을 했는데, 후에 생각하니 그 답이 마음에 들어 아직도 가끔씩 되뇌곤 한다.

SF가 뭐라고 생각하십니까?

SF는 세상에서 가장 멋진 거짓말이죠.

그로부터 다시 몇 해가 흐르고 정신없이 살고 있을 즈음 우연찮게 윌리엄 깁슨의 인터뷰를 조사할 일이 있었다. 질문자는 구태의연하게 깁슨의 소설이 미래 기술을 예측했다는 점에 초점을 맞추고 있었다.

깁슨의 대답은 대략 이랬다.

'내가 소설에 그린 세계가 현실에 그대로 구현됐다면, 소설가로서는 부끄러워해야 할 일인지도 모릅니다.'

이 대답은 논리적이지 않고, 순서를 잘못 파악하고 있기도 하다. SF를 아는 사람들에게는 공공연한 비밀이지만, 과학자나 기술자들이 미래를 그린 SF를 보고 영감을 받아 나중에 그 기술을 정말로 구현하는 일이 생각보다 많기 때문이다. 하지만 나는 윌리엄 깁슨이 왜 그런 말을 했는지 알 것도 같다.

나는 (그리고 윌리엄 깁슨도 같은 생각일 것 같지만) 세상에서 가장 멋진 거짓말을 계속 완성해나갈 생각이다. 그 거짓말은 때로는 화려하고, 종종 황당하다가 그럴듯해지고, 빙하처럼 정적으로 움직이다가 굉음을 내며 갈라지기도 하고, 가끔 더 길고 더 오래 즐길 수 있는 형상으로 등장하기도 할 것이다.

이 책을 통해 과학적인 거짓말의 매력을 맛보는 분이 늘어나기를 바라면서.

김창규

수록 작품 발표 지면

우리가 추방된 세계 미래경, 2016년 5월

순수한 배드민턴 클럽 한겨레신문, 2016년 9월
발표 제목 · 원자핵과 폭풍과 내 아이에 대해서

업데이트 과학동아, 2013년 4월

백중 크로스로드, 2010년 6월

발푸르기스의 밤 판타스틱, 2008년 7월

서울 대지진 월간중앙, 2007년 6월 / 발표 제목 · 2037년 6월 5일

당신은 혼자가 아니에요 판타스틱, 2007년 5월

파수 독재자, 2011년 9월

나는 별이다 과학동아, 2016년 2월 / 발표 제목 · 귀향

모자를 벗지 않는 사람들 과학동아, 2016년 10월

초판 1쇄 인쇄	2016년 12월 10일
초판 1쇄 발행	2016년 12월 15일
지은이	김창규
펴낸이	박은주
기획	최세진
디자인	김선예, 장혜지
마케팅	박동준, 정준호
발행처	아작
등록	2015년 9월 9일(제300-2015-140호)
주소	03174 서울시 종로구 사직로 8길 24 1618호
	(내수동, 경희궁의 아침 2단지 오피스텔)
대표전화	02.324.3945 **팩스** 02.324.3947
이메일	decomma@gmail.com
홈페이지	www.arzak.co.kr
ISBN	979-11-87206-34-7 03810

아작은 디자인콤마의 문학 브랜드입니다.

이 도서의 국립중앙도서관 출판예정도서목록(CIP)은 서지정보유통지원시스템 홈페이지
(http://seoji.nl.go.kr)와 국가자료공동목록시스템(http://www.nl.go.kr/kolisnet)에서
이용하실 수 있습니다. (CIP제어번호: CIP2016029546)